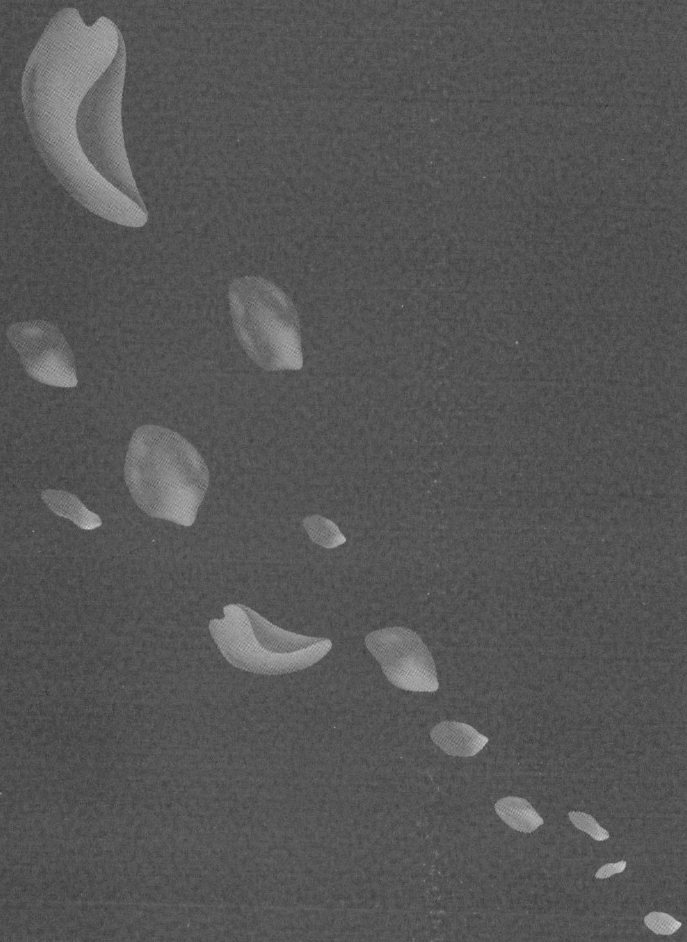

财经类高等学校
"十三五"通识教育规划教材

经典阅读与历史文化

紅樓夢與中國傳統文化

柳岳梅◎主编
龚敏 李桂奎 陈芳◎参编

上海财经大学出版社

图书在版编目(CIP)数据

《红楼梦》与中国传统文化 / 柳岳梅主编. -- 上海 : 上海财经大学出版社, 2018.7

财经类高等学校“十三五”通识教育规划教材 · 经典阅读与历史文化

ISBN 978-7-5642-2929-0/F · 2929

Ⅰ. ①红… Ⅱ. ①柳… Ⅲ. ①《红楼梦》研究—高等学校—教材 Ⅳ. ①I207.411

中国版本图书馆CIP数据核字(2018)第015174号

责任编辑 李志浩
书籍设计 张克瑶
封面题字 许全胜

HONGLOUMENG YU ZHONGGUO CHUANTONG WENHUA

《红楼梦》与中国传统文化

著 作 者:柳岳梅 主编
出版发行:上海财经大学出版社有限公司
地 址:上海市中山北一路369号(邮编200083)
网 址:http: //www.sufep.com
电子邮箱:webmaster @ sufep.com
经 销:全国新华书店
印刷装订:上海叶大印务发展有限公司
开 本:710mm × 1000mm 1/16
印 张:17
字 数:213千字
版 次:2018年7月第1版
印 次:2018年7月第1次印刷
定 价:45.00元

#【编写说明】

本教材的使用者为非文史哲专业的本科生，为选修中国传统文化类通识教育课程提供导读参考。

一、编写缘起

2014年，上海财经大学通识教育中心开设了“《红楼梦》与中国传统文化”课程，有效教学时间为16周，每周2课时。教学目标是以《红楼梦》文本阅读为基础，为学生讲述中国文学、历史、文化的基础知识，提高非文史哲专业本科学生的人文素养，开阔视野，丰富知识，提高思考能力，为复合型精英人才的培养提供多元的知识储备。

选择《红楼梦》是因为该书在思想性、文学性、艺术性等方面均达到中国古典小说的巅峰，可以与世界优秀文学作品相媲美。王国维在《红楼梦评论》中提出：“美术中以诗歌、戏曲、小说为其顶点，以其目的在描写人生，故吾人于是得一绝大著作曰《红楼梦》。”文学是艺术的最高形式，描绘人生万象是文学的意义，故文学乃是人学。王国维援引亚里士多德《诗论》关于悲剧对人类精神有净化和提升作用以及叔本华以悲剧为艺术最高境界的观点来分析《红楼梦》在美学和伦理学上的至高价值。鲁迅在《中国小说的历史变迁》中认为："至于说到《红楼梦》的价值，可是在中国底小说中实在是不可多得的。其要点在敢于如实描写，并无讳饰，和从前的小说叙好人完全是好，坏人完全是坏的，大不相同，所以其中所叙的人物，都是真的人物。总之自有《红楼梦》出来以后，传统的思想和写法都打破了。"除了优秀的文学性之外，成书于18世纪的《红楼梦》集中国传统文化精华于一体，内容宏富，包罗万象，享有"中国封建社会的百科全书"之美誉。清人王希廉曾说："一部书中，翰墨则诗词歌赋、制艺尺牍、爰书戏曲，以及对联匾额、酒令灯谜、说书笑话，无不精善；技艺则琴棋书画、医卜星相，及匠作构造、栽种花果、畜养禽鱼、针黹烹调，巨细无遗；人物则方正阴邪、贞淫顽善、节烈豪侠、刚强懦弱，及前代女将、外洋诗女、仙佛鬼怪、尼僧女道、娼妓优伶、黠奴豪仆、盗贼邪魔、醉汉无赖，色色俱有：事迹则繁华筵宴、奢纵宣淫、操守贪廉、宫闱仪制、庆吊盛衰、判狱靖寇，以及讽经设坛、贸易钻营，事事皆全；甚至寿终夭折、暴病亡故、丹戕药惧，及自刎被杀、投河跳井、悬梁受逼、吞金服毒、撞阶脱精等事，亦件件俱有。可谓包罗万象，囊括无遗，岂别部小说所能望见项背（《新评绣像红楼梦全传》卷首）。"细读文本，可以了解中国传统文化的特征与风貌。从影响与传播来看，《红楼梦》泽被后世文学创作，影响至今。晚清以降，更因其语言典范、文化内容丰富而入选国文教材，甚至成为来华外国人学习汉语和中国文化的读本。时至今日，《红楼梦》依然是语文教材选篇的来源，也是汉语国际教育的学习材料之一。从学生角度来看，喜欢《红楼梦》、渴望有细致的了解，这种学习热情在非文史哲专业背景的学生群体中还是比较高的，也形成了需求。但不尽如人意之处也是较为明显的，在教学中我们发现学生对《红楼梦》的接受源自影视剧居多，文本阅读较少；对故事情节感兴趣居多，对多元文化现象了解较少；

简单、对立的个人好恶心理较强，细致、理性的文学鉴赏意识较弱，由此在《红楼梦》文本接受上形成了“熟悉的陌生人”，缺少文本解读的能力，对于《红楼梦》与中国传统文化的关系也缺少客观、精准的思考。经过多轮授课，我们遴选一些学生不甚了解或者容易有阅读偏见的问题，吸纳学术界的研究成果，汇编成为“文本导读”型教材，期待学生在充分阅读《红楼梦》文本的基础上，在本教材的帮助下由兴趣型阅读走向文化型阅读，由感性喜好走向理性思考，并通过《红楼梦》增强对中国传统文化的了解。

二、编写理念

“文本细读”是本教材的编写理念之一。“文本细读”是欧美文学批评常见的方法。其核心观念是将作家与作品分开，文本是自足的，不需要借助文本之外的信息来阐释。陈思和在《文本细读在当代的意义及其方法》一文中讨论了“文本细读”的必要性和方法，他认为：“对于美的感受和对于美的创造，则是人文精神的基础部分。阅读文学作品也是一种训练，训练读者对文学语言和文学美感的感受能力与把握能力，进而发现和洞见人性的丰富性，使自己的内心世界丰富起来，滋润起来。”近年来“文本细读”理念在《红楼梦》的教学与研究中也颇为常见，海内外学者都有相关著述及实践。吴新雷在评析《白先勇细说红楼梦》时说：“指导读者坐下来通读、细读，他则纯正地进行导读、导赏！他这部书最大的贡献，就是循正去弊，回归文本。”本教材也强调尊重文本，从文本出发寻找理据和阐释的信息。胡适先生治学主张“大胆假设，小心求证”，这对读者的阅读思考而言同样有意义，建立在细读文本基础上的“求证”有助于理性思考的形成。当然，依据文化特征及其生态环境而来的阅读分析也是极其必要的，惟兼容多元才能增强文学审美、文化认知的客观性。

众所周知，红学研究极为成熟，硕果丰富，充分借鉴前人和时贤的研究成果以求客观、准确是本教材编写理念之二。“编新”当由“述古”而来，如此，可以有源有流，恪守严谨，引领学生形成有理有据的思考意识。因此围绕教材遴选的问题，既要横向介绍大陆、港台及海外优秀的红学研究成果，又要纵向吸收几代红学人的代表观点。在此基础上，或丰富举证、或改变论述角度、或补充文献征引，将编者微薄的研究心得融入教材编写之中。

重视注释详尽和参考文献名目清晰是本教材的编写理念之三。除尊重既有学术研究的知识产权以外，我们更将其视为阅读延展空间，给学生补充学术信息，为其提供拓展阅读材料线索，使有研究意识、渴望深入学习本课程的学生有独立研修的方向和路径。

皇皇巨著如《红楼梦》，可讲述的内容何其多！我们只能在有限的教学时间内带领学生进入《红楼梦》，对文学与人生、文学与文化有初步的理性思考，培养基本的审美素养和研究意识，而更完备的学术营养和更高水准的进步只能寄希望于学生以后的自修与深造而获得。

本教材所引原文出自人民文学出版社版《红楼梦》，以前八十回为主，这也是我们课程的统一用书。

感谢团队中为教材编写辛勤付出的龚敏老师（第二、三章）、李桂奎老师（第六、九章）、陈芳老师（第一章），拨冗出陈承担了部分章节的写作，并担负文责。感谢上海财经大学通识教育中心对本课程及教材编写的大力支持，也感谢上海财经大学出版社为教材出版做出的努力。

编者

2018年1月于沪上

目 录

黛玉

第一章　《红楼梦》中的“神话”

五四运动后，梁启超讨论清代学术成就时说：“（其文学……）以言夫小说，《红楼梦》只立千古，余皆无足齿数。”①为何评价如此之高呢？《白先勇细说红楼梦》中的阐释差可作为此论的注解，认为《红楼梦》跟其他的中国小说不一样，它有很严谨的架构，代表着从说书人传统真正进入文人创作小说的成熟阶段。标志小说成熟的要件之一，即是它的形式。白先勇点明，“《红楼梦》在形式上，使用了神话与写实两种手法，可以说是一部巨作”，“这本书不拘于现实或写实，而是达到了哲学性的、神话性的层面；它有形而上与形而下的两层，作者都能照顾得非常周全。”②

第一节　写实与神话二元合一的小说架构

《红楼梦》在形式方面，于写实的世情小说表层结构之外，另有一神话寓言之深层体系超脱尘俗之上，辅之以预言谶语，草蛇灰线、伏脉千里，指引着俗世万境归空的终极命运。世俗情节展示红尘“离合悲欢，兴衰际遇”，即贾

① 见梁启超：《清代学术概论》，上海古籍出版社 1998 年版，第 101-102 页。
② 见白先勇：《白先勇细说红楼梦》绪论，广西师范大学出版社 2017 年版。

府末世衰败、宝黛有缘无分、大观园女儿们青春消散和失去护佑的一出人世悲剧；而小说一头一尾呈现的神话叙事则把世情写实部分夹在神话框架中间，形成一个因果相连、无法分割的整体。虚幻与真实之分判不是绝对清晰的，这正是小说第一回、第五回太虚幻境牌坊对联所示的“假作真时真亦假，无为有处有还无”，亦即《红楼梦》的主题思想之一。

《红楼梦》的神话情节主要出现在小说开头的第一、五回以及结尾的末回，首尾呼应。当然还有一些散落在行文各回中的“梦”、“幻”、“鬼”、“神”等非现实情节。很多初读者往往会跳过这些虚幻的神话部分，觉得与诗词谶语一样，即便略去不读也不会错过什么正经故事情节。神话叙事可能会遭受到初读时的冷遇，但也说明读者能明显分辨出写实抑或造虚从第一回开始就在《红楼梦》中奏出了双重乐音。作者一方面承袭女娲补天的远古神话，新造顽石通灵、幻化入世，甄士隐神游太虚幻境，绛珠草与神瑛侍者“木石前盟”、下世还泪，贾宝玉梦游幻境的虚幻神话；另一方面却又借石头之口表白：“至若离合悲欢，兴衰际遇，则又追踪蹑迹，不敢稍加穿凿，徒为供人之目而反失其真传者。”并通过首位读者空空道人之口抒发阅后感想：“虽其中大旨谈情，亦不过实录其事，又非假拟妄称，一味淫邀艳约、私定偷盟之可比。”所称“不敢穿凿”、“实录其事”看似史家笔法而与神话叙事相互抵牾，但小说毕竟不是史书，这一点作者在第一回起始即明言：“作者自云：因曾历过一番梦幻之后，故将真事隐去……又何妨用假语村言，敷演出一段故事来”[①]。作者将人世经历比作“一番梦幻”，“是提醒阅者眼目，亦是此书立意本旨”，即《石头记》、《红楼梦》

① 此语见于庚、戚、蒙、列、辰、舒、杨诸本第一段“此开卷第一回也”至“亦是此书立意本旨”，其中甲辰本为回前批，余本均为正文。此段与甲戌本凡例第五条略同，玩其文意应非正文，可视作回前批。

乃以作者（石头）入世受享红楼生涯为一大梦幻，小说中写这些日常生活的部分可以称为“造幻”，而新造的神话叙述部分亦不妨谓之“描真”、“写实”，因为相对于现实世界的变幻无常而言，神话叙述则指向超越时空恒常不变之道，现实的无常是幻假，神话的永恒则为真实。英国作家奈保尔（Naipaul）曾说小说不只是讲故事，而是对真实的部分抛弃。小说其实是重新观察真实的方式。写实主义不应靠模仿，而应借创造而达到，这种创造，以人生为其素材，因想象力的求情才把这些素材从单调的事实性中赦免出来，转调到较高的阶段。因而，文学创作中的真实是被创造出来的，而非哲学层面的先于文学作品的存在。《红楼梦》作者自然有其生活经验，有其“半世亲睹亲闻的这几个女子”，然其“事迹原委”并不即是真实，而是真实的碎片，创作的素材，要经过作者心灵的回忆、酝酿加之想象，再“取其事体情理”，即按照事情该有的情理规则，加以整理、组织，这样叙述出来的“真实”方能体现于作品之中。

再来看女娲补天等虚幻性神话叙述，也并不完全是作者之虚构，作者只是利用国人耳濡目染的远古神话加以改造创新。这些古神话属于中华民族之集体心灵。神话故事是我们文化的一部分，史书、笔记、诗歌、传说中记载甚多甚杂，后世经道教又流变出仙话，通过仙道信仰融入百姓日常生活。西方哲学家恩斯特·卡西尔（Ernst Cassirer）曾利用普雷斯科特（F. C. Prescott）的观点阐释神话与诗歌在发生学上的关联：“神话兼有一个理论的要素和一个艺术创造的要素。我们首先得到的印象就是它与诗歌的近亲关系。已经有人指出：‘古代神话，乃是现代诗歌靠着进化论者所谓的分化和特化过程而从中逐渐生长起来的总体（mass）。神话创作者的心灵是原型；而诗人的心灵……在本质上仍然是神话时代的心灵。’”并强调：“在神话想象中，总是暗含有一种相信的活动。

没有对它的对象的实在性的相信，神话就会失去它的根基。”[①]曹雪芹以远古神话为材料进行新创，他的心灵也是相信并属于神话时代的，甚至可以推广到他那个时代的读者，都不会觉得神话叙述在整部《红楼梦》中有什么特异。进一步来说，按西方美学家克罗齐（Benedetto Croce）的说法“在心灵之外不存在自然或现实，艺术家不必为这种关系担心”[②]，真不真实是心灵认定的问题，无论古神话抑或新造神话，都来自于集体心灵或诗人心灵，诗人自然可以视之为真实，即便是以写实为创作宗旨的现代小说，也早已发展到“心理写实”与“魔幻写实”的阶段[③]，小说家将作品思想深度推至人类全体潜意识，超越所有时空的层面。如果说是造虚，只要是经过了作者语言文字的表达处理，连史书也未尝没有造虚，如果视为写实，神话故事也是描写集体心灵的真实。

因此，写实与造虚是“石头（神话、造虚）记（记录、写实）”、“红楼（写实）梦（造虚）”的一体两面、异形同构，小说中写实与造虚的双重声响却谱出了和谐乐章。正如太虚幻境门楼对联所示的“假作真时真亦假，无为有处有还无”，是小说主旨之一，也是融通此两种创作手法的绝佳解释。小说后续一众红楼儿女前定因果“清偿冤债”的现世情缘也借此拥有了宏大的背景，以及超越现实的深长意味。一往情深的情缘无从解释，只能归结于超现实的命运、神话。中国人讲“情”，跟“爱”又不一样，“情”好像是宇宙的一种原动力，一切的发生就靠这个“情”字，它比那个“爱”字深广幽微。曹雪芹是用一个宇宙性、神话性的东西来说这个“情”字。

① 见（德）恩斯特·卡西尔著、甘阳译：《人论》，上海译文出版社 1985 年版，第 96 页。

② 转引自（美）勒内·韦勒克著、罗钢等译：《批评的诸种概念》，上海人民出版社 2015 年版，第 224 页。

③ 阎连科在《发现小说》中也已将小说现实主义之真实境层概括为控构的真实、世俗的真实、生命的真实、灵魂的真实四个层面。

第二节　女娲补天与顽石通灵

小说开篇作者自譬顽石，借通灵之说撰此《石头记》。而这“石头”之记是借用女娲神话题材进行的再创作，说的是女娲炼石补天时遗下一石于大荒山无稽崖青埂峰下，无缘补天，却已通灵性，听闻一僧一道二仙谈说红尘中荣华富贵，遂求得幻形为一块镌字清晰、五彩晶莹的美玉，由神瑛侍者转世的贾宝玉口衔诞世，同在“富贵场中，温柔乡里”，“历尽离合悲欢、炎凉世态”，后又以石头之态返回大荒。它将历劫见证的悲欢离合、红楼梦幻写满石身，说服空空道人抄录传世，此即《石头记》之由来。

“神话由女娲炼石补天说起”，自有作者宏伟博大的用意，“女娲是中国的地母，大地之母（mother earth），她用泥土造人的。这本书从女性开始，用一种尊敬的态度来写女性，整本书女性的地位这么重要，在中国小说里面是少有的”。[①] 同样以女娲为自己的“故事”开头的，还有鲁迅先生，他于1922年所著《故事新编》之第一篇，即为《补天》（原题《不周山》）。先生自云：动手写此，心情是很认真的，目的是取这个神话为题材，“来解释创造——人和文学的——缘起”[②]。

起于女娲，而非止于女娲。曹雪芹巧妙借用女娲补天的神话传说，继而新造出通灵顽石“无才补天、幻形入世，蒙茫茫大士、渺渺真人携入红尘，历尽离合悲欢、炎凉世态的一段故事”，在开篇即形成一个笼罩全书的寓言：“石→玉→石”的圆形轨迹，环在内的是“万境归空”的人世遭遇。这个神话，完

① 见白先勇：《白先勇细说红楼梦》第一回，广西师范大学出版社2017年版。
② 鲁迅：《故事新编·序言》，见《鲁迅全集》第二卷，人民文学出版社1973年版，第449页。

成了所谓“原型回归”的神话结构，也将表意提升到超拔、深邃的境界，还让读者不禁深思：几世几劫之前，天地如何起源？谁开辟鸿蒙？谁冥冥中定下了后世红楼儿女的命运？石头的世俗幻象贾宝玉的生命历程是否也和石头合一？“万境归空”和“云空未必空”如何成为矛盾的统一？

中国传统上认为未有人类之前尚有天地无形之时，世界混沌一片，自然的元气叫鸿蒙，如《淮南子·精神训》云：“古未有天地之时，惟像无形，窈窈冥冥，芒芠漠闵，澒濛鸿洞，莫知其门。”小说第五回贾宝玉梦游太虚幻境听新制《红楼梦》曲，“红楼梦引子”：“开辟鸿蒙，谁为情种？都只为风月情浓。趁着这奈何天、伤怀日、寂寥时，试遣愚衷。因此上，演出这怀金悼玉的《红楼梦》。”警幻仙子借曲文向“个中人”（宝玉、石头、作者、观者）发问，开天辟地创世以来，浊世滔滔，人心滚滚，谁可谓深情种子？谁能终其一生，至情至性，将情视为生之最贵？脂砚斋甲戌本侧批答曰：“非作者为谁？余又曰：亦非作者，乃石头耳。”脂砚斋又曾透露情榜中“宝玉情不情”，因此，作者、石头、宝玉三位一体，皆是“情种”。引子所言“情种”、“情浓”及脂批所谓“情不情”，除了至死不渝、生死相随的男女深切情意外，还包括了对所有美好甚或不美好的人世之人、事、物的欣赏、包容与悲悯之情。天地始前是一团混沌，之后方有“天地剖判”、“开辟鸿蒙”的关键时刻，所有能量、因缘都在那刻储备下，开始流转。而《红楼梦》将“情”作为天地初始时即饱含能量的存在，种子般留根、绵延生命，“情”即是生命根源，能量钟毓之人便为“情种”。

作者将这种包容与慈悲之“情”提升到天地开创之时的原始能量，而这种能量的代表者即大母神一般的女娲，她是我们文化中的救世神。《列子·汤问》载：“天地亦物也。物有不足，故昔者女娲氏炼五色石以补其缺，断鳌之足以立四极。其后共工氏与颛顼争为帝，怒而触不周之山，折天柱，绝地维。故天倾西北，日月星辰就焉；地不满东南，故百川水潦归焉。”[①] 据此说，天地原本有不足，女娲进行修复后却又遭共工、颛顼之争的破坏，形成西北高、东南低的状况，不复改善，这也为《红楼梦》石头上故事起头的“当日地陷东南，这东南一隅有处曰姑苏……”所延续，成为新创神话之所本。

《红楼梦》利用这则女娲救世神话，有什么特殊意涵吗？比较显豁可见的是作者的女性崇拜。“女娲，古神女而帝者”[②]，作为女性神祇之代表，具有修复自然天地的能力，而争夺政治权力的共工、颛顼（或祝融）作为男性神祇，其权利竞争的结果则是触断不周山、折天柱、绝地维，使女娲的修复成果毁于一旦，从此天地不平再未改善。对照《红楼梦》来看，全书推崇纯洁善良的女儿而贬抑争权夺力的男人（第二回就有“女儿是水作的骨肉，男人是泥作的骨肉。我见了女儿，我便清爽；见了男人，便觉浊臭逼人”之评判），女娲神话的寓意就不言而喻了。女娲补天从神话角度解释了中国地形“天倾西北”（西北地势高）、“地不满东南”（东南地势低陷）的成因，另一方面也给读者回顾人类文明史的想象空间，女娲（神女、女帝、娲皇）所代表的母系社会到“末

① 女娲补天的相关神话还可参看：一、《淮南子·览冥训》：“往古之时，四极废，九州裂，天不兼覆，地不周载。火爁炎而不灭，水浩洋而不息。猛兽食颛民，鸷鸟攫老弱。于是女娲炼五色石以补苍天，断鳌足以立四极，杀黑龙以济冀州，积芦灰以止淫水。苍天补，四极正，淫水涸，冀州平，狡虫死，颛民生。”二、司马贞补《史记·三皇本纪》：“女娲氏亦风姓。蛇身人首。有神圣之德。代宓牺（伏羲）立。号曰女希氏。无革造。惟作笙簧。故《易》不载。不承五运。一曰。亦木德王。盖宓牺之后，已经数世。金木轮环，周而复始。特举女娲，以其功高而充三皇。故频木王也。当其末年也，诸侯有共工氏。任智刑以强霸而不王。以水承木，乃与祝融战，不胜而怒。乃头触不周山。崩。天柱折，地维缺。女娲乃炼五色石以补天，断鳌足以立四极，聚芦灰以止滔水，以济冀州。于是地平天成，不改旧物。女娲氏没，神农氏作……”二说虽与《列子》相类，但补天结果却不同，竟然都恢复了原貌，与《列子》有异。文意上还是《列子》所载与《楚辞·天问》“康回冯怒，墬何故以东南倾”之问更符，启发了《红楼梦》中的神话新创，也和中国实际的地形地貌相符，为《红楼梦》中的神话提供素材。

② 见《山海经·大荒西经》，郭璞注，《红楼梦》第一回中亦称之为“娲皇”，同司马贞说。

年”势必被父权社会所取代，母系社会的特征是合作和谐，而父权社会则是争夺竞争，赢者支配权力，输者沦落下沉，形成人间地位的高低不平，一如共工破坏后的地形。父权社会始终动荡不宁，得权者唯思长保，在野者窥时以动，仕途经济学问成了安身立命之所，日益远离自然、情感等生命最可珍贵者。女娲自身有无能力进行再次补天？还是冥冥中让那块当时无用的顽石（由女娲赋予生命：形体与灵性）化身来人间为众生“补情天”？而此已然父权社会之“末世”[①]。曹雪芹感慨这个世界日益远离最初的和谐平稳而走向毁败的“末世”，以其大智慧、大悲悯直指问题根由，在小说中用“女儿崇拜”作隐喻，警醒世人莫再沉迷于父系社会争夺资源、钩心斗角的竞争游戏。

让我们回溯宝玉“女儿崇拜”文化基因的起点，追索女娲为何具有修复天地的能力？后代女神、女儿继承了她的何种力量？宝玉能否成为女娲精神在人间末世的传人和试炼者？参看较早有女娲记载的《山海经・大荒西经》、《楚辞・天问》、《说文解字》等典籍[②]可知，女娲之前是无天无地无人的状态。

① 第二回冷子兴演说贾府用了“百足之虫死而不僵”之词，脂评即曰：“作者之意原只写末世。”第五回关于王熙凤的判词“凡鸟偏从末世来”，也强调“末世”关头。

② 先秦文献《史籀篇》、《楚辞》、《礼记》、《山海经》和秦汉以来的《淮南子》、《汉书》、《风俗通》、《帝王世纪》、《独异志》、《路史》、《绎史》及司马贞补《史记・三皇本纪》等中都有女娲相关的记载。女娲或称娲皇，一度尊为三皇之一，在整个古文化系列中占有重要地位。现将重要记载罗列如下：《楚辞・天问》：“登立为帝，孰道尚之？女娲有体，孰制匠之？”（王逸注：“女娲人头蛇身，一日七十化。其体如此，谁所制匠而图之乎？”）《山海经・大荒西经》：“有神十人，名曰女娲之肠，化为神，处栗广之野，横道而处。”（郭璞注：“女娲，古神女而帝者，人面蛇身，一日中七十变，其腹化为此神。”）《说文解字》：“娲，古之神圣女，化万物者也。”《太平御览》卷七十八引《风俗通》：“俗说天地开辟，未有人民，女娲抟黄土做人，剧务，力不暇供，乃引绳絙于泥中，举以为人。故富贵者，黄土人也；贫贱凡庸者，絙人也。”《博雅》引《世本》：“女娲作笙簧。笙，生也，象物贯地而生，以匏为之，其中空而受簧也。”（当系宋时人注）《帝王世纪》：“女娲氏，风姓，承庖羲制度，始作笙簧。”（即谓女娲造乞生巫仪用乐器，象喻两性交合，教人以繁殖之法，后世可自行繁衍滋生。）《风俗通》：“女娲祷祠神，祈而为女媒。因置昏姻。”

自女娲诞生之始，她以自身躯体化生了万物与神族，按照自己形体以土造人，是创造天、地、众神与人类的创世神，并为了人类延续，祈祷上苍使成女媒，创造嫁娶之礼，成为婚姻神。与之前的“补天”神话与民间活态神话进行整合，女娲最突出的业绩是“抟土造人”、“炼石补天”、“制笙簧”、“置婚姻，合夫妇”乃至“化生万物”。女娲不但是炼石补天的英雌和造人的女神，还是一个创造万物的伟大的自然之神。按照荣格（Carl Gustav Jung）对集体无意识的研究，女娲当属中华神话谱系中的大母神（the Great Mother），这一原始意象或原型（archetype）始于华夏族母系氏族时代，无配偶大母神独立生育出世界、诸神和人。女娲大母神早于男性为中心的父系氏族社会而存在，单性生殖观念即反映着当时知母不知父的母系氏族社会的生育状况。后代一切女神以女娲大母神为终极原型，是她的延伸和派生。换言之，女娲是中国女神崇拜的最初形态，从这一母神原型中逐渐分化、派生出职能各异的众女神及男神。

女娲具有创生万物的力量，自然也具有修复的能力，因她具备悲悯之情。西方神话学家坎贝尔说：“那些由伟大女神、宇宙、与人类母亲所启示的，则教导众生慈悲。由于慈悲，你也会开始欣赏大地本身的圣洁，因为它就是女神的自身。”[①]大母神的慈悲之力，“一日七十化”、“化万物者”是以自身的骨血腹肠化成万物生灵，使万物长育、成熟并养之复之。一旦她所造之世界破裂损坏，为母者定当奋力修补，一如道家所谓之“天下母”，她拥有“不辞”、“不有”、“不为主”、“不恃”、“不宰”之美德，这不是父系社会世代热衷于主宰、占有、争夺权力运作之人可以轻易理解的，故为“玄德”。《红楼梦》的作者幸而尚能直承这种远古母神的慈悲之力，也即白先勇称之为代表宇

① 坎贝尔《神话》，第311页，转引自郭玉雯：《红楼梦渊源论——从神话到明清思想》，台大出版中心2006年版，第15页。

宙原动力的“情”之概念，将之化用在自己的小说中感化众人。神话框架中新造出女娲之“子”顽石通灵来“补情天”的神话，写实世界中则让贾宝玉遇到一众优美出色的闺阁灵秀、成为“女儿崇拜”甚至“情不情”的“情痴情种”，两者虚实相应，加强了悲悯、重“情”的共振合力。

女娲以土造人、炼石补天，土与石都来自大地，而大地因其丰饶能产常被喻作大地母亲，被当作原始的母神。土地被视为生与再生的象征，人从尘土中来，再回到尘土中去，土让人得到休息和纯化，继而赋予新的生命而再生；而石头一向被中国人视作具有神秘生成力和行动力的神圣之物，常被当作大地的代理象征而成为崇拜的对象。小说中的石头也大有神通，它出身辉煌，但遭际堪叹：“女娲氏炼石补天之时，（甲戌本侧批：补天济世，勿认真用常言。）于大荒山无稽崖炼成高经十二丈、方经二十四丈顽石三万六千五百零一块。娲皇氏只用了三万六千五百块，只单单的剩了一块未用，便弃在此山青埂峰下。（甲戌本眉批：妙！自谓落堕情根，故无补天之用。）谁知此石自经锻炼之后，灵性已通，因见众石俱得补天，独己无材不堪入选，遂自怨自叹，日夜悲号惭愧。”这块顽石既已通灵，情根深具，又无法为女娲所用，失群无用的弃儿般悲怨心理，让他悲号惭愧，寻求出路。“一日，正当见一僧一道远远而来，生得骨骼不凡，丰神迥别，说说笑笑来至峰下，坐于石边，高谈快论。先是说些云山雾海、神仙玄幻之事，后便说到红尘中荣华富贵。此石听了，不觉打动凡心，也想要到人间去享一享这荣华富贵……”先听神仙得道的一僧一道谈论云山雾海、神仙玄幻之事，石头没有兴趣，因为这本就是他的世界，是他被遗弃被视作无用的世界，哪怕有永恒时间但也都是孤单寂寞；而当听到红尘中荣华富贵时，他凡心萌动、“心切慕之”，遂自称粗蠢，苦求二师携带入红尘，可见他对“人世间荣耀繁华”之渴慕。“荣耀”相对于“未用”而言是有所实现，离开无从施展的神仙世界，到红尘天地中方可有另一番作为。周汝昌先生指出，石头出自补天济世的女神之手，那么他幻化来到人间，绝不是专意“向人间惹是非”或“枉入红尘”“受享一番”的，作者正是套用世俗庸人之语在反讽[①]，读者当别具慧眼。带着女娲母亲的慈悲精神下世人间，与其说是去享乐、去历练，不如说是去行使母亲“补天济世”的未竟之业，向人间末世昭示女娲所代表的精神与情感。“从石头的立场可以说‘堕落与解脱’但从女娲的立场来看则是‘派遣与回报’，顽石在红尘浊世的所见所闻，岂不是向女娲‘回报’下界对永恒母亲非常疏远而隔阂的情形？”[②]

从“补天”神话原型中脱化出来的“顽石”形象，其实早在曹雪芹之前就已出现在中国文人的诗词书画作品中，且慢慢形成了固定的所指。如中唐苦吟派诗人姚合、南宋词家辛弃疾、清代诗家也是曹家世交的叶燮与曹雪芹祖父曹寅及友人敦敏和张宜泉等人的作品中，皆出现过被遗弃、被边缘化的“顽石”形象，往往和落魄文人、不遇寒士相联系。可见，“顽石”虽与女娲补天神话相关，但并不是神话的固有要素。“顽石”是文人借助神话表达特有身世体验的形式，从诞生之初就是“寒士”的表征。曹雪芹的“顽石”情结直承自叶燮和曹寅，对石头情有独钟，吟诗作画时时常玩味，以“顽石”自况。[③]牟宗三先生指出曹雪芹著《红楼梦》“著意要铸造”的是一种“名士”人格型态，贾宝玉的“潦倒不通世务，愚顽怕读文章”正体现了这一“名士”特征，即“惟

① 周汝昌：《红楼小讲》，北京出版社 2002 年版，第 15–18 页。

② 郭玉雯：《红楼梦渊源论——从神话到明清思想》，台大出版中心 2006 年版，第 23 页。

③ 段宗社：《女娲神话的流转与〈红楼梦〉“顽石”意象的生成》，见《陕西师范大学学报（哲学社会科学版）》2010 年 9 月，第 59–63 页。

显逸气而无所成”，“此是天地之逸气，亦是天地之弃才”[①]。但若对照《红楼梦》中的相关言论，即第二回“冷子兴演说荣国府”时，作者借贾雨村之口点评此等亦正亦邪、正邪相搏之人“若生于公侯富贵之家，则为情痴情种，若生于读书清贫之族，则为逸士高人，纵再偶生于薄祚寒门，……必为奇优名倡”，宝玉当属第一类，生于公侯富贵之家的“情痴情种”。宝玉是“顽石”的幻化，中国文学史上的“顽石”意象，第一次流转为人物形象。他身兼正邪两气，是父权为主封建社会末世的“弃才”，却又是真正继承女娲慈悲之情的“情痴情种”。

宝玉是弃才，无用于世，有很多不合世俗的言行举止，如看了《燃藜图》，“心中便有些不快”，再见到“世事洞明皆学问，人情练达即文章”的对联，则“断断不肯在这里了”，湘云、宝钗劝以“仕途经济的学问”、“将来应酬世务”，即被批为“混账话”或被冷脸相对，足见其“潦倒不通世务，愚顽怕读文章”，对世俗世界的成功毫不关心也毫无兴趣；在祖护闺阁女儿方面，宝玉也实有无用之处，如金钏、晴雯、芳官、四儿等遭王夫人驱逐之时，他毫无“拯救”之功，只能溜之大吉、暗自伤心；在家道崩溃、婚姻无主之时，他无力挽回局面，遁入空门。以世俗标准来评判，宝玉实在多情但无用，只能算“误入红尘”。在生身父亲贾政眼里，宝玉是“酒色之徒”、不熟读四书而专在浓词艳赋上下功夫、不求功名辜负韶光，家难后出家就更是“于国于家无望”了。然而，宝玉又是至情至性、有大智大爱之人。他俊逸潇洒，诗才出众，极有艺术品位。更难能可贵的是，他付出博爱与心劳，尊重、热爱纯洁的女儿，同情众多女儿的不幸和痛苦，甚至说出“女儿是水作的骨肉，男人是泥作的骨肉。我见了女儿，我便清爽；见了男人，便觉浊臭逼人”这样的“奇谈怪论”，只对沾染了男子气

① 牟宗三：《才性与玄理》，广西师范大学出版社 2006 年版，第 58–60 页。

味的混账老婆憎其堕落。这里的“男子的气味”，实指男权社会的势利和无情，女儿因婚姻受男子影响，年龄越大沾染的恶习也就越多，失去了柔情和纯朴，将自己曾经受过的苦再麻木不仁地加到别人身上。因此，宝玉的“女儿崇拜”其实是对“顽石”出生的认可与回响，是对无情的父权社会末世的绝佳讽刺。

在这种环境下，贾（假）宝玉的结局势必是无功而返，回复为真“顽石”的面目，恢复丑陋蠢笨的原貌、复归大荒，万境归空。然而，他的灵魂、根性、真情则在人世间流传，传播着来自女娲母神的真情关爱。贾（假）宝玉、真“顽石”这二位一体的主人公，体现了作者曹雪芹的理想和感情，也是中国文学史上出现的全新的不朽典型。脂砚斋称贾宝玉是“古今未见之一人”，这个形象刻画深刻、风神隽永，功劳少不了神话题材的加持。

第三节　绛珠仙草与神瑛侍者

除创世救世的大母神女娲之外，《红楼梦》还对诗文典故中古已有之的神女形象，进行匠心独运地改造，让她们带着特定语义背景和神秘优美的气息，降临到《红楼梦》故事里，融入全书的意义网络中。《红楼梦》这部写实作品被放入首尾卯合的神话框架内，写实情节即笼罩在浪漫神秘的氛围中，虚实交错，真假不分，《红楼梦》也由此成为古典说部中前无古人之作。

学者龚鹏程认为：“《红楼梦》一书较此尤甚，神话在书中的地位异常重要，譬如宝玉口中衔的就是女娲补天石，林黛玉本人则是西方灵河岸上三生石畔一棵绛珠草。绛珠草，据《山海经》、《海中山经》讲原是天帝之女所化[①]；大荒山无稽崖则显然出自《山海经》的《大荒经》。这一切神话原材，经作者变造后，即成为一种全新的神话结构，作者对人生宇宙的体悟和他所欲传达的全部旨意，均借此神话结构来表现；叙述中又常夹入神话情节（如宝玉梦游太虚幻境等），以达成神话结构所欲点出的题旨。”[②]《红楼梦》作者采撷神话原材，新创之、变造之，形成一种全新的神话结构，读者、评者若无视或曲解这些神话，则难理解男、女主人公之来历、遭际，也不能洞察神话结构所欲传达的意义，更难窥见红楼廓庑之阔大深远。

具体来看，绛珠仙子（黛玉前身）与神瑛侍者（宝玉前身）的“木石前盟”、“绛珠还泪”神话出现在小说第一回中石头所记故事的开头，写甄士隐梦中听一僧一道谈论“一段风流公案”、“千古未闻的罕事”，说的是：“此事说来好笑，竟是千古未闻的罕事。只因西方灵河岸上三生石畔，有绛珠草一株，时有赤瑕宫神瑛侍者，日以甘露灌溉，这绛珠草便得久延岁月。后来既受天地精华，复得雨露滋养，遂得脱却草胎木质，得换人形，仅修成个女体，终日游于离恨天外，饥则食蜜青果为膳，渴则饮灌愁海水为汤。只因尚未酬报灌溉之德，故其五衷便郁结着一段缠绵不尽之意。恰近日神瑛侍者凡心偶炽，乘此昌明太平朝世，意欲下凡造历幻缘，已在警幻仙子案前挂了号。警幻亦曾问及，灌溉之情未偿，趁此倒可了结的。那绛珠仙子道：‘他是甘露之惠，我并无此水还。

① 《山海经》曰：“姑媱之山，帝女死焉，名曰女尸，化为䔄草，其叶胥成，其花黄，其实如菟丝，服者媚于人。”龚鹏程认为绛珠草即为《山海经》中帝女所化之䔄草，虽无直接的证据，但二者之间确有十分相似的神话情节，都是植物与人（特别是年轻女子）之间的异形转换，因此认为绛珠草是曹雪芹根据《山海经》以来帝女化䔄草之神话进行的新创，则是合情合理的。

② 龚鹏程：《中国文学里神话与幻想的世界》，收入与张火庆合著之《中国小说史论丛》，学生书局1984年版，第41页，转引自郭玉雯：《红楼梦渊源论——从神话到明清思想》，第43页。

他既下世为人，我也去下世为人，但把我一生所有的眼泪还他，也偿还得过他了。’因此一事，就勾出多少风流冤家来，陪他们去了结此案。”参照第五回，下世历劫的一众“风流冤家”、神男仙女皆经由太虚幻境，小说中重要的女性角色皆记录在册，由警幻仙姑司掌。然其中唯一交代能来去太虚幻境游玩的仅黛玉生魂“绛珠妹子”，也唯独她拥有一个前身神话。第一回脂批即点出，用绛珠神话“写黛玉来历自与别个不同”。这个前身来历故事运用宗教、神话、文学典故，交代了黛玉的身份来自“仙子”，其生命形态由“绛珠草”得“甘露”、“雨露”滋养再得天地精华修炼而成，她下世的使命和意义是用眼泪偿还神瑛侍者的灌溉之德，而眼泪是以情感、健康甚至生命为代价的，小说中也用比喻的方式告诉读者，其行为的精神特质来自“离恨”、“灌愁”及“秘情”。换言之，绛珠仙子的一游一饮一食决定了林黛玉的性格本质，就是为爱而哀愁而痛苦，为爱而九死不悔[①]。深情与眼泪是林黛玉的精神特质，其实也是作者自己的投影——曹雪芹尝用“情痴”、“抱恨”、“血泪化为文字”、“泪尽而逝”等相似之语说自己，红学家俞平伯即指出：“曹雪芹自比林黛玉。”

不少学者将绛珠神话的源头锁定在䔄草瑶姬神话上，因二者在内容构成、精神实质方面皆有相似性。䔄草瑶姬神话在文学传承中，经由世代加工阐释，已具备丰富意涵，是后世作家进行新创与再拟的绝佳神话题材。李善注《文选·别赋》时，罗列了宋玉《高唐赋》和《山海经》的说法[②]，给人以“帝女未嫁而亡，

① 马瑞芳：《绛珠仙草的寓意》，见 http://xiangpyx.blog.163.com/blog/static/16751736720111025226416550。

② 《文选》李善注江淹《别赋》“惜瑶草之徒芳”句有以下诸条：宋玉《高唐赋》曰：我帝之季女，名曰瑶姬，未行而亡，封于巫山之台，精魂为草，实曰灵芝。《山海经》曰：姑媱之山，帝女死焉，名曰女尸，化为䔄草，其叶胥成，其花黄，其实如菟丝，服者媚于人。郭璞曰：瑶与䔄并音遥，然䔄与瑶同。（《文选》第二册卷第十六，上海古籍出版社，第 754 页）及，袁珂《中国神话史》，第 28 页，提及“其名曰女尸、化为䔄草”的“帝女”，是具有始祖母或护国女神身份的重要女神。又及，袁珂《古神话选释》之“炎帝诸女”，第 94 页，认为瑶姬神话是䔄草神话的演变。

死后精魂为草，生命经变形（由人而草）得以延续，这䔄草食之能为人所爱”的杂糅印象；《文选·高唐赋并序》李善注引《襄阳耆旧传》[①]及余知古《渚宫旧事》引同书[②]则演进了“与梦期”的“巫山之女、高唐之姬，与楚王神遇，朝云暮雨甚至许诺抚君苗裔，藩乎江汉间”的情节，瑶姬精魂化草服后不但能被人所爱，更能与爱人在梦中相会，以巫山之女、高唐之姬，去向楚怀王倾诉情爱，并将护佑楚君苗裔繁盛于江汉之间，而怀王为感念她建了朝云之馆（即宋玉《高唐赋序》中的“高唐之观”）。

首先，看二者的内容构成。从䔄草神话演进到瑶姬神话，是“人→草→仙”的两度演化，《红楼梦》中绛珠至黛玉也经历了“草→仙→人”的三态复式变形，顺序有异，却是为小说宗旨而设。曹雪芹设计女主“由草而仙”，绛珠草脱却草胎木质、修成仙子女体，在瑶姬神话中，这已是变形终点，但《红楼梦》则不止于此，它重点要落在“再下世为人”，落至写实的那部分故事上，故而绛珠仙子还必须飞身一跃、下世投胎，成为林黛玉。“木石前盟”中的“石”即指赤瑕宫神瑛侍者（瑕、瑛都是玉石），贾宝玉（至贵至坚之石）是其投胎

① 《文选·高唐赋并序》“梦见一妇人曰：妾巫山之女也”句下李善注云：《襄阳耆旧传》曰：赤帝女曰姚姬，未行而卒，葬于巫山之阳，故曰巫山之女。楚怀王游于高唐，昼寝，梦见与神遇，自称是巫山之女。王因幸之。遂为置观于巫山之南，号为朝云。后至襄王时复游高唐。见《文选》第二册卷第十九，上海古籍出版社，第875页。

② 襄王与宋玉游于云梦之台。望朝云之馆，其上有云气，变化无穷。王曰：“何气也？”玉曰：“昔者，先王游于高唐，怠而昼寝。梦见一妇人，暧乎若云，皎乎若星，将行未止，如浮忽停。详而观之，西施之形。王悦而问之。曰：‘我夏帝之季女也，名曰瑶姬。未行而亡，封乎巫山之台。精魂为草，摘而为芝。媚而服焉，则与梦期。所谓巫山之女，高唐之姬。闻君游于高唐，愿荐寝席。’王因幸之。既而言之曰：‘妾处之羭，尚莫可言之，今遇君之灵，幸妾之搴。将抚君苗裔，藩乎江汉之间。’王谢之。辞去，曰：‘妾在巫山之阳，高丘之岨。旦为朝云，暮为行雨。朝朝暮暮，阳台之下。’王朝视之，如言。乃为立馆，号曰朝云。”王曰：“愿子赋之，以为楚志。”见《襄阳耆旧传》与本赋小异，故更录之也。以上引文可参看《钦定四库全书》（唐）余知古撰《渚宫旧事·卷三·周代下》。

入世之身，灵性来自大荒山的通灵顽石，宝黛之恋是“前盟”在今世的践行。写实故事中的贾宝玉有通灵宝玉，薛宝钗有璎珞金锁，宝玉和金锁都算物体，是贾宝玉和薛宝钗的身外之物；而林黛玉本身就来自最富有哲学、宗教、诗情画意的物体——绛珠仙草。正是如此，曹雪芹通过今世生魂、前世神话塑造出林黛玉灵性不朽的形象，把自然和人间结合到极致。但为何是三态两度变形呢？其实曹雪芹已经用绛珠所生环境，即“西方灵河岸上三生石畔”，给出了解答。“灵河”，是佛教中西方极乐世界的一条河，“灵”有“灵秀”、“灵气”、“灵性”之意，从绛珠草到仙子到黛玉，都是灵气之凝聚，黛玉之聪颖与才情更是冠绝红楼；“三生”亦出自佛教轮回转世的观念，指前世、今世、来世。“三生石”典故可见唐传奇《甘泽谣·圆观》，有“三生石上旧精魂……此身常异性常存”句，指即便经历了几生几世，身形、外貌常改，但精魂不散、性灵不变，不忘前世情人，会再续前缘。后世文学常以“三生石”描绘为情而生、而死、死而复生的再世情缘。绛珠草既然生在这三生石畔，就必然与所爱的神瑛缘定三生，连续三世为情献身。神瑛侍者灌溉、侍奉绛珠草是宝黛的第一世情缘；草修炼成仙子，“五衷内对神瑛侍者郁结着缠绵不尽之意”，一心要回报神瑛的灌溉之恩，这是宝黛的二世情缘；以至愿跟随下世历劫，成就三世情缘。脂批透露作者所定情榜中，林黛玉的评语是“情情”，即为所爱之人一往情深，为爱情而献身，是黛玉的性情根本。然而，此事在那僧口中却“说来好笑”、“竟是千古未闻的罕事”。应注意，《石头记》品评人物常用春秋笔法，反语往往实为激赏。绛珠跟随下世、“以泪还情”之举无疑在仙界也是少有罕见的奇事，超越世人庸常的、功利的、僵化的情理观念，值得僧道感叹，却难为世人理解。无奈作者只能用“游于离恨天外”、“食蜜青果”、“饮灌愁海水”隐喻她的爱情只是“秘情”，秘密的感情，因为在当时人世只有父母之命、媒妁之言的婚姻，没有男女自主、“秘情”恋爱的自由，因而她的这份情必定是离愁别恨（离恨）、习惯哀愁（惯愁）的。

其次，比较二者的精神实质。䔄草瑶姬神话的另一个要素是瑶姬“未行而亡”，即未嫁而死，是洁净清纯的女儿，而《红楼梦》中流露的女儿崇拜、林黛玉未婚而夭“质本洁来还洁去”的本质实本此义。小说中，黛玉对洁净的坚持主要在精神方面，不曲意迎合、直言快语地做人，并借葬花自期一个干净的结局。此一。精魂化草、“服之媚于人”、“媚而服焉，则与梦期”是说青春年华的帝女，未嫁而夭，其魂魄耿耿，化为草木，仍期待得人所爱、受享甘露。因而，这䔄草灵芝的功效就是吃了能为人所爱，或能引人入梦得到所思之人的爱恋。瑶姬精魂化䔄草，其精魂实为执念，一种渴望体验爱的执念。此二。《石头记》新拟“西方灵河岸上三生石畔有绛珠草一株”，这棵绛珠草颜色美好、充满灵性，想必也惹人怜爱，得到了有情人神瑛侍者的悉心照顾。修炼成绛珠仙子后，念念于神瑛的恩情无法释怀，这段情义便郁结于内，缠绵不尽。因而，她必须跟随他去下世、去造历、去还泪。而这泪，就是她表情达意的方式，以生命去偿还的牺牲。在神瑛的灵性里，也是认定这份感情。第三十六回，贾宝玉曾在梦中大声喊出：“和尚道士的话如何信得？甚么金玉姻缘，我偏说木石姻缘！”甚至在黛玉面前直剖心迹：“除了别人说甚么金甚么玉，我心里要有这个想头，天诛地灭，万世不得人身！”当读者为“林黛玉焚稿断情，泪尽而亡”的结局扼腕叹息之时，不妨联想正是通过泪尽而亡，黛玉才得以回归灵河岸三生石畔的绛珠草，正如宝玉必须经历过悬崖撒手的觉悟，方能回到青埂峰下。这是他们用情了结前生情债与宿缘的方式，也只是“三生”中的一个阶段，因为“规矩这样人是虽死不死的”（借用第三十九回贾宝玉语）。通过神话变形这一手段，作者赋予黛玉之真情超越世俗、超越生死的永恒意义。

再次，无论绛珠草神话还是蕾草神话，底子都是浪漫的、忠贞的男女情爱，却在现实中不可得、不可成。木石、宝黛的爱情，当然是真挚的，在梦中、在前世；在今世、在现实中却是“秘情”，自我压抑、遭人破坏，不能成就姻缘。更残酷的结局是女主带着无望的爱情，最终未嫁而亡。今生二人注定有缘无分，任前世情深若许！家世、品性、女德、健康等都层层束缚、折磨着孤高自许、寄人篱下的林黛玉，胸中抑郁，化作小性、猜忌，只能用眼泪来对抗命运、保卫爱情。不能自由掌握自己命运、也没有父母为自己婚姻做主的痛苦，严重地摧伤了这个少女的内心。“叹今生，谁舍谁收？嫁与东风春不管，凭尔去，忍淹留。”“春蚕到死丝方尽，蜡炬成灰泪始干”，林黛玉用她短促的一生，唱出了众多女儿的悲歌。不仅黛玉，甚至宝玉对自己的感情、婚姻也做不得一点主，稍有超过男女之防谈情说爱之语，早有眼线耳报神去汇报给主子太太，而这个愚钝的太太在刹那化身“恐怖母神”[①]，掀起风暴，戕害她心目中勾引儿子学坏的狐媚女子，舍弃心知肚明儿子所钟爱之人。作者想必有痛彻心扉的相似遭遇，不仅是第一回脂批所透露的“结此草木因果，以泄胸中抑郁”，更是对人世之无情、婚姻之“无情”（“金玉良缘”的对象是“任是无情也动人”的宝钗）的讽刺与抨击，更揭露当时世俗禁止婚前男女自主爱情、婚姻不讲求爱情、用三从四德扼杀青春儿女的父权社会价值观：道德规范，实用功利，残酷无情。再回到神话叙事的宗旨，就较能理解，作者阅尽人世沧桑、历经人情冷暖后，遭遇世俗所谓婚前定情乃“让人悬心”的不堪之事，至无可如何，必借一地步去大声疾呼天下唯“情”，必借用超越现实的一种题材去承载这份人世稀缺的真情。

① 欧丽娟：《母性·母权·母神——〈红楼梦〉中的王夫人新论》，《台大中文学报》2008年12月，第317–360页。

因而，两个神话都是礼赞真情。灵河岸边，顽石草木自有灵性生情；人世贾府，宝黛遍尝情缘滋味。宝玉由顽石到神瑛侍者，因对绛珠草有情，故呵护之，施以甘露，付出情爱之泽润；黛玉由绛珠草到修成女体仙子，乃受情爱倾注的甘露方能延续生命，来而不往非礼也，故还之以动情之泪。甘露、眼泪皆为情感之凝，往大里说，也是生命之喻。无情之人无法与他人他物结下羁绊，无法融入其他生命，无法延续其他生命，更无法成为生命本身。由此可推知，曹雪芹新创“绛珠还泪”的神话，除了用神女之前世说明女主人公身世不凡、预设一种“木石因果”的宿命轮回、营造一种凄迷浪漫的神秘氛围以外，更在于呼应女娲神话中“情”这一重要元素，这一创世、救世的原动力，从母子之情推演至男女之情，还可汇通不同物种之生命，亦能在不同时空中流动。

回顾女娲神话，赋予人生命的是泥是土，但还有一隐藏要素，即“水”。女娲造人时，须用水和土成泥，才能做出人形，没有水，土难凝形成泥，无法捏造成人。在老子思想体系中，“上善若水”是对水德的礼赞，水是生命的源泉、智慧的源泉，是“道”最高的存现形式。“水”这一要素在“绛珠还泪”神话中则以多种形式呈现。“灵河”、“甘露”、“雨露”、“灌愁海水”、“眼泪”无一不是说水，甚至“绛珠”之名，红色的珠子，亦可喻黛玉之血泪。其诗社别号“潇湘妃子”的来历，也与水、泪相关，为她取此号的探春道：“当日娥皇、女英洒泪在竹上成斑，故今斑竹又名湘妃竹。如今她住的是潇湘馆，她又爱哭，将来她想林姐夫，那些竹子也是要变成斑竹的。以后都叫她作潇湘妃子就完了。”（第三十七回）林黛玉的生命以水为根基，她占花名为“芙蓉”，即以水为养的水芙蓉——荷花，有着“风露清愁”的诗意与“出淤泥而不染”的品性，傲世独立。她不喜李义山却只喜一句“留得残荷听雨声”，不让拔去夏盛时衬托荷花而今秋残的荷叶，有物伤其类之感。曹雪芹于小说中常借植物来感通人物：赋咏白海棠、秋菊、红梅以言心志；开寿宴要玩抽花签“占花名儿”；各人院里栽的、喜欢的花草树木更是多次提及。还借宝玉之口道：“不但草木，凡天下之物，皆是有情有理的，也和人一样，得了知己便极有灵验的。”（第七十七回）认为非但草木与人的生命相通相验，凡天下之物，皆是“有情”的，都和人一样，因情而生，有情方存，有了相通之情，即可彼此呼应，成为知己。无怪乎，曹雪芹拟绛珠草神话来比拟林黛玉，其灵性、诗情，只能用非现实、神话中的事物方可形容。可以说，借用绛珠神话，曹雪芹将“情”这个字高举到老庄之“道”一样的地位，与万物宇宙共存共化。

第四节　警幻仙子与太虚幻境、大观园

曹雪芹新创警幻仙子、太虚幻境之神话，主要出现在小说第一回、第五回，是《红楼梦》之大关键、大关目。第一回为侧写、略写，甄士隐于炎夏白日梦中听闻一僧一道谈论绛珠、神瑛“一段公案”，跟随来到“太虚幻境”，得见“假作真时真亦假，无为有处有还无”之对联；第五回为正写、详写，宝玉由秦可卿引梦得见警幻仙子，在其引领下神游“太虚幻境”，亦见对联，于“孽海情天”宫痴情司得阅“金陵十二钗又副册、副册、正册”，经历种种饮馔声色之幻，未能从中警悟，反而将“古今之情”、“风月之债”等邪魔招入膏肓，“从此倍偏倍痴”（戚本第五回总评），堪称“千古情人独我痴”。

较之女娲补天神话，以上所涉神话色彩更偏向于仙道，可称为“仙话”，即中国神话与道家方士所传述之神仙故事相结合而成的一种神话变种。如嫦娥奔月、黄帝问玄女战法、西王母掌握不死药及仙桃等都是仙话侵染神话的例证。

曹雪芹拟造之“太虚幻境”是从中国仙话的“天上仙宫”幻想脱胎而来，与《列子·周穆王》中的“神游之境”、“化人之宫”及晋人张湛注中所称“太虚恍惚之域”有明显的渊源关系[①]，不同之处是这里完全属阴，是女儿仙境，由女仙司主。它位于离恨天之上、灌愁海之中的放春山遣香洞，在小说中以梦境的形式向甄士隐、贾宝玉二位深具慧根的有缘人显现。警幻仙子亦由仙界女性领袖西王母（即后来的王母娘娘）演变而来。西王母的名号即是“太虚九光龟台金母圣君”，《红楼梦》中形容宝玉所见警幻仙子之美是“瑶池不二”，更是直接以西王母比拟警幻仙子。二神都是女性，都是仙界之主，都有主司仙女命运之职，都处于象征“阴”的西方，又都有“太虚”之称，而且同样美丽绝伦，超尘脱俗，足以见两位女神之间一脉相承的渊源关系。而西王母，正如许多学者所指出的那样，又是女娲的变形，是同一女神的异名分化。西王母拥有蕴含生殖意义的仙桃，乃具有送子神性的生殖之神，又是与穆天子幽会酬答的风流仙后，与女娲、瑶姬（巫山神女）及作为风月之神的警幻仙子十分相近。因此，通过西王母的中介，我们可以发现警幻仙子与女娲至为密切的渊源关系。[②]

然而，多情美丽的警幻仙子毕竟已不同于原始古朴的女娲。作为太虚幻境的仙界之主与风月之神，她拥有神灵的道行与超凡品性，她居住在“离恨天之上，灌愁海之中”，与她交往、共事的是一众仙姑（痴梦仙姑、钟情大士、引愁金女、度恨菩提等）、“仙形道体”的“二仙”（茫茫大士、渺渺真人）及神灵（如宁荣二公之灵）。然而，警幻仙子的美丽（瑶池不二、紫府无双）、多情（脂批：警幻自是个多情种子）明显带有凡间女子的风姿、韵味，其“兼

① 王光福：《〈红楼梦〉“太虚幻境”考》，见《红楼梦学刊》2009年第2期，第269–276页。
② 梅新林：《〈红楼梦〉神话新解》，见《红楼梦学刊》1992年第3辑，第47页。

美，字可卿”的姊妹分身对应荣国府之钗黛、宁国府乳名唤作“可卿”的秦氏，而秦可卿称她的屋子是“神仙也可以住得”的，形成仙凡两界有趣的镜面映像。警幻主管的放春山遣香洞太虚幻境是“女儿清静之地”，超离俗界凡间男权主宰之世界，但又负责放遣春色香情、司掌俗界凡人儿女的风情月债、婚恋命运，她所在之宫又称“孽海情天”。

从古朴的大母神女娲到多情女仙警幻仙子，实际上昭示了中国神话向仙话转化的特殊生命流程。“仙”与“神”的差别从字源字体上可知，“仙”从“人”，可从人修炼、度化而来，而“神”从“示”（神示也，神的指示、象征）。通过道教思想的传播和深入人心，羽化成仙、白日飞升等凡人得道的故事，渐渐代替了遥不可及的神的传说，凡人也有成为神话的途径——修仙。“仙”比“神”更接近人，可以具有与凡人一样的世俗欲望与情感，故“仙”也被叫做“仙人”；但“仙”又高于凡夫俗子，拥有神灵的超凡能力，可以餐风饮露、长生不死、逍遥优游，故“仙”又称“神仙”。因此，所谓“仙”者，即是兼具人的世俗欲望和神的超凡能力的统一体，是介于神与人之间、带有道教色彩的存在。远古众神在后世的演变中，往往也被归拢到道教“神仙”的序列中。在这个意义上，警幻仙子也不外乎是古代神女、仙女和人世美女的一个有机整合，经过曹雪芹的诗心熔铸后，带有他自己的哲学理解和人生体悟。按理，警幻作为“司人间之风情月债、掌尘世之女怨男痴”之仙，职责是放春遣香、布散相思，却受宁荣二公之灵嘱托，“先以情欲声色等事警其痴顽（将“警幻”之名落实）”，规劝宝玉“跳出迷人圈子，然后入于正路”，“将谨勤有用的工夫，置身于经济之道”（各脂本也作“留意于孔孟之间，委身于经济之道”）。秉承自女娲“补天济世”的宏大入世精神，宗旨本是有情而慈悲，在后世被规范到儒家经世致用、仕途经济之道上，日趋狭隘，无情而虚伪，这正是宝玉最反感、最抵触的。

警幻仙子的做法是先以贾府“上、中、下三等女子之终身册籍”判词示之，又历之以“饮馔声色之幻”，闻“群芳髓”之奇香、品“千红一窟（哭）”之仙茗、饮“万艳同杯（悲）”之灵酒、赏《红楼梦》十二支曲歌文，并将妹子可卿许配于他、授之以云雨之事，望宝玉体悟“仙闺幻境之风光尚然如此，何况尘境之情景哉？”其苦心归为一番“以情悟道，守理衷情”之言，可谓深有“补情天”之义，即通过“情”体悟众女儿命运生死乃自然之道，安分守理而投入真情，才是末世的补救之法。正如空空道人改名“情僧”一样，虽然“因空见色，由色生情，传情入色，自色悟空”，起源、终点两端都是“空”，但中间的“情”才是最重大的生命意义。因而，宝玉是“千古情人独我痴”，是另一个“情僧”！

明代时，著名禅僧达观在《皮孟鹿门子问答》一文中，曾尖锐批评程朱理学，提出“情有者理必无，理有者情必无”的观点，其好友汤显祖称赞这是“一刀两断语”。因为这可解开汤显祖《江中见月怀达公》诗中表达的对“情”与“无情”（理）抉择之惑，既然“情”与“理”两不相容，而人天性之“情”是无法断绝消失的，它如生命本身一般滔滔汩汩，那就没有必要去违反天性斩断情根，就任凭现实情感在心中翻腾奔流。所以，他“立新场情传梦境情”，探索在梦幻之境中，如何表达现实中备受压抑甚或认作虚无的“情”之内涵及可贵处，于是《牡丹亭》、《南柯梦》、《邯郸梦》三部传奇戏曲名著相继问世。《牡丹亭》表达“情不知所起，一往而深”、“情起”的过程，不受制于外在社会和道德理性，正是人的自然本性，是人主体内部的独立存在。“情”的缘起不是人为（伪）理性的，而是至诚至真，它将枯燥拘谨的人生引向一个更开阔更本真的境界。“情”能使杜丽娘出生入死、死而复生，“情”就是生命力量。显然，汤显祖之所以标榜“情”，是直接针对“理”的束缚而来的。《牡丹亭》在确立了“情”的本体地位后，当然也不可能回避“情”与“理”之间惊心动魄的冲突。也许汤显祖并不希望冲突发生，也许他设法要弥合这种冲突。但冲突的实实在在的存在是既无法避免也不能弥合的。于是就有了《牡丹亭》中的梦境和非现实世界。[①]而到了曹雪芹，他还是通过梦境，加入神话、仙话的框架，借警幻“以情悟道，守理衷情”之言，意欲调和“情”与“理”达到平衡中庸的状态，但贾宝玉经过试练后的选择，明确告诉我们，他宁可做痴狂的千古情人！这也就是曹雪芹继汤显祖后的又一次“情”之探索，这种探索的目的决不仅止于自我满足，还负有改造末世的义务。但在太虚幻境的人间对应物大观园里，多情儿女的青春欢乐也都不可长保、自顾不暇，尚能去改造整个俗世吗？

太虚幻境是梦中之梦、幻中之幻，是“神游之境”，而宝玉与十二钗诗意生活的大观园就只是宁荣两府为省亲建造后的闲置吗？庚辰本脂批提醒我们：“大观园系玉兄与十二钗之太虚玄境，岂可草率？”据脂砚斋的看法，大观园实应是太虚幻境在人间的投影，是一个过于美好、失去时方更觉悲痛的所在。畸笏叟在庚辰本十六回眉批道“大观园用省亲事出题，是大关键事，方见大手笔行文之立意”，从创作角度点明作者苦心，大观园是宝玉与十二金钗、一众女儿的太虚幻境，所以在现实世界中，它的建造必然要借助元妃省亲这样的大题目方能展开。太虚幻境的人间镜像就是大观园，人间女儿的清静之地，大家于此修情、修真、修美。诗人顾城说，中国只有两次描画了人间的天国，一个是陶渊明的桃花源，一个是《红楼梦》的大观园，后者的女儿性恰恰体现了中国人对于人性和谐的最高梦想。早在1953、1954年时，俞平伯就强调了大观园的理想成分，他认为，以想象的境界而论，大观园可以是空中楼阁。俞平伯又根据第十八回贾元春所作“天上人间诸景备”之诗句，说明大观园是作者用

① 过常宝、郭英德：《情的探险：从汤显祖到曹雪芹》，见《红楼梦学刊》1997年第1辑，第102–118页。

笔墨渲染幻化的一个蜃楼乐园。余英时将这种说法推崇到红学史上的“典范”（paradigm）地位。1972年，宋淇在《论大观园》一文中亦郑重讨论《红楼梦》的理想世界，强调大观园决不存在于现实世界之中，而是作者为了迁就他的创造企图虚构出来的空中楼阁。1973年以来，余英时将曹雪芹在《红楼梦》里创造的两个对比鲜明的世界叫做“乌托邦的世界”和“现实的世界”，对大观园的世界和外面的世界加以区分，又用清与浊、情与淫、真与假、女性与男性等对立词汇来形容、象征这两个世界。余先生还认为这两个世界是贯穿全书的一条最主要的线索，看到这两个世界就能抓住作者的创作企图。①

当回顾“假作真时真亦假，无为有处有还无”这幅太虚幻境的牌坊对联，“真假”、“有无”之二分、转变，“真”之现实世界大观园与“假”之神话世界太虚幻境到底孰真孰假？或者根本就是难分彼此，真即是假，假亦是真呢！不光是贾（假）宝玉与真顽石，还包括太虚与大观！如果这种推论成立，那《红楼梦》未必是截然两分的现实与神话两个世界，而是现实与神话沟通融合的一个统一世界。如果《红楼梦》是一个圆融的统一世界，那现实与神话融通的方式为何？这个世界里的生命价值、存在意义是什么？如此书写的本旨何在？曹雪芹把《红楼梦》视为红尘一场大梦，但比汤显祖“临川四梦”的范围边界要大大扩展。那超越红尘俗世的女娲补天、石头通灵、绛珠还泪的神话，难分真假的太虚幻境与大观园，穿梭两界度化男女的一僧一道，还有书中甄、贾二人的梦中神游及大大小小数十个梦境，都是对现实世界价值关怀的隐晦表达。曹雪芹对“情”与人际社会现实的关系有清醒的认识，“情”之纯洁脆弱和俗世之污浊坚硬不成对手，只能借隐晦的神话、宗教外壳去进行包装，期冀它强大

① 余英时：《红楼梦的两个世界》，上海社会科学院出版社2002年版，第36页。

起来，可以落于人间土地。

第一回接神话而后，就是寓言，一部关于“情”的寓言，而其中运用的佛、道等宗教思想并不是曹雪芹写作的宗旨，也不是他探索的归宿。王夫人信佛，但迂愚暴怒，掀起的风暴戕害无辜，缺乏母亲的光辉、女主人的能力，更没能慈悲为怀；贾敬好道，“只爱烧丹炼汞”、“和道士们胡羼”，习导气之术、吞金服砂，非但没能升仙，反而伤了性命。此外，净虚老尼、马道婆、张道士等都是作为反面人物出现的，宗教没能让他们得道，反而比常人更下作。曹雪芹讽刺了俗世对佛、道的功利使用。当然，曹雪芹也承认宗教的超脱意境，写出了佛、道思想对“情”的辅助性意象。如“太虚幻境”，名称来自道家列子、庄子著作，该是道家的圣地，却居于“离恨天上，灌愁海中”，其主警幻仙子则“司人间之风情月债，掌尘世之女怨男痴”，是人间痴男怨女情之所系之处。它在第一回中作为绛珠下世还泪的起始地，第五回中是宝玉痴情意淫的训练场，在“情”的世界里可谓意义重大。痴情、结怨、朝啼、夜哭、春感、秋悲、薄命是为此处司名，处处弥漫着悲情的气氛，暗示世间情缘的不幸结局。这一切，和逍遥自在、清静无为的道家精神大相径庭。太虚幻境实则即为大观园，天上人间，宗教理想，合而为一，都是寓言性的象征意义大过现实意义。再看贯通全书、穿梭仙俗的一僧一道，奔忙于神瑛、绛珠等一干风流冤家造劫历世，夹带灵石下世，劫后又让其复还本质，以了此案。而首读《石头记》的空空道人，竟“因空见色，由色生情，传情入色，自色悟空，遂改名情僧”。是僧是道不重要，重点落在“情”字上，这一将“空”改为“情”的转变实是一个大关键。道家、佛教在斩断情缘、遁入空门后，才能悟空，但曹雪芹并不把“空”作为终极真理，而认为任何终极的东西事理都不能避开“情”，也只有包含着“情”的“空”，才是真正的生命归宿。而“色”不过是接受“情”的一个最好手段，是中介。所以“空空”道人改名“情僧”，也是曹雪芹的自我写照，并非宗旨佛、道。因而，“无情”之宝钗，是不能在精神层面成为宝玉的伴侣的。

神话叙事在《红楼梦》总体所占篇幅不可谓多，但其重要性绝不容小觑。当《红楼梦》首尾相应，用一个神话的大托盘，把要叙述的故事放置在它里面托呈于世人面前，那作用就像看一幅书画，最好连外面的框子合在一起来观赏一样，否则这些现实故事也就没有办法传达它全面的意义，而必须和外面的那个神话框子融合在一起。从女娲神话、绛珠神话到太虚警幻，曹雪芹将“情”视为生命之源，是生命之母女娲传递给子孙后代的第一能量，是人的自然本性。这种纯洁的、慈悲的、充满温情的自然人性，不争、不有、不居，比儒家“德性”、道家“空性”、释家“佛性”更自然，更贴近人的本真，更具有独特的人性价值。每个人都应该珍视自己“天分中生成一段痴情”，理解“情痴情种”本就由天地正邪两气天然而生，不必再特意区分“情”之善恶，不必用“理”来约束规范“情”。当曹雪芹对“无才可去补苍天”喊出遗憾时，他并不期冀用儒家“经世致用”的方式去实现价值，而是提出了“补末世情天”这条道路，哪怕路之尽头是风流消散众芳逝尽的白茫茫一片大地，曾经的情痴故事、意淫精神，不都字迹分明地记录在《石头记》上，流转在读者手捧的《红楼梦》里吗？

迎春

第二章 《红楼梦》中的“教育”

1935年，纯朴在《华北日报》撰《红楼梦的教育观》一文，称《红楼梦》“是丰富的教育材料，颇值得研究研究”[①]，以此开了红学中专门研究教育问题的先声。近几十年，随着红学研究的拓宽与深入，《红楼梦》中所展现的与教育相关的描写也越来越受到重视，有较多论文与专著涉及这一视角并有较为深入的探讨。[②]有学者认为：“《红楼梦》描写了丰富的学生成长经历，私塾教育、家庭教育和社会交往中的成长教育所展现的宝贵教育现实，反映了明清教育的时代特征，学生和教师的原生态教育描述是许多官修史料所不能及的。”[③]《红楼梦》虽是虚构的小说，但红学界的研究成果表明，其中所展示的情节与场景有不少源自作者曹雪芹的亲身经历与对社会、时代及家族现实的刻画。另外，小说具有一定的史料价值[④]，这一理论也已被大多数学者所接受，以小说证史

① 纯朴：《红楼梦的教育观》，载《华北日报》，1935年2月16日。

② 代表性论著有冯其庸：《解梦集》下册“《〈红楼梦〉与教育》”，青岛出版社2014年版；张毕来：《贾府书声》，上海文艺出版社1983年版；郑万钟：《漫说红楼话教育》，四川教育出版社1994年版；曹涛：《红楼梦与教育》，中国文联出版社2002年版；胡文彬：《红楼梦与中国文化论稿》第二十章“《红楼梦》与中国家族文化”，中国书店2005年版；温宝麟：《〈红楼梦〉的教育反思与心理阐释》，中国社会科学出版社2011年版；于洋：《人性的复归——〈红楼梦〉的教育世界》，华中科技大学出版社2016年版。

③ 于洋：《人性的复归——〈红楼梦〉的教育世界》，华中科技大学出版社2016年版，第9页。

④ 梁启超曾说：“中古及近代之小说，在作者本明告人以所纪之非事实，然善为史者，偏能于非事实中觅出事实。”梁启超：《中国历史研究法》，上海古籍出版社1998年版，第53页。

也已成为学界常用的研究手段之一。因此，《红楼梦》中的教育资料，不仅从文学的角度可以展示给我们书中人物的成长环境与个性发展过程，也从历史文化的角度，向读者生动具体地展示了清代前期贵族教育的一幅图景。

第一节　贾氏家族的家庭教育

《红楼梦》中所描写的贾氏家族是非常典型的世家大族，这个家族由军功起家，子孙因祖先的军功受到荫庇而承袭爵位。“君子之泽，五世而斩”，有学者认为贾府终致衰败的原因之一在于“富而不教”[①]。《红楼梦》第二回冷子兴向贾雨村演说荣国府时即发出这样的喟叹：“谁知这样钟鸣鼎食之家，翰墨诗书之族，如今的儿孙，竟一代不如一代了！”但贾雨村发出疑问：“这样诗礼之家，岂有不善教育之理！别家不知，只说这宁荣两宅，是最教子有方的。”然就小说文本所呈现的贾府现状来看，所谓的“诗礼簪缨之族”既缺乏真正的仕宦，也罕有读书种子，虽然族中设有义塾供族中子弟读书上学，但子弟们多数无心向学。在第四回借薛蟠进京入贾府后的一番描写：“谁知自从在此住了不上一月的光景，贾宅族中凡有的子侄，俱已认熟了一半，凡是那些纨袴气习者莫不喜与他来往，今日会酒，明日观花，甚至聚赌嫖娼，渐渐无所不至，引诱的薛蟠比当日更坏了十倍。”更是衬托出贾府子弟的败坏堕落。

据冷子兴所演说，宁府一支由贾敬袭官，然“一味好道，只爱烧丹炼汞”，其子贾珍“那里肯读书，只一味高乐不了，把宁国府竟翻了过来，也没有敢来

① 胡文彬在《红楼梦与中国文化论稿》第二十章“《红楼梦》与中国家族文化”中即这样认为。

管他的”。贾珍对其子贾蓉，“管儿子倒也象当日老祖宗的规矩，只是管的到三不着两的”。所谓“老祖宗的规矩”从第四十五回赖妈妈对宝玉所说的话来看，即是以“打骂”为主的教育方式，最后在秦可卿的丧礼上贾珍为头衔风光花一千两百银子为贾蓉捐了一个五品龙禁尉的官职。宁府一支实在看不出有任何“教子有方”之处。

荣府的世袭官职由贾赦继承，其子贾琏捐了个同知，“也是不肯读书”。贾政由皇帝另外恩赐了一个主事之衔，后来升作员外郎。贾政“自幼好喜读书，祖父最疼，原要以科甲出身的”，长子贾珠“十四岁进学”，只可惜不到二十岁娶妻生子，一病死了。因此，贾政只能将通过科举入仕保家的出路寄望于贾宝玉，严格督促宝玉在举业上下工夫。

只是贾政一面尽力敦促宝玉致力于科举，另一面贾府中却普遍存在着捐官行径：譬如赖妈妈的儿子赖尚荣，花钱捐了县官，修了豪华的园林住宅。贾珍为贾蓉捐了五品官，贾政为宝玉和贾兰捐了监生资格，可直接参加乡试。这些事例在客观上对宝玉、贾环们努力科考的心态和动力一定会产生负面的影响。第七十五回，荣府夜宴，宝玉和贾环击鼓传花作诗，贾环那首“词句终带着不乐读书之意”，贾政看了不悦，贾赦却连声赞好，道：“这诗据我看甚是有骨气。想来咱们这样人家，原不比那起寒酸，定要雪窗萤火，一日蟾宫折桂，方得扬眉吐气。咱们的子弟都原该读些书，不过比别人略明白些，可以做得官时就跑不了一个官的。何必多费了功夫，反弄出书呆子来。所以我爱他这诗，竟不失咱们侯门的气概！”既然“跑不了一个官的”，那么读书努力的意义又何在？贾家一面教导子弟“留意孔孟之间，委身经济之道”，读书上进求取功名，另一面却向子嗣展现了入仕的终南捷径，自然族中大多数子弟读书求学的意志力便被消解了。

总的说来，以科举入仕为主导的教育理念仍然形成了整个贾氏家族教育的氛围，这个氛围的形成与清廷对主流意识形态的倡导及利禄之途亦休戚相关。清朝建立之后逐渐接受汉文化，确立了尊经崇儒的主流意识形态，统治者尤以康熙为代表有步骤地学习汉文化，研读儒家经典，尤其推崇程朱理学，以其为治国方略。[①]恢复开科取士，以朱熹《四书集注》为主要命题范围，统一思想、笼络人心。“原要以科甲出身的”贾政自然在思想上亦以程朱理学为主导，讲究正心诚意，修齐治平，在学业上以科举制业为目标，强调对八股制艺的练习，对府中青少年宝玉、贾环的教育问题不可谓不重视，希望他们成为“于国于家有望”的人才。世袭封爵的家族荣耀若要存续，唯有科举入仕一途。第五回宁荣二公贾演、贾源之灵嘱警幻训诫宝玉云：“吾家自国朝定鼎以来，功名奕世，富贵传流，虽历百年，奈运终数尽，不可挽回者。故遗之子孙虽多，竟无可以继业。其中惟嫡孙宝玉一人，禀性乖张，生情诡谲，虽聪明灵慧略可玉成，无奈吾家运数合终，恐无人规引入道。幸仙姑偶来，万望先以情欲声色等事，警其痴顽，或能使彼跳出迷人圈子，然后入于正路，亦吾弟兄之幸矣。”此“正路”指的正是由读书科考以中功名来振兴家族这一出路，借宁荣二公之灵之口说出了整个家族对后辈子嗣的殷切寄望。

《论语》特别强调子女对父母的孝，如有“父母在，不远游，游必有方”[②]，“弟子入则孝，出则弟”[③]等，但对于父母对子女教养的责任并无太多论述。孟子后来提出“古者易子而教”，原因在于“父子之间不责善，责善则离，离

① 可参考张宗友：《“表章圣经”、“治统所系”：清初御定经解之经典化与学术影响》，载《古典文献研究》第十七辑上卷，凤凰出版社 2014 年版。

② 《论语·里仁》。

③ 《论语·学而》。

则不祥莫大焉”[①]，可见在孔孟学说中并非只是“子不教，父之过”的严苛，而更强调父子之间的天伦亲情。从汉代开始以孝治国，忠孝一体，慢慢发展出君臣父子夫妇的三纲思想，于是“孝”由一种从血缘天性中自然生发出来的情感上升为为皇权服务的道德。在小说文本中，我们看到贾政与宝玉父子之间并没有践行儒家最初所提倡的父子亲情，贾政维护与实践的是后世渐渐形成的纲常伦理、父权（亦即皇权）秩序。贾政对于贾宝玉读书、品行方面的教育方式主要以辱骂责打为主，因此宝玉见了父亲就像老鼠见了猫，常常“唬得宝玉忙垂了头”或“在旁不敢则声”（第十七回），贾环见了他父亲也“唬得骨软筋酥”（第三十三回），一如孟子所描述的“责善则离”的情形。

对于宝玉的课业，贾政虽然关心，但并未持久规律地对宝玉进行督责，而是想起一出是一出，因此宝玉的课业也是时断时续。第七十回大家知道贾政外任就要回家，肯定要检查宝玉功课，但宝玉在父亲不在的三四年间学业荒疏，所习之字竟只有五六十篇，于是黛玉、探春、宝钗都来代他临摹，尤以黛玉临摹的字迹都与宝玉十分相似。第七十三回，贾政回来之际，吓得宝玉整晚睡不着觉，后来在晴雯的提议下甚至想出了装病的主意。在贾政“一曝十寒”的监管方式和贾母等的溺爱纵容之下，宝玉的举业自是难以精进。

贾政对宝玉平时的管教也以讥嘲辱骂为主，如第十七回至十八回中，贾政让宝玉为大观园中各景命名，贾政所流露出的最大赞赏也就是“点头微笑”，当宝玉拟出“有凤来仪”的匾名时，面对众清客一味的吹捧赞美，贾政的评论是“畜生，畜生，可谓管窥蠡测矣”。第七十八回，贾政对宝玉所作之《姽婳词》颇为欣赏，却也只是笑道：“虽然说了几句，到底不大恳切。”殊少鼓励与肯

①《孟子·离娄上》。

定。只有在第七十五回中秋家宴上，贾政又出题考宝玉这几年的情思，看了宝玉所写，贾政“点头不语”，“贾母见这般，知无甚大不好，便问：‘怎么样？’贾政因欲贾母喜悦，便说：‘难为他。只是不肯念书，到底词句不雅。’贾母道：‘这就罢了。他能多大，定要他做才子不成！这就该奖励他，以后越发上心了。’”贾政这才给了宝玉两把从海南带回的扇子作为奖励。这大约是书中唯一一次父亲对儿子的奖赏。

贾政对宝玉更少流露出父亲对儿子的那种慈爱之意，但在第二十三回，元妃省亲刚结束，贾政奉元妃之意召子女们入住大观园，“一举目，见宝玉站在眼前，神采飘逸，秀色夺人；看看贾环，人物委琐，举止荒疏；忽又想起贾珠来，再看看王夫人只有这一个亲生的儿子，素爱如珍，自己的胡须将已苍白：因这几件上，把素日嫌恶处分宝玉之心不觉减了八九。”这一段描写让我们难得体会到贾政这个严父天性中的慈心。

但凡宝玉犯了较为严重的错误，那就只有责打的手段了。第三十三回中宝玉被贾政杖责，起因是贾政听闻宝玉犯下了“在外流荡优伶，表赠私物，在家荒疏学业，淫辱母婢”的严重罪行。优伶这个职业在明清贵族眼中是贱业，既禁止子弟从事此等行业，也禁止他们与优伶交往，担心他们由此而纵情声色享乐，荒废学业。再加上宝玉所结交的伶人琪官蒋玉菡是恭顺亲王府的小旦，王府找上门来责问宝玉私藏琪官之罪，这更让贾政颜面尽失而气急败坏。当又听到贾环进谗言说宝玉强奸金钏未遂导致金钏跳井而亡时，更是落实贾政对宝玉是个好色之徒的一贯判断，因此要用“堵起嘴来，着实打死”这种方式来挽回他眼中迷途不知返的儿子。棍棒教育这种方式如今看来大不近人情，但从贾政杖责时“喘吁吁直挺挺”、“满面泪痕”，我们也只能无奈叹惜贾政自己也是僵化的纲常伦理和君父权力下的牺牲品。

正因为常常这样被责打，第五回宝玉做梦进入太虚幻境，想的是：“这个去处有趣，我就在这里过一生，纵然失了家也愿意，强如天天被父母师傅打呢。”可见宝玉内心深处的极度恐惧和排斥。小说文本中除了宝玉的挨打，还有贾瑞被作为塾掌的祖父贾代儒责打，秦钟因与水月庵的尼姑智能私通，被其父秦邦业责打。由此可见，棍棒教育在贾府内普遍存在，这种方式教而不化，离教育的本旨愈加南辕北辙。

而另一面祖母史太君、母亲王夫人对宝玉又是极度温和与纵容，这与父亲的严苛形成极大的反差。贾母是贾府实际的权力中心①，她视宝玉为心肝。王夫人对宝玉也是素爱如珍，长子贾珠去世后，便只有宝玉一个独子，第二十五回写宝玉和王夫人请安，“不过规规矩矩说了几句，便命人除去抹额，脱了袍服，拉了靴子，便一头滚在王夫人怀里。王夫人便用手满身满脸摩挲抚弄他，宝玉也搬着王夫人的脖子，说长道短的”。从她与宝玉之间的肢体语言也可以看出他们母子之间的亲密，这些亲密部分弥补了宝玉在父亲处没有得到的温情。

我们虽然看到贾母对宝玉百般纵容宠溺，有时看起来甚至毫无原则，比如上面提到姐妹们代临字帖，贾母的态度是“喜之不尽”，只担心宝玉会急出来病。但对于宝玉的日常礼仪等贵族行为规范，贾母仍是十分重视的。在第五十六回，贾母与甄府的四个女管家谈到两个宝玉的一些行为时，道：“可知你我这样人家的孩子们，凭他们有什么刁钻古怪的毛病儿，见了外人，必是要还出正经礼数来的。若他不还正经礼数，也断不容他刁钻去了。就是大人溺爱的，是他一则生的得人意，二则见人礼数竟比大人行出来的不错，使人见了可爱可怜，背地里所以才纵他一点子。若一味他只管没里没外，不与大人争光，凭他生的怎

① 见萨孟武：《红楼梦与中国旧家庭》“五、贾母在贾府中的地位”，岳麓书社 1988 年版，第 43-55 页。

样，也是该打死的。”由此也可知贾母宠溺并不是没有界限的，这类长幼尊卑、上下有序的“正经礼数”即贵族青年的礼仪行为教育，更多地是由贾府中的成年女性来引导完成的。

以上，我们主要以贾宝玉为例来观察了贾府内对子弟教育的总体情形。贾府的家族教育主要以科举为导向，教育方式主要是父权式的规训责打，读书课业的目的主要是为取得功名、光宗耀祖，贾府内的母系教育主要体现在日常的礼仪行为规范，并提供家庭温情。

第二节 《红楼梦》里的学堂教育

贾府对青年子弟的教育以家族教育为主，但构成日常具有延续性并且较为稳定的却是学堂教育。贾府的学堂在小说文本中出现的时候有“家塾、家学、学堂、义学”等几种不同的称呼。

贾宝玉的教育最初由其长姊元春“口传教授了几本书，识了数千字在腹中”（第十八回）。当时蒙学用书一般为《三字经》、《千字文》、《千家诗》、《幼学琼林》等。年幼时延师在家接受教育，在第七回宝玉邀请秦钟相伴读书时曾提及“我因业师上年回家去了，也现荒废着呢”。《礼记·学记》载：“古之教者，家有塾，党有庠，术有序，国有学。”家塾至明清时体制大备，成为民间私学的主要形式。但贾府的“家塾”并不是传统意义上上门教学授业的西宾、西席，而是在家族居所之外另外选址设立的学堂，规模较大，面向整个宗族子弟及亲友子弟[①]。从宝玉向秦钟的介绍中可以看出一些基本的情形："我们却有个家塾，合族中有不能延师的，便可入塾读书，子弟们中亦有亲戚在内可以附读。"

在第九回中，对贾家义学有详尽的描述。首先义学的选址，离宁荣二府不甚远，大约一里之遥。"原系始祖所立"，创始人可追溯到贾演、贾源二公，设立的目的是"恐族中子弟有贫穷不能请师者，即入此中肄业"。"凡族中有官爵之人，皆供给银两，按俸之多寡帮助，为学中之费"，而由族中有官位者按俸禄多少来出资捐助，维持学堂的日常运转。第十回借金荣之母胡氏之口："况且人家学里，茶也是现成的，饭也是现成的。你这二年在那里念书，家里也省好大的嚼用呢。"可知入学者不仅不用缴费，甚至享受免费的伙食。可见贾家的义学对整个家族具有一定的公益和救助性质。[②]

但仅依靠俸禄的提成作为学堂的全部资金来源并不稳定，一旦家道中落，学堂就无以为继，无法再为族中培育科举人才，也就更失去了重振家族的希望。在小说第十三回秦可卿临终托梦王熙凤，向她提了个以田养学、耕读并重的长久性方案："目今祖茔虽四时祭祀，只是无一定的钱粮；第二，家塾虽立，无一定的供给。依我想来，如今盛时固不缺祭祀供给，但将来败落之时，此二项有何出处？莫若依我定见，趁今日富贵，将祖茔附近多置田庄房舍地亩，以备祭祀供给之费皆出自此处，将家塾亦设于此。合同族中长幼，大家定了则例，日后按房掌管这一年的地亩、钱粮、祭祀、供给之事。如此周流，又无争竞，

① 关于家塾在古代教育中的作用可以参看阎爱民著：《中国古代的家教》"五、家族教育与社会教育"，商务印书馆 2013 年版。

② 关于"义学"具体情形，可以对比参考刘晓东《明代的塾师与基层社会》中的研究，《红楼梦》中贾家的义学也具有相同性质，商务印书馆 2010 年版。

亦不有典卖诸弊。便是有了罪，凡物可入官，这祭祀产业连官也不入的。便败落下来，子孙回家读书务农，也有个退步，祭祀又可永继。”秦可卿的建议是多置些祀田、义田等不动摇的产业作为宗族的根基，雍正在位间曾号召宗族“设家塾以深子弟，置义田以赠贫乏”[①]，这类产业是宗族共同财产，在清中期以前不受革职抄家等影响，可以世代永继，为后世子孙留作退路。

从“起嫌疑顽童闹学堂”这样的回目，我们也可大致窥见学堂内读书与教学的日常情形。在贾家塾中任塾掌的是贾代儒，“年高有德”、“乃当今之老儒”、“专为训课子弟”，然而从文本中来看，他对学生的管教甚少。如薛蟠知“学中广有青年子弟，不免偶动了龙阳之兴，因此也假来上学读书，不过是三日打鱼，两日晒网，白送些束脩礼物与贾代儒，却不曾有一些儿进益”，后来甚至都“不大来学中应卯”，可见贾代儒身为塾掌对学生根本是师而不严。学堂风波那日，贾代儒有事早已回家，“只留下一句七言对联，命学生对了，明日再来上书；将学中之事，又命贾瑞暂且管理”。贾瑞是贾代儒之孙，协助处理学堂的日常事务。贾瑞对学堂的管理也完全没有章法可言，“最是个图便宜没行止的人，每在学中以公报私，勒索子弟们请他；后又附助着薛蟠图些银钱酒肉，一任薛蟠横行霸道，他不但不去管约，反助纣为虐讨好儿”，他的以权谋私终酿成了学堂风波。

学堂的学生主要由“本族人丁与些亲戚的子弟”组成。第九回中提及的本族子弟有贾蔷，是宁府正派玄孙，因父母早亡，从小跟贾珍过活，他“外相既美，内性又聪明，虽然应名来上学，亦不过虚掩眼目而已。仍是斗鸡走狗，赏

① 牛铭实编著：《中国历代乡规民约》，雍正《圣谕广训》第二条“笃宗族以昭雍睦”，中国社会出版社 2014 年版，第 187 页。

花玩柳”。还有贾菌、贾兰都是荣府重孙，年纪稍小，在学堂内还算安分守己。亲戚子弟如秦钟是秦可卿的兄弟，还有薛蟠的入学亦因投奔姨妈王夫人之故。学堂之内，“人多了，就有龙蛇混杂，下流人物在内”。像“香怜”、“玉爱”就不知是那一房的亲眷，引发斗殴群架的金荣是贾家旁支贾璜的妻子金氏的内侄。从第九回的描写中可以看到贾家的学堂之内乌烟瘴气，男风盛行，争风吃醋，打架斗殴，完全背离了宗族设立义学以凝聚人心、鼓励科考的初衷。

学中子弟的年龄并不一致，宝玉入学时大约十多岁，而同时贾蔷已十六岁。从小说中可以看到，自宝玉入学之后，基本上没有特殊情况或特殊的节日要每日“上学”、“下学”，晚上还要读“夜书”。学堂中所学教材以举业为导向，以朱注《四书》为主，还要学习试帖诗和八股文的写作，同时还要进行写字教育。[①]在这一点上可以说家庭——学堂完全达成一致，日常课业与下学温习，一外一内构成当时大部分青年学习的日常。在第七十三回，宝玉听说外任归家的父亲第二日要见他，“便如孙大圣听见了紧箍咒一般，登时四肢五内一齐皆不自在起来”。于是理熟这几年看的书，做好被父亲盘考的预备：“如今打算打算，肚子内现可背诵的，不过‘学’、‘庸’、二‘论’，是带注背得出的。至上本《孟子》，就有一半是夹生的，若凭空提一句，断不能接背的，至‘下孟’，就有一大半忘了。算起《五经》来，因近来作诗，常把《诗经》读些，虽不甚精阐，还可塞责。别的虽不记得，素日贾政也幸未吩咐过读的，纵不知，也还不妨。至于古文，这是那几年所读过的几篇，连《左传》、《国策》、《公羊》、《谷梁》、汉唐等文，不过几十篇，这几年竟未曾温得半篇片语，虽闲时也曾

① 见邓云乡：《红楼风俗谭》，《私塾教育之一》《私塾教育之二》，中华书局1987年版，第274–294页。

遍阅，不过一时之兴，随看随忘，未下苦工夫，如何记得。这是断难塞责的。更有时文八股一道，因平素深恶此道，原非圣贤之制撰，焉能阐发圣贤之微奥，不过作后人饵名钓禄之阶。虽贾政当日起身时选了百十篇命他读的，不过偶因见其中或一二股内，或承起之中，有作的或精致，或流荡，或游戏，或悲感，稍能动性者，偶一读之，不过供一时之兴趣，究竟何曾成篇潜心玩索。”这段文字向我们呈现出宝玉及其他学子日常学习的主要内容。有《四书》、《五经》、古文选篇及优秀时文选等。其中《四书》应该做到全文带注背诵且要背熟，“注”指的是朱熹集注，但宝玉对《孟子》不仅不能做到带注背诵，连《孟子》原文还不熟悉。《五经》相比于《四书》并不被强调，“纵不知也还不妨”，宝玉也就读了些《诗经》，第九回贾政唤李贵问宝玉都读了哪些书，听闻有《诗经》，便道：“那怕再念三十本《诗经》，也都是掩耳盗铃，哄人而已。你去请学里太爷安，就说我说了：什么《诗经》古文，一概不用虚应故事，只是先把《四书》一气讲明背熟，是最要紧的。”在应试导向下，只有《四书》是最重要的，“讲明背熟”是基础，在此基础上再从古文、时文中学习“四书文”的写作技巧。

儒家从“五经”始，至南宋时已形成“十三经”，加上各种注疏，学者更是皓首难穷一经，卷帙浩繁的经注文本反而成为儒家思想推阐与普及的极大障碍。朱熹将《礼记》中的《大学》、《中庸》两篇与《论语》、《孟子》合为《四书》，为之作《四书章句集注》，本是由博返约，大有功于儒学。“今学者……待读此四书精透，然后去读他经，却易为力。”①调整了为学的先后次第以更有助于学者对儒家经典的理解。但自元明清三代以《四书》作为科考的权威教

① 见黎靖德编：《朱子语类》五，中华书局 1994 年版，第 2778 页。

科书之后，《四书》虽然更加成为显学，却也慢慢失去了其在思想上的活力，成为日趋僵化的考试内容。在小说文本中，贾宝玉所接触的与《四书》相关的内容分为三类：一是《四书》原典，孔孟学说的直接载体；二是朱熹对《四书》的集注；三是以《四书》和《四书》注为基础的“四书文”、“经义”、“制义”文章。对于第一类《四书》原典，即便“愚顽怕读文章”的宝玉仍然是尊重儒家经典本身的。他曾说过“除《四书》外，杜撰的太多”（第三回），还说“只除‘明明德’外无书”（第十九回），第三十六回见宝钗辈有时劝导他读书仕进，一时生气，“说‘好好的一个清净洁白女儿，也学的钓名沽誉，入了国贼禄鬼之流。这总是前人无故生事，立言竖辞，原为导后世的须眉浊物。不想我生不幸，亦且琼闺绣阁中亦染此风，真真有负天地钟灵毓秀之德！’因此祸延古人，除《四书》外，竟将别的书焚了。”明代的李贽著有《焚书》、《续焚书》，以此惊世骇俗的书名公开反对“以孔子之是非为是非”，反道学反礼教，其著作在明清两代都被列为禁书。贾宝玉竟将此“焚书”从思想上落实到行动上，但保留《四书》不焚，这表明宝玉对《四书》还是另眼相看的。对于第二类《四书》朱注，在小说文本中并无直指，亦无直接肯定赞扬，且宝玉将《四书》外“别的书焚了”，大约隐晦表达了对程朱理学的态度。但对于第三类“四书文”等时文八股，小说中多处提及宝玉深恶痛绝的鲜明态度。其实好的“四书文”“大抵皆词达理醇，可以传世行远”①，宝玉也承认部分优秀时文“有作的或精致，或流荡，或游戏，或悲感，稍能动性者”，但大多数仍是拘板庸涩、陈辞烂调，因此宝玉视其“原非圣贤之制撰，焉能阐发圣贤之微奥？不过作后人饵名钓禄之阶”。

① 《四库全书总目》一百九十“钦定四书文”条，中华书局1965年版，第1729页。

第三节 贾宝玉的课外阅读

贾政严格规定了宝玉的读书范围在举业一道，其余诗词曲赋不令旁及，以科举应试为目标，则“《集注》而外无学问，制艺而外无文章”[①]，举业之外皆为杂书杂学，不应寓目。明清时期一些大家族订立家规对族中子弟的日常行为作了细致规定，如清代雍正时期休宁县《茗洲吴氏家典》列有“家规”八十条，其中有令子孙不得“听复肆习”“俗乐”，“当一切弃绝”“棋枰、双陆、辞曲、虫鸟之类”，“多读经书”，“不得纷心诗词及务杂技，令本业荒芜”[②]等。在《红楼梦》第二十三回贾政训斥宝玉道：“只是可见宝玉不务正，专在这些浓词艳赋上作工夫。”由此可见贾家对子弟的教育与当时大多数家族的规定是一致的。但在小说第七十八回曾提及贾政“起初天性也是个诗酒放诞之人”，宝玉的天性更是如此，在贾政无暇理会他学业的间隙，他把大量的时间放在他自己感兴趣却与举业无关的书上。

贾宝玉杂学旁收，爱读的书大约分成以下三类：首先是楚辞、汉魏六朝诗、《文选》、唐宋诗词等这一类的词章文学。宝玉与姐妹们在大观园内的生活：“或读书，或写字，或弹琴下棋，作画吟诗，以至描鸾刺凤，斗草簪花，低吟悄唱，拆字猜枚，无所不至。”（第二十三回）正是以此为基础方能如此活色生香。宝玉用陆游《村居喜书》诗中“花气袭人知骤暖”一句替贴身的大丫头改名作“花袭人”，雅致而新奇，其诗词才情可见一斑。宝玉的诗词属对能力既有在学堂练习作对之功，也与他在这方面的博览大有关系。第十七回贾宝玉信手拈

① 钱锺书：《谈艺录》（增订本），中华书局1984年版，第355页。

② 卞利编著：《明清徽州族规家法选编》，黄山书社2014年版，第140页。

来为大观园各处亭台楼阁命名拟联，展示才藻，颇得贾政及其卿客并元妃的赞赏。第三十七、三十八回，贾探春召集海棠诗社，宝玉的诗才在众姐妹中虽不出类拔萃，但已是不同寻常。第七十八回贾政命贾宝玉、贾环和贾兰共作《姽婳词》，提及环、兰“若论举业一道，似高过宝玉，若论杂学，则远不能及”，且“他二人才思滞钝，不及宝玉空灵娟逸”，贾兰、贾环皆作了近体，但宝玉在诗体的选择上就有自己的衡量：“这个题目似不称近体，须得古体，或歌或行，长篇一首，方能恳切。”诗当场念毕，得到了众人的赞扬和贾政含蓄的肯定。紧接着在此回宝玉又为晴雯作了一篇祭文《芙蓉女儿诔》，在构思的过程中，宝玉打算“远师楚人之《大言》、《招魂》、《离骚》、《九辩》、《枯树》、《问难》、《秋水》、《大人先生传》等法，或杂参单句，或偶成短联，或用实典，或设譬喻，随意所之，信笔而去，喜则以文为戏，悲则以言志痛，辞达意尽为止”，①虽然这篇诔文颇有创新，形式别具一格，但仍不难看出通篇受楚骚汉魏辞赋的影响。

其次，宝玉平时涉猎博览的书还有儒家经书之外的先秦诸子，譬如《庄子》。《庄子》一书在唐代被尊为《南华真经》，“其文汪洋辟阖，仪态万方”②，文辞幻丽，想像奇特，其中的思想也和积极入世、经世致用的儒家思想相去甚远。清初理学家张履祥在其《训子语》中论道：“若读非圣之书（如诸子、二氏之类），最易坏心术；”“非圣之书，非特不可读，亦当投之水火，不可使存于家，亦不可以授于人。”③所谓“易坏心术”，即指破坏了对儒学、理学的绝对信仰，

① 《大言》即《大言赋》，与《九辩》皆为宋玉作品，《招魂》亦为宋玉作（一说作者为屈原），《离骚》屈原作，《枯树》即北周庾信所作之《枯树赋》，《问难》疑指汉代东方朔《答客难》或扬雄《解难》，《秋水》为《庄子》中篇名，《大人先生传》是三国魏阮籍作品。

② 鲁迅：《鲁迅中国小说史略鲁迅汉文学史纲要》，吉林人民出版社 2013 年版，第 356 页。

③ 张履祥：《杨园先生全集》，中华书局 2002 年版，第 1376 页。

从举业一途来看，也容易影响“代圣贤立言”的效果，因此，贾府的家长自然也禁止子弟在取得功名之前多染指此类书。但宝玉对《庄子》却有浓厚的兴趣，时常放在手边翻阅。第二十一回，宝玉“自己闷闷的”，“看了一回《南华经》”，看的是《外篇·胠箧》“绝圣弃知”一段，且“意趣洋洋”地续了一段。《庄子》一书时常成为宝玉排遣苦闷、抚慰心灵的良药。“权当他们死了”云云，也未尝不是庄子“齐生死”、“无所待”的达观逍遥思想对宝玉的启发。在第二十二回，宝玉先由一支《寄生草》曲文引发感慨，再因在林黛玉和史湘云之间斡旋而两处不讨好，联系日前所读《庄子》中有“巧者劳而智者忧，无能者无所求，饱食而遨游，泛若不系之舟”、“山木自寇”、“源泉自盗”等语①，顿时有人生无趣之感，当袭人劝解他时，他回复“我是‘赤条条来去无牵挂’”，并泪如雨下，放声大哭，写下一偈“你证我证”，又自填一曲《寄生草》来解释，其中“无我原非你”等句明显意取《庄子》逍遥、齐物之论。宝玉虽表面不得不接受父辈要求他接受的“孔孟经济之道”，但在他的内心深处，却明显更钟情于庄子所建构的自由逍遥之境，庄子思想对他日后的参悟起到了点化指引的作用②。

第三类是戏曲小说等通俗文学。戏曲在明清时期有两种传播途径，一是演出，二是戏文角本。演出是可以上至皇室贵族，下至市井平民皆可观看的。但像《西厢记》、《牡丹亭》这类著名的戏曲文本与大部分传奇小说是禁止公开传播的，原因是诲淫诲盗，有伤风化。明清一些大家族在家规中也常常明确规定，禁止子弟涉猎此类书籍。所以我们看到在第二十三回，茗烟看宝玉心内不自在，

① 分别见《庄子·列御寇》、《庄子·人间世》，《庄子·山木》有“直木先伐，甘井先竭”之语，语义类似。

② 关于《红楼梦》与《庄子》思想精神的渊源关系，学界已颇多讨论，可参考张建华：《〈红楼梦〉与庄子》，吉林大学出版社 2011 年版。

便去书坊“把那古今小说并那飞燕、合德、武则天、杨贵妃的外传与那传奇角本买了许多来，引宝玉看”，“又嘱咐他不可拿进园去，‘若叫人知道了，我就吃不了兜着走呢’。宝玉那里舍的不拿进去，踟蹰再三，单把那文理细密的拣了几套进去，放在床顶上，无人时自己密看。那粗俗过露的，都藏在外面书房里”。正因为贵族家庭的家教与礼法所在，宝玉也不能触犯，所以只能偷看禁书。宝玉在沁芳闸桥边桃花树下独自读王实甫《西厢记》，碰上黛玉，也是“慌的藏之不迭”，还假借《中庸》、《大学》来掩盖，被黛玉识穿后，“宝玉道：‘好妹妹，要论你，我是不怕的。你看了，好歹别告诉别人去。真真这是好书！你要看了，连饭也不想吃呢’”。《西厢记》虽是当时贵族青年的禁书，但却让宝玉如此大加称赞，黛玉读来也是“越看越爱看”，“自觉词藻警人，馀香满口”，且在这落红成阵的芬芳之中，宝、黛共读《西厢》而心意渐通，借书中张生与崔莺莺的对话而完成了彼此在情感上的一次印证。在第二十六回中林黛玉“春困发幽情”，无意用崔莺莺台词慨叹了一句“每日家情思睡昏昏”被宝玉听了去，“自觉忘情，不觉红了脸”，又听到宝玉与紫鹃玩笑时引用了张生的唱词“好丫头，‘若共你多情小姐同鸳帐，怎舍得叠被铺床？’”这样直白的表露在当时实有违礼教，也是对黛玉的唐突与冒犯，因此引发黛玉的愠怒和委屈。这两处情节用“淫词艳曲”来传递情思，推动宝、黛之间的情感进程，是作者的匠心独运之处，也给我们呈现出在所谓“正经书”之外，这类“新兴的”、“外头的村话”、“混帐书”对于宝、黛他们的吸引力是巨大的，影响也是潜移默化的。

这三类书大概构成了贾宝玉主要的课外阅读范围，作为四书五经的补充，给贾宝玉提供了心灵的滋养。正如冯其庸所评论，这才是“这些人的真正的读书学习”[①]。

① 冯其庸：《解梦集》下，第491页。

第四节 《红楼梦》里的女性教育

《红楼梦》作者浓墨重彩进行描绘的主要是一批青年贵族女性，相比之于书中所写的男性，她们中的有些在行止见识、才情学问、品德性情上处处显得高人一筹，这与她们从各方面接受了良好的教育休戚相关。《红楼梦》中的女性家庭教育某种程度上也反映出明清两代特别是江南地区贵族仕宦或诗书家庭的普遍倾向。

以《红楼梦》中的女性来看，尽管让她们接受教育的目的各有不同，但首先，她们要接受基本的启蒙教育，包括识字、女德。所谓“女德”，最早是在《周礼·天官·冢宰下》中提出对贵族女性必须具备“妇德、妇言、妇容、妇功”[1]四种妇学，后来成为儒家纲常伦理之下对贵族女性的基本要求和女教准则。自汉至清，为了推行“四德”，不仅出现了一些符合“四德”的优秀女性传记文本，还出现了许多女教书作为对“四德”的具体说教和指导，其中最著名的是“女四书”[2]，在《红楼梦》中也有提及。女工多由家中年长女性如母亲、奶妈等带领亲授。明清两代开始有不少贵族小姐能在家接受教育，谓之“闺塾”。贾府中的年轻女性大多数也接受了这类的启蒙教育。贾府所认同的主要教育理念仍和社会的主流是一致的，在对待女子的教育问题上，仍然因袭了程朱理学所标举的纲常

① 对“四德”的阐释以班昭在《女诫》中的解释最为著名且影响力最大：“妇德不必才明绝异也，妇言不必辩口利辞也，妇容不必颜色美丽也，妇功不必工巧过人也。清闲贞静，守节整齐，行己有耻，动静有法，是谓妇德。择辞而说，不道恶语，时然后言，不厌于人，是谓妇言。盥浣尘秽，服饰鲜洁，沐浴以时，身不垢辱，是谓妇容。专心纺绩，不好戏笑，洁齐酒食，以奉宾客，是谓妇功。”见范晔：《后汉书·列女传》，中华书局 1965 年版，第 2789 页。

② “女四书”具体指汉代班昭所著《女诫》，唐代宋若莘、宋若昭所著《女论语》，明代仁孝文皇后徐氏《内训》，清代刘氏著《女范捷录》四本书，由清代中期的王相汇编而成，“女四书”中最后一本的著者刘氏即是王相的寡母。

伦理对女性的标准和要求。因此，即使让女性接受教育，主要还是认为读书识字可识大体，但不必太通晓文义。正如陆世仪在《思辨录·小学类》中所说："教女子只可使之识字，不可使之知书义。盖识字则可理家政，治货财，代夫之劳。若书义则无所用之。"在第三回中林黛玉进入贾府时所遇之人皆问她："几岁了？"、"可也上过学？"、"念何书？"、"可曾读书？"这也从一个侧面展现出贾府的风气——贾府的女儿们确实是上学识字读书的。黛玉初入贾府之时，贾母便叫道："今日远客来了，姑娘们可以不必上学了。"贾府大约也是延聘了老师在家开馆，因此探春、迎春、惜春等姑娘便一起在家上学。贾母问黛玉念何书，黛玉回答之后又问姊妹们读何书。"贾母道：'读的什么书，不过是认得两个字，不是睁眼的瞎子罢了。'""不作睁眼的瞎子"便是贾府对于府中女儿读书识字的基本要求，原不曾对她们有别的期望。黛玉也敏感领悟到外祖母对女孩子读书的态度，因此当宝玉再来问她"可曾读书"时，她便改了口："不曾读，只上了一年学，些须认得几个字。"王夫人在关照黛玉的时候，也提到："你三姊妹倒都极好，以后一处念书认字学针线，或是偶一顽笑，都有尽让的。""念书认字学针线"正是贾府在女子教育上的基本态度，识字和女红只是成为一个合格的名门闺秀的基本素质和技能而已。

我们看到贾府内也有两类例外，皆是从外面进入的。一类例外是读书程度较高的。如林黛玉和薛宝钗。黛玉是母亲去世以后才投奔的外祖母，黛玉在苏州家中时，其父盐政林如海本人是探花，又为其延请了两榜出身、做过知县又被废黜的贾雨村来课其读书，她已经念到了《四书》，可见其家庭教育水准之高，这和宝玉的课程进度几乎相等。第四回中提及薛宝钗"当日有他父亲在日，酷爱此女，令其读书识字，较之乃兄竟高过十倍"。我们也可将《儒林外史》第十一回中所描写的鲁小姐和黛玉、宝钗相参照："鲁编修因无公子，就把女儿当作儿子，五六岁上请先生开蒙，就读的是《四书》、《五经》；十一二岁就讲书，读文章，先把一部王守溪（鏊）的稿子读的滚瓜烂熟。……这小姐资性又高，记心又好，到此时，王、唐、瞿、薛，以及诸大家之文，历科程墨，各省宗师考卷，肚里记得三千余篇；自己作出来的文章，又理真法老，花团锦簇。”曹雪芹与吴敬梓是同时代人，他们各自在作品中描写到此类才华学识过人的女性应当也反映出当时的社会潮流及对女子才学的肯定。贾府的另一类例外是嫁入的媳妇。王熙凤“自幼假充男儿教养的”，却不识字，对吟诗作对属文这些事情一概不会。李纨，其父秉持“女子无才便有德”的理念，“故生了李氏时，便不十分令其读书，只不过将些《女四书》、《列女传》、《贤媛集》等三四种书，使他认得几个字，记得前朝这几个贤女便罢了，却只以纺绩井臼为要”。（第四回）李父对李纨的家庭教育便主要集中在女德和女工。对妇德和女工的重视，将其作为对贵族女性价值的首要标准，这实际上仍是当时社会及贾府内部的主流。

贾府中的这些年轻女性虽然接受了读书识字的教育，有的文化程度还颇高，但正如薛宝钗对黛玉的劝勉告诫：“你我只该做些针黹纺织的事才是，偏又认得了字，既认得了字，不过拣那正经的看也罢了，最怕见了些杂书，移了性情，就不可救了。”（第四十二回）对自我的调整与定位：“自古道‘女子无才便是德’，总以贞静为主，女工还是第二件。其余诗词，不过是闺中游戏，原可以会可以不会。咱们这样人家的姑娘，倒不要这些才华的名誉。”（第六十四回）德、工、才三者之中，女德仍然是第一位的。只是正如我们熟知的《牡丹亭》戏曲中陈最良给杜丽娘授课，讲授《诗经·关雎》章，陈最良所要传授给杜丽娘的是其中“不嫉妒，后妃贤达”的诗人之旨，然而因着读书识字带来的自我思考与觉醒，杜丽娘却将关注点放在了“窈窕淑女，君子好逑”之上。这也正是程朱理学的卫道士们所恐惧的，却也正是他们无法控制的。

其次，大观园给贾府女性提供了自我教育和成长的空间，她们通过结社、猜谜、酒令等种种群体活动实现了自我的诗性和艺术教育。大观园的诗社活动从第三十七回“秋爽斋偶结海棠社”开始到第七十六回“凹晶馆联诗悲寂寞”才结束，贯穿延续了四十回，是全书描写的重中之重，也借大观园的诗社活动让我们得以一窥明清之际女子家居诗社的生动影像。她们分别为个人按照各自的特点情性拟取了雅致的别号，举行了五次大型的诗歌写作比赛，并分别作出了精当、高妙的点评。第一次咏海棠，宝钗的“珍重芳姿昼掩门”被李纨评为“含蓄浑厚”，列为第一，黛玉的“偷来梨蕊三分白，借得梅花一缕魂”被评为“风流别致”，居第二。李纨虽读书不多，亦不善作诗，却“善看”，善于品评。第二次咏菊，凑成《忆菊》、《访菊》、《种菊》至《残菊》共十二题不限韵。第三次在芦雪庵赏雪作五言排律联句。第四次黛玉偶作《桃花行》七古，重建桃花社。第五次咏柳絮，宝钗的《临江仙》其中二句“好风凭借力，送我上青云”被评为“翻得好气力”而拔得头筹。在这五次诗社题咏活动中，大观园中的女性出口成章、才思敏捷、挥毫立就。这些对诗社活动的细致描写从各个角度和侧面向我们展示了红楼女性的才华与诗情。结社赛诗、游戏猜谜等活动成为贾府中女性展示自我才华的有效手段，并通过这种互相展示，她们切磋诗艺，欣赏品评，在此过程之中使她们自身的艺术审美、诗词能力都得到了长足的提高。

总之，由小说中的描写可见，宁荣二府虽表面重视子弟的教育，却只有言传而无身教，教而无方，教而不化，以至“子孙虽多，竟无可以继业”者。而府里的年轻女性即使行止见识皆出于人之上，囿于时代，最多只能在自家园林之内结社唱和，一展才华，更无可能有机会振兴家族、力挽狂澜。这也正是时代的悲歌。

李紈

第三章 《红楼梦》中的“礼”

每个社会、民族都有他们自己的“礼”，孟德斯鸠在他的《论法的精神》一书中曾这样论道：“中国人的生活完全以礼为指南。”[①]钱穆说：“中国文化，全部都是从家族观念上筑起。”[②]无论朝代如何更迭，基于宗法家族之上的“礼”始终被强调重视，其核心思想仍然是“等级次序”——基于血缘的或基于权力的。“周代施行于贵族王室社会上层的礼仪，一变而为社会各阶层共同遵循的行为规范。”[③]因此，不管个人身处任何时代、任何阶层，总有他要遵循的“礼”，除非遁入山林，或如贾宝玉般离世出家。理解了“礼”，某种程度上也就理解了中国文化。清代是传统皇权制度的最后一个阶段，统治者满族人亦极其重视礼节[④]，清代可以说是礼仪文化的集大成期。胡文彬总结《红楼梦》中所涉及的“礼”：“小说中的礼文化大体上是三个来源：一是18世纪中叶以前中国古代的礼文化；二是18世纪中叶中国社会存在和并正流行的礼文化；三是他的‘包衣’家族和自身感受的礼文化。”[⑤]总之，《红楼梦》中描写的贾氏家族接近权力的最高层，对他们琐碎细密的日常生活的细致刻画

① 孟德斯鸠著：《论法的精神》，商务印书馆1978年版，上册第316页。
② 钱穆：《中国文化史导论》，商务印书馆1994年版，第51页。
③ 冯天瑜等著：《中华文化史》，上海人民出版社1990年版，第453页。
④ （清）震钧：《天咫偶闻》卷十云：“八旗旧家，礼法最重。”北京古籍出版社1982年版，第209页。
⑤ 胡文彬：《红楼梦与中国文化论稿》，中国书店2005年版，第626页。

正给我们提供了十分详尽丰富的礼仪资料来观察清代前期上层贵族和八旗世家礼仪的各个侧面，相比各种礼书、史料，《红楼梦》作为一部小说，其中所提供的信息更加直观、生动、具体。

第一节 《红楼梦》中的祭祀礼仪

“国之大事，惟祀与戎。”官方的首要祭祀对象是天地神祇，对于家族私人来说，祭祀的首要对象是祖先。《奉天通志》“祭礼”条下有云：“汉人向重宗法，尊敬祖祢，故祭礼之隆，首祀先人；世家巨族皆立宗祠，岁时致祭。”①《红楼梦》第五十三回借薛宝琴的视角描写了贾氏宗祠的方位、外观与内设。宗祠位于宁府西边另一个院子，“黑油栅栏内五间大门”，“白石甬路，两边皆是苍松翠柏。月台上设着青绿古铜鼎彝等器。抱厦前上面悬一九龙金匾”，“五间正殿前悬一闹龙填青匾”，一派庄严肃穆。

贾府会在每月的初一、十五到宗祠有简单的例行祭拜，但正式隆重的祭祖主要在忌日和重要的岁时，譬如过年。《红楼梦》第五十三回便详细描写了“宁国府除夕祭宗祠”的一系列仪式、过程。从腊月二十七八开始进行家祭的准备工作：“且说贾珍那边，开了宗祠，着人打扫，收拾供器，请神主，又打扫上房，以备悬供遗真影像。此时荣宁二府内外上下，皆是忙忙碌碌。”

除夕日要进行正式的家祭之礼，因着贾府与皇室的姻亲关系，在祭祖之前，先“由贾母有诰封者，皆按品级着朝服，先坐八人大轿，带领着众人进宫朝贺，

① 《中国地方志民俗资料汇编·东北卷》，《奉天通志》“丧礼·汉族”，书目文献出版社 1988 年版，第 16 页。

行礼领宴毕回来，便到宁国府暖阁下轿。诸子弟有未随入朝者，皆在宁府门前排班伺候，然后引入宗祠”。

祭祖时各人的位置次序为:“贾敬主祭，贾赦陪祭，贾珍献爵，贾琏贾琮献帛，宝玉捧香，贾菖贾菱展拜毯，守焚池。”伴随有“青衣乐奏，三献爵，拜兴毕，焚帛奠酒，礼毕，乐止，退出”。“焚帛奠酒”是邀请祖先的神灵降临的仪式。

之后，“众人围随着贾母至正堂上，影前锦幔高挂，彩屏张护，香烛辉煌。上面正居中悬着宁荣二祖遗像，皆是披蟒腰玉；两边还有几轴列祖遗影。”先秦祭祖常选取孙辈扮“尸”，来模仿祖先谈吐举止[①]，隋唐以后，这种做法逐渐消失，而是一般采取画像作为取代物。后世称画像为写真或影，所以悬挂画像的祠堂又称影堂。祭祖时先将神主牌请出，并悬供绘有祖先容貌的影像画帛以致祭。

在贾府献祭时，“贾荇贾芷等从内仪门挨次列站，直到正堂廊下。槛外方是贾敬贾赦，槛内是各女眷。众家人小厮皆在仪门之外。”“每一道菜至，传至仪门，贾荇贾芷等便接了，按次传至阶上贾敬手中。贾蓉系长房长孙，独他随女眷在槛内。每贾敬捧菜至，传于贾蓉，贾蓉便传于他妻子，又传于凤姐尤氏诸人，直传至供桌前，方传于王夫人。王夫人传于贾母，贾母方捧放在桌上。”邢夫人作为长媳，“在供桌之西，东向立，同贾母供放”，如此逐次传递，祭品方传至供桌，供祖先享用。祭品摆放完毕后，“贾母拈香下拜，众人方一齐跪下”，祭礼完毕之后，阖家至荣府再给贾母行礼。次日是新年元日，贾母上朝领宴归来还要再至宁府祭过列祖。过年时对祖先的祭祀，要持续至正月十七，在此期间，要对祖先“事死如生”、“祭如在”，早中晚三遍烧香上

① 《礼记·祭统》：“夫祭之道，孙为王父尸。所使为尸者，于祭者，子行也。父北面而事之，所以明子事父之道也。此父子之伦也。”

供行礼。至十七那日，就可以送神主、收影像、撤天地供桌，如此才算“祖祀已完”。《红楼梦》将贾府春节祭祖的排场层次细腻地一一展现出来，由此我们也可略微领会祭祖礼仪在宗族活动中的重要地位及其凝聚家族人心的作用。

除了祭祀祖先，《红楼梦》中还描写了两处贾宝玉对两位丫鬟的私下祭祀。第四十三回宝玉“遍身纯素”，瞒过众人，独自到水仙庵给金钏儿烧香祭奠，“命茗烟捧着炉出至后院中”，“一齐来至井台上，将炉放下”，“宝玉掏出香来焚上，含泪施了半礼，回身命收了去。”第七十八回宝玉想起小丫鬟说晴雯作了芙蓉花神，“忽又想起死后并未到灵前一祭，如今何不在芙蓉前一祭，岂不尽了礼，比俗人去灵前祭吊又更觉别致”，并写了一篇《芙蓉女儿诔》祭文来凭吊晴雯。宝玉对金钏、晴雯的私祭并没有太多繁复的礼仪，主要是借此表达对亡者纪念之意，正如第五十八回藕官烧纸祭奠药官时被发现，宝玉劝说不要烧纸：“逢时按节，只备一个炉，到日随便焚香，一心诚虔，就可感格了。”

第二节　《红楼梦》中的节庆礼仪

《红楼梦》还细致描写了贾府的各种节日庆典礼仪，主要有岁时节庆和生日庆典两类。在《红楼梦》小说文本中描绘到的岁时节庆有过年、元宵、端午、中秋等，《红楼梦》作者在铺排小说人物和情节发展时，这些岁时节令的场景随着书中人物的活动而自然呈现在我们面前，给我们展现了当时世家大族庆祝岁时节庆的流程和主要仪式。

“春节”期间最重要的礼仪除了前面所说的祭祖之外，就是辞岁和拜年。第五十三回形容贾母带领儿孙从宁府祭祖回到荣府贾母正室之中，“贾敬贾赦等带领诸子弟进来。……一面说着，一面男一起，女一起，一起一起俱行过了礼。左右两旁设下交椅，然后又按长幼挨次归坐受礼。两府男妇小厮丫鬟亦按差役上中下行礼毕，散押岁钱、荷包、金银锞，摆上合欢宴来。男东女西归坐，献屠苏酒、合欢汤、吉祥果、如意糕毕”，这便是年三十除夕晚间秩序井然的行礼及年夜饭。次日，即元日，再进宫朝贺再祭过列祖，贾母再次回来受礼，这即是“拜年”。整个过年期间，大约到正月十五为止，贾府上下忙忙碌碌，主要活动就是各种年酒宴会，亲友络绎不绝互相拜访走动，和今天的过年礼俗较为接近。

春节之后紧接着就是元宵。元宵的民俗主要是看花灯、放烟火、猜灯谜等，此处略去不论。元宵佳节主要为寻欢作乐，贾府内并没有过年那么正式隆重的礼仪，主要是举办家宴和进行游乐听戏等活动。

再之后就是农历五月初五的端午节。第二十四回中提及贾芸正是借着王熙凤筹备端午节礼的时机给凤姐送上冰片、麝香等香料药饵来谋得大观园里监种花木的差事。第二十八回借袭人口提及元春“叫在清虚观初一到初三打三天平安醮，唱戏献供”，为家人在节前祈福，并让夏太监送来了端午的节礼。节礼的规格给贾母、贾政、王夫人、薛姨妈的是一样规格，给宝玉的和宝钗一样，黛玉和迎春、探春、惜春的又一样。元妃借赏赐端午节礼规格的差别而暗含了指婚之意。第三十一回端阳节当日，“蒲艾簪门，虎符系臂”，“王夫人治了酒席，请薛家母女等赏午”。赏午指端午节吃午饭，饮雄黄酒，吃樱桃、桑椹等时鲜果品以及赏石榴花等节日活动，这种习俗从北宋就已经开始[①]。书中借对端午节庆相关礼仪的描述将贾府内相关人物对宝玉的婚姻大事的意图隐晦地

①（宋）孟元老在《东京梦华录·端午》中就有相关习俗的记载，中华书局 1985 年版，第 154 页。

表达出来，使情节的推动和发展真实自然。

书中所描写的另一个重要节日就是中秋。郑玄注《周礼·春官宗伯》“以朝日”曰“天子当春分朝日，秋分夕月”。表明天子于秋日祭月的礼出现甚早。汉魏以后，由祭月、拜月慢慢演变为赏月、咏月，变成庆团圆的节日。《红楼梦》一书中多次提及中秋节，最详细的描写是在第七十五回。中秋当天一早起来，贾珍“带领众子侄开祠堂行朔望之礼”，这是每月初一、十五的例常祭拜。晚上进行拜月活动，“嘉荫堂前月台上焚着斗香，秉着风烛，陈献着瓜饼及各色果品”，“地下铺着拜毯锦褥”，“贾母盥手上香拜毕，于是大家皆拜过”，再由贾母提议在凸碧山庄赏月，“凡桌椅形式皆是圆的，特取团圆之意。上面居中贾母坐下，左垂首贾赦、贾珍、贾琏、贾蓉，右垂首贾政、宝玉、贾环、贾兰，团团围坐。”众人击鼓传花，饮酒讲笑话，分瓜吃月饼。作者有条不紊地将中秋礼俗一一道来，如现目前，一丝不乱。

《红楼梦》中浓墨重彩描绘的还有一些生日庆典。中国古代先秦汉晋并无庆生的礼俗，肇端于南北朝末期，到盛唐才成为正式的礼仪①。生日每年都有，贾府上下人数众多，若人人年年皆举办庆生宴，会过于频繁。一般来说特殊年份的生日或者地位高的人的生日庆祝会比较盛大。在第七十一回中写及贾母八旬之庆。贾母八月初三生日，“议定于七月二十八日起至八月初五日止荣宁两处齐开筵宴，宁国府中单请官客，荣国府中单请堂客”，“二十八日请皇亲驸马王公诸公主郡主王妃国君太君夫人等，二十九日便是阁下都府督镇及诰命等，三十日便是诸官长及诰命并远近亲友及堂客。初一日是贾赦的家宴，初二日是贾政，初三日是贾珍贾琏，初四日是贾府中合族长幼大小共凑的家宴。初五日

① 见叶国良：《中国传统生命礼俗》第五章“庆生礼俗”，上海书店出版社 2017 年版，第 84 页。

是赖大林之孝等家下管事人等共凑一日。”贾母是贾府中最有地位的人，又是元妃的祖母，过的又是八十岁的整寿，所以规模尤其隆重，整整庆祝了八日，宴请的对象从皇亲国戚至重要的管家全都顾及。主人摆设宴席，客人要送礼。“自七月上旬，送寿礼者便络绎不绝。”贾母除在二十八日宴请南、北二妃等皇亲时陪了整日，从次日开始便不出来会人，世家子弟拜寿的，只到厅上行礼，由贾赦、贾政等还礼管待。

小说第二十二回写及王熙凤和贾琏商量为薛宝钗筹备生日的事，贾琏认为依林妹妹的例即可，但凤姐提醒“薛大妹妹今年十五岁，虽不是整生日，也算得将笄之年”，这是表示成年的特殊年份，因此商议下来，“比林妹妹的多增些”。到宝钗生日那天，“就贾母内院搭了家常小巧戏台，定了一班新出小戏，昆弋两腔皆有”，并“就在贾母上房摆了几席家宴酒席”。

小说第四十三回写道为王熙凤庆生也非常隆重，凤姐在贾府是孙媳辈，但由于她是王夫人的内侄女，又深得贾母喜爱，所以虽不是整岁生日，贾母却亲自提议“我想往年不拘谁作生日，都是各自送各自的礼，这个也俗了，也觉得很生分似的。今儿我出个新法子，又不生分，又可取乐”。贾母想出学小户人家“凑分子”的主意，并率先出二十两，薛姨妈也出了二十两，邢夫人、王夫人每人出十六两，按辈分级别，连平儿、袭人等还有几个小丫鬟也有出二两、一两的，共凑了一百五十两有余，交于尤氏来为凤姐操办生日庆典。

第六十二回写道宝玉的生日和薛宝琴、平儿、邢岫烟在同一天，虽然宝玉这年的生日不像往年热闹，但书中对宝玉生日这天的礼仪过程交待得尤其详细。首先交待了宝玉从各处收到的生日礼物，和贾母生日所收到的贵重礼物相比，宝玉的礼物更显家常，有祝愿祈福的礼物，有衣服鞋袜等日常用品，也有些海外的小玩物，还有姐妹们赠送的一扇一字一画一诗，这些礼物不在贵重，更是表明送礼之人的心意。生日那天宝玉“清晨起来，梳洗已毕，冠带出来。至前厅院中”，已设下天地香烛，宝玉炷了香，行毕礼，奠茶焚纸后，再至宁府中宗祠向祖先行礼，再至月台，朝上遥拜过贾母、贾政、王夫人等，再到尤氏房中行礼，最后才回到荣府。入了大观园，也是“从李氏起，一一挨着比他长的房中到过”，按年纪辈分一一去行礼。遇到年长的奶妈辈，“虽众人要行礼，也不曾受。”因“王夫人有言，不令年轻人受礼，恐折了福寿，故皆不磕头”。从宝玉在自己生辰当日先拜天地祖宗和父母长辈的这番行礼顺序，一是颇有古代“反本乐生”①的庆生本意，二是很能看出大家族的日常礼仪规范。等宝玉向众人行礼过，他回到自己房中，也接受别人来拜寿祝福。“一群丫头笑进来”，“都抱着红毡笑着走来，说：‘拜寿的挤破了门了，快拿面来我们吃。’”平儿来向宝玉拜寿的场景描写得十分生动细致：“袭人早在外间安了座，让他坐。平儿便福下去，宝玉作揖不迭。平儿便跪下去，宝玉也忙还跪下，袭人连忙搀起来。又下了一福，宝玉又还了一揖。袭人笑推宝玉：‘你再作揖。’宝玉道：‘已经完了，怎么又作揖？’袭人笑道：‘这是他来给你拜寿。今儿也是他的生日，你也该给他拜寿。’宝玉听了，喜的忙作下揖去，说：‘原来今儿也是姐姐的芳诞。’平儿还万福不迭。”从这段文字叙述中，我们看到数次往还行礼的动作，而且可以看到在生日礼仪中，行礼者和受礼者不受他们身份等级的限制。

小说第五十三回还提到一次元春的生日，因着元春的生日在元日这天，因此，在这一日进宫行礼的时候，“贾母等又按品大妆，摆全副执事进宫朝贺，兼祝元春千秋”。

① （清）顾炎武《日知录》卷13“生日”条：“生日之礼，古人所无。是此礼起于齐梁之间。逮唐宋以后，自天子至于庶人，无不崇饰此日，开筵召客，赋诗称寿，而于昔人反本乐生之意，去之远矣。”《日知录集释》，上海古籍出版社2014年版，第319页。

第三节 《红楼梦》中的婚丧礼仪

婚礼是古代六礼之一，起源非常古老。《礼记·昏义》中这样论述婚礼的意义:“昏礼者，将合二姓之好，上以事宗庙，而下以继后世也。”婚礼要经过如下过程：“纳采、问名、纳吉、纳征、请期”，最后才完成迎亲的仪式。《红楼梦》前八十回中所涉及与婚礼相关的情节并不多，但也可以从零星的描述看出一点作者生活时代的婚嫁礼仪。首先婚姻的决定权不在自身，主要在于父母长辈。所以书中即使宝玉和黛玉两情相悦，但因着黛玉父母双亡，并没有替她的婚姻作主的人，所以她一直无法有安全感，宝玉对她独特的感情并不能让她真正安心，所以也才有第五十七回的“慧紫鹃情辞试忙玉”，紫鹃也借此提醒黛玉，贾府上下能替她的婚事作主的只有贾母一人，“趁早儿老太太还明白硬朗的时节，作定了大事要紧”。除了这样由“父母之命”来约定亲事，还有就是“媒妁之言”，由人登门相看或通过“官媒”上门。比如第三十一回众人打趣史湘云淘气时，王夫人道：“只怕如今好了，前日有人家来相看，眼见有婆婆家了，还是那们着。”第七十七回提及“邢夫人遣人来知会，明日接迎春家去住两日，以备人家相看；且又有官媒婆来求说探春等事”，这些细节都点明了当时婚俗中促成婚姻的主要因素。

前八十回文本中并没有对贾府公子小姐们婚礼的具体描述，只在第六十五回简单写了贾琏偷娶尤二姨。娶妾的礼仪非常简略，只选了一个黄道吉日，“五更天，一乘素轿，将二姐抬来”，“一时，贾琏素服坐了小轿而来，拜过天地，焚了纸马”，这就礼成了。第七十九回回目“薛文起悔娶河东狮，贾迎春误嫁中山狼”，“一娶一嫁，一悔一误，婚嫁之礼都免了”[①]，薛蟠娶妻和迎春出嫁，

① 见胡文彬：《红楼梦与中国文化论稿》，中国书店 2005 年版，第 639 页。

在书中都省去了细节的描写。

和对婚礼描写的简略相比，《红楼梦》对丧礼的描写反倒是重中之重。中国传统的礼仪文化中最重“养生送死”，“生，事之以礼；死，葬之以礼，祭之以礼”[①]。小说文本中重点描写的丧礼有两次，一次是第十三回的秦可卿丧礼，一次是第六十三回到第六十六回的贾敬之丧。秦可卿去世时，贾府的权势正如日中天，“其丧礼场面之大、规模之宏、花费之巨、时间之长、规格之高，是小说中所有丧事都无法比拟的”[②]。此处对丧礼细节的描绘可谓一丝不苟、层次分明。

首先是报丧。秦氏是凌晨三更去世的，“二门上传事云板连叩四下，将凤姐惊醒。人回：‘东府蓉大奶奶没了。’”“彼时合家皆知……莫不悲嚎痛哭者。”“到了宁国府前，只见府门洞开，两边灯笼照如白昼，乱烘烘人来人往，里面哭声摇山振岳。宝玉下了车，忙忙奔至停灵之室，痛哭一番。”紧接着书中列出了参加丧礼的族人姓名，从辈分最长的贾代儒、代修到与贾赦、贾政同辈的贾敕、贾效、贾敦，一直到辈分最低的贾菌、贾芝等都来了。秦可卿是贾蓉之妻，比贾宝玉还要低一辈，族人参加者众，说明秦可卿此次的丧礼非同一般。料理丧事的第一步是择日，“请钦天监阴阳司来择日，择准停灵七七四十九日，三日后开丧送讣闻”。在这停灵的四十九日内，请禅僧“拜大悲忏”，同时请道士“打四十九日解冤洗业醮”。贾珍对儿媳秦氏棺材板料的选择也是“恣意奢华”，且在首七时为贾蓉捐了“五品龙禁尉”，之后秦氏的丧仪规格也立即提升：“灵前供用执事等物，俱按五品职例。灵牌疏上皆写‘天朝诰授贾门秦

① 《论语·为政》。

② 见胡文彬：《红楼梦与中国文化论稿》，中国书店 2005 年版，第 634 页。

氏恭人之灵位’。”亲自来祭奠的亲友有忠靖侯史鼎的夫人，锦乡侯、川宁侯、寿山伯三家送来祭礼，七七日之内“宁国府街上一条白漫漫人来人往，花簇簇官去官来”，吊唁之人络绎不绝。第十四回写凤姐在会芳园登仙阁哭灵：“凤姐吩咐得一声：‘供茶烧纸。’只听一棒锣鸣，诸乐齐奏。早有人端过一张大圆椅来，放在灵前，凤姐坐了放声大哭。于是里外男女上下，见凤姐出声，都忙忙接声嚎哭。”这里显示了八旗丧礼“助哭”的礼仪。第十四回写出殡的礼节，“至天明，吉时已到，一班六十四名青衣请灵”抬杠发引①，秦氏义女“摔丧驾灵十分哀苦”。送殡时更是“贾家内外，朝野上下，倾城出动”②，有镇国公、理国公、齐国公等公爵的后代，南安郡王之孙、西宁郡王之孙、忠靖侯史鼎等来送殡，“王孙公子，不可枚数”，“堂客算来亦有十来顶大轿，三四十小轿，连家下大小轿车辆，不下百余十乘。连前面各色执事、陈设、百耍，浩浩荡荡，一带摆三四里远。”沿路又有东平王府、南安郡王、西宁郡王、北静郡王的祭棚，“彩棚高搭，设席张筵，和音奏乐”，“一时只见宁府大殡浩浩荡荡、压地银山一般从北而至”。秦氏丧仪之繁复隆重、奢靡挥霍可见一斑。《红楼梦》中对此描摹之细，实是再现当日世家大族丧仪的真实风貌。可将第六十九回尤二姐吞金自杀后对其身后之事的料理与秦氏的风光大葬作一对比，当凤姐向贾母报告尤二姐死讯时，贾母道：“既是二房一场，也是夫妻之分，停五七日抬出来，或一烧，或乱葬地上埋了完事。”简单草率凄凉，只因身份上并非正室，待遇便天差地别，死后也入不了家庙。

① 胡文彬《红楼梦与中国文化论稿》中提及“据考证，清制高官或富豪出殡时最多是64杠”，中国书店2005年版，第637页。另，余英时《红楼梦的两个世界》中也指出这里使用的是“二等殡礼”，是逾礼的，上海社会科学院出版社2002年版，第206页。

② 见胡文彬：《红楼梦与中国文化论稿》，中国书店2005年版，第638页。

贾敬是贾蓉的爷爷，按礼，按辈分，他的丧礼应该要更隆重，但他去世时正好宫中一位老太妃薨逝，贾母、贾珍、贾蓉皆不在府里去送丧了，等他们回来料理丧事至少也要半个月的工夫，只好由尤氏自行主持，“命天文生择了日期入殓”，三日后开丧破孝，一面做道场等贾珍。这些描写与第十三回秦氏去世时的动静热闹相比，贾敬的去世简直无比冷清。对贾珍父子的奔丧，作者却有细笔描绘，用意颇深。第六十三回写道：“贾珍父子星夜驰回……店也不投，连夜换飞驰。一日到了都门，先奔入铁槛寺。……贾珍下了马，和贾蓉放声大哭，从大门外便跪爬进来，至棺前稽颡泣血，直哭到天亮喉咙都哑了方住。”再“按礼换了凶服，在棺前俯伏，无奈自要理事”，“少不得减些悲戚，好指挥众人”。“这是子女闻丧、奔丧之礼，孝亲的表现。至棺前‘稽颡泣血’即以头叩地，哀痛号泣之状，亦依古礼而行。”[①]第六十四回出殡时还是“丧仪焜耀，宾客如云”，颇为风光的。然而作者笔锋一转，写道：“贾珍贾蓉此时为礼法所拘，不免在灵旁藉草枕块，恨苦居丧。人散后，仍乘空寻他小姨子们厮混。”好一个孝子贤孙！表面孝亲礼仪的完备与背后的败坏堕落形成了何等鲜明的对比！也正如余英时所论的：“大族累世同居必须靠一套严格的礼法来维持秩序，但其结果则往往流于繁琐铺张，即成过礼，清代八旗上层社会便恰好是如此。”[②]《红楼梦》中秦氏和贾敬的丧仪正是“过礼”的明显例证，从作者的写作意图来看，也是借对丧仪的细致描绘来反衬、讥讽贾府内部实质的失礼之处。

① 胡文彬：《红楼梦与中国文化论稿》，中国书店2005年版，第634页。

② 余英时：《红楼梦的两个世界》，上海社会科学院出版社2002年版，第204页。

第四节　《红楼梦》中的日常礼仪

聂绀弩说："贾府天天在讲礼，处处在讲礼，一个老太太，吃饭要谁伺候，多少人伺候，如何伺候，见客要何人执何物立于左，何人执何物立于右……何能详谈？"[①]在本节，我们要谈的正是这些琐碎的日常礼仪、生活礼节。

首先是日常起居中的晨昏定省之礼。《礼记·曲礼》载："凡为人子之礼，冬温而夏凊，昏定而晨省。"晚辈要早晚到长辈房中请安问好。第三十六回写宝玉挨贾政的笞打后，贾母心疼不再让贾政叫宝玉，于是宝玉"今日得了这句话，越发得了意，不但将亲戚朋友一概杜绝了，而且连家庭中晨昏定省亦发都随他的便了"，即便如此，他还是"每日一清早到贾母王夫人处走走"，可见晨昏定省这些礼数在平时是十分讲究的。经过长辈的住处也要进去请安，即使长辈不在，也要讲究礼数。第五十二回写宝玉出门："宝玉在马上笑道：'周哥，钱哥，咱们打这角门走罢，省得到了老爷的书房门口又下来。'周瑞侧身笑道：'老爷不在家，书房天天锁着的，爷可以不用下来罢了。'宝玉笑道：'虽锁着，也要下来的。'"这就是宝玉平时习得的基本礼数。

其次按辈分的各种请安问好之礼也是十分讲究的。比如第二十四回贾赦生病，宝玉前去探望请安，"刚欲上马，只见贾琏请安回来了……见了贾赦，不过是偶感些风寒，先述了贾母问的话，然后自己请了安。贾赦先站起来回了贾母话，次后便唤人来：'带哥儿进去太太屋里坐着。'宝玉退出，来至后面，进入上房。邢夫人见了他来，先倒站了起来请过贾母安，宝玉方请安。"因宝玉的请安亦奉了贾母之命，所以他们之间的行礼、请安的层次就变得比较复杂。

① 聂绀弩：《礼与红楼》，见《晋阳学刊》1984年第6期，第100–106页。

但正如“庚辰本”脂砚斋夹批云：“一丝不乱”。又有夹批云：“好层次，好礼法，谁家故事？”再如第十三回“王熙凤协理宁国府”时，贾珍将宁国府对牌取出命宝玉送与凤姐，凤姐虽然已经内心愿意接受协理的职务，却“不也就接牌，只看着王夫人”。戚蓼生本夹注云：“凡有本领者断不越礼。接牌小事而必待命于王夫人也，诚家道之规范，亦天下之规范也。”凤姐平时在贾府看上去较为放肆无礼，正如第三十八回王夫人说的：“老太太因为喜欢他，才惯的他这样，还这样说，他明儿越发无礼了。”但贾母对凤姐的认识一针见血，十分到位：“我喜欢他这样，况且他又不是那不知高低的孩子。家常没人，娘儿们原该这样。横竖礼体不错就罢，没的倒叫他神儿似的作什么。”像王熙凤这样的家族出身，对“礼体”、对“正经礼数”都有基本的习得和认知，贾母也正是了解她这点，所以才对她加倍地喜爱。

最后，来看贾府各种宴饮上所体现出的长幼主奴次序和基本礼仪。第四十回中，刘姥姥说：“别的罢了，我只爱你们家这行事，怪道说，礼出大家。”刘姥姥的这番感慨就是在吃过贾府的饭后对凤姐和鸳鸯说的。如果是有客人在的宴饮场合，客要居上首位。比如第三回林黛玉初进贾府第一次吃饭，“贾母正面榻上独坐，两边四张空椅，熙凤忙拉了黛玉在左边第一张椅上坐了”，“迎春便坐右手第一，探春坐左第二，惜春坐右第二”。王夫人、李纨、王熙凤因为是媳妇的身份，不能坐下吃饭，只能服侍贾母等用饭，“李纨捧杯，熙凤安箸，王夫人进羹”。之后贾母命王夫人坐下用饭，“李、凤二人立于案旁布让”。这些饮食礼仪十分明确，丝毫不能混乱。在用饭时主、仆之间也有规矩、礼仪要遵守，即使主仆十分亲密，也不能混淆了界限和次序。如第十六回贾琏和凤姐在房中吃酒，正好贾琏的乳母赵嬷嬷走来，“贾琏凤姐忙让吃酒，令其上炕去。赵嬷嬷执意不肯。平儿等早于炕沿下设下一杌，又有一小脚踏，赵嬷嬷在脚踏上坐了。贾琏向桌上拣两盘肴馔与他放在杌上自吃。”乳母在贾府之中地位颇高，很受尊敬，但即便如此，仍不能破坏主仆界限。但“贾府风俗，年高服侍过父母的家人，比年轻的主子还有体面”，所以在第四十三回贾母同众人商量给凤姐庆生之事时，“贾母忙命拿几个小杌子来，给赖大母亲等几个高年有体面的妈妈坐了”，“尤氏凤姐儿等只管地下站着，那赖大的母亲等三四个老妈妈告个罪，都坐在小杌子上了”。这又体现出贾府厚待有功年高之奴婢的礼节。再如第五十五回凤姐邀平儿一起吃饭，“过来坐下，横竖没人来，咱们一处吃饭是正经”。尽管没有第三人在场，“平儿屈一膝于炕沿之上，半身犹立于炕下，陪着凤姐儿吃了饭，服侍漱盥”。平儿屈一膝在炕沿之上坐姿正表明她遵守主仆之间的等级礼仪，不因熟失礼。

第五节 《红楼梦》中的国家礼仪

因贾家与皇室关系的特殊，《红楼梦》一书中还涉及不少国家礼仪。首先贾元春于第十六回“才选凤藻宫”，被“加封贤德妃”之后，元春与贾家的关系在血缘之外便要加上君臣关系。在第十七至十八回元妃省亲时，我们可以清楚看到，家族之礼必须要让位于君臣礼仪。元妃的首要身份是皇妃，历史上虽无贵妃省亲的实例，但作者对此的描述均按皇室卤簿规范进行。“何处更衣，何处燕坐，何处受礼，何处开宴，何处退息”皆有按皇室礼仪规范而行。贾母虽是元春的祖母，仍要“按品服大妆”迎驾，甚至要在迎接的路旁跪下。等至贾母正室，元春欲行家礼之时，贾母等仍跪止不迭。贾政亦只能“帘外问安，贾妃垂帘行参等事”，虽为骨肉至亲，也只能含泪称臣。

其次，如第十四回秦可卿出殡之时写道北静王水溶亲自到场路祭，贾府主人仍要先以国礼待之，“贾珍急命前面驻扎，同贾赦贾政三人连忙迎来，以国礼相见”。再写水溶致祭之礼，“回头命长府官主祭代奠”，贾赦等一旁还礼，复身又来谢恩。贾政命宝玉来见北静王时，“急命宝玉脱去孝服，领他前来”，这也是遵国礼为先之意，之后水溶让灵輀先过，是对死者表示尊重的礼节，“贾赦等见执意不从，只得告辞谢恩回来，命手下掩乐停音，滔滔然将殡过完”，这又是遵国礼之制。诸礼相杂，却先后分明，一丝不乱。

贾母生日时最早一日宴请的是皇亲国戚，“贾母等俱是按品大妆迎接”，“上面两席是南、北王妃，下面依序，便是众公侯诰命。左边下手一席，陪客是锦乡侯诰命与临昌伯诰命；右边下手一席，方是贾母主位”。这些细节处处都体现出国家君臣之礼。

第六十三回贾敬去世时，因同时遭遇国丧，贾珍、贾蓉只能向朝廷告假。天子不仅准假，另外追赐贾敬五品之职，还破格允许“朝中由王公以下准其祭吊”。从中也可见当国丧遇到家丧，按礼仍要以国礼为先。由此并引出在国孝家孝期间不可娶亲的国家礼仪，并暴露出贾珍、贾琏、贾蓉在“家孝”期间的败伦丧行。此后，贾琏娶妾之事给王熙凤知晓后，凤姐正是利用了这个礼法来实施报复，第六十八回凤姐教唆尤二姐退亲前的夫家张华去告贾琏“国孝家孝之中，背旨瞒亲，仗财依势，强逼退亲，停妻再娶”之罪，并喝骂贾蓉：“出去请大哥哥来。我对面问他，亲大爷的孝才五七，侄儿娶亲，这个礼我竟不知道。我问问，也好学着日后教导子侄的。”又冷笑道：“这事原是爷做的太急了。国孝一层罪，家孝一层罪，背着父母私娶一层罪，停妻再娶一层罪。”

聂绀弩在《礼与红楼》中称“《红楼梦》是人书，从另方面看，也可说是礼书”，当然他认为“两书不两立，是人书必反礼，是礼书必反人。凡执礼者多反礼，凡反礼者多成人”[①]。显然他认为《红楼梦》详细描述的各种礼正是为了“反礼”，正是为了衬托贾家内里实际的“礼崩乐坏”，是“讥失教也”。也有一些评论者认为《红楼梦》正是一部“教之以礼义”的书，如清代的观鉴我斋这样评论：“一则曹雪芹见簪缨巨族、乔木世臣之不知修德载福、承恩衍庆，托假言以谈真事，意在教之以礼与义，本齐家以立言也。是皆所谓有所为而作，与不得已于言者也。”[②]周汝昌也认为：“曹雪芹在书中显示的一种鲜明心态，是对‘礼’的喜悦和欣赏。看他每逢叙写家庭中常日、节日的大小聚会，凡长幼、亲疏、主客……他（她）的座次、行止、进退、语言，必定处处交待，笔笔不苟。他写民风土俗，也深知其中‘礼’的因素意义。”“不可盲从一些浮议浅见，以为曹雪芹著书是反理叛礼。那并非真实。‘诗礼簪缨之族’，‘富而好礼’，这也是书的开卷即予大书特书的眉目之文，用意之笔。”[③]这看似相反的两个角度，其实也可以一统于作者对真正“礼教”的敬意，而对数十年来目睹之虚伪表面之“礼”的嘲讽及厌弃。孔子早就说过：“礼云礼云，玉帛云乎哉？”

① 见聂绀弩：《礼与红楼》，《晋阳学刊》1984 年第 6 期。
② 朱一玄、刘毓忱编：《西游记资料汇编》，南开大学出版社 2012 年版，第 362 页。
③ 周汝昌：《〈红楼梦〉和中华文化》，《晋阳学刊》2011 年第 4 期，第 109–114 页。

寶釵

第四章　从两组诗词看《红楼梦》中的“兼美”

作家王蒙曾说过：“对于林黛玉与薛宝钗的理解、评价、比较与探讨，差不多可以说是《红楼梦》带给读者的第一大趣味、第一大困惑、第一大（审美与思考的）启动。”[①]有关“兼美”或者“钗黛合一”的解释和评价在《红楼梦》研究中也备受关注，著述丰富、用力颇深。有学者甚至以为“红学的第一大公案是宝钗和黛玉孰优孰劣问题，这简直是个永远扯不清楚的问题”。[②]

关于“兼美”的理解一度也有差异，或为兼钗、黛二人之美，或为兼众芳之美。脂砚斋最先提出“钗黛合一”：“钗玉名虽二个，人却一身，此幻笔也。今书至三十八回时已过三分之一有余，故写是回，使二人合而为一。”[③]后来俞平伯在《红楼梦研究》论作者的态度时指出：“且书中钗黛每每并提，若两峰对峙双水分流，各尽其妙莫能相下，必如此方极情场之盛，必如此方尽文章之妙。”[④]目前“兼美”指钗、黛基本成为《红楼梦》研究中的共识。

① 见《王蒙活说红楼梦》，作家出版社 2005 年版，第 70 页。

② 见刘梦溪：《〈红楼梦〉与百年中国》，河北教育出版社 1999 年版，第 397 页。

③ 第四十二回回前庚辰本批语，见陈庆浩：《新编石头记脂砚斋评语辑校》（增订本），联经出版事业股份有限公司 2016 年版，第 606 页。

④ 见俞平伯：《红楼梦研究》，复旦大学出版社 2004 年版，第 107–108 页。

“钗黛之争”恰好说明“一千个读者心中有一千个哈姆雷特”的阅读效果在受众中普遍存在，读者的审美判断往往有较明显的主观色彩，因此钗黛优劣的话题从未“淡出”，这是经典的魅力，但也是对读者审美素养的考量。欧丽娟认为让读者陷入阅读困境的因素包括直觉反应的常识性意见、忽略细节、时代价值观、好恶褒贬等，而面对小说读者当有的阅读境界是“不笑，不哭，也不痛骂，而只是理解”①。读者的阅读情境有时代差异，但回到文本以及文本诞生的文化环境还是阅读与思考的理性选择。“兼美”的信息在小说文本中相当丰富，在此仅从两组诗词入手，回顾钗、黛两个形象带给读者的“怡红快绿”的审美感受。《尚书·尧典》有“诗言志”之说，《毛诗序》亦云：“诗者，志之所之也，在心为志，发言为诗。”诗词里的信息常常反映了写作者的内心世界，剖析钗、黛的诗词也是清晰认识“兼美”的一个视角。

第一节　从《咏白海棠》诗看钗、黛的自我书写

自东晋王羲之等人兰亭集会曲水流觞以赋佳篇之后，文人结社以诗文会友已成风雅之事。《红楼梦》中大观园的诗社活动就是历史上文人雅集的小说书写。所不同的是，这是一个栖身于私家园林的女性诗社（唯一男性贾宝玉的身份是护花使者），诗社中人实际是“闺中书生”②。首次结诗社见第三十七回，以《咏白海棠》为题，众少女各有佳作，而钗黛之作更是自我心志的书写，以花写人。

① 见欧丽娟：《大观红楼·综论卷》第一章，台大出版中心 2014 年版，第 7–35 页。

② 俞晓红以为红楼女性群在天赋颖慧、性格丰润之外，还有一种深蕴于内的东西，那就是饶有文化韵致的闺中书生的气质。见俞晓红：《形象：文化的投影》，中国文联出版社 2001 年版，第 121 页。

先看宝钗《咏白海棠》：

珍重芳姿昼掩门，自携手瓮灌苔盆。
胭脂洗出秋阶影，冰雪招来露砌魂。
淡极始知花更艳，愁多焉得玉无痕。
欲偿白帝凭清洁，不语婷婷日又昏。

首句中“芳姿”写宝钗容貌佳美。小说以写实笔法极为具象化地写宝钗之美，其身形“肌骨莹润”（第四回）、其容貌“唇不点而红，眉不画而翠，脸若银盆，眼如水杏”（第八回）、其肤色“雪白”（第二十八回）、其风仪“品格端方（第五回）”。宝钗的“芳姿”是非常容易被认可、被接受、被看懂的美，“人多谓黛玉所不及”（第五回）。“珍重”是宝钗持守“芳姿”的态度，如何珍重？“行为豁达，随分从时（第五回）”，“罕言寡语”、“安分随时”（第八回）。“珍重芳姿”首先体现在与人相处的方式上。处人群之中坦然自若、恪守分际是宝钗应对常态。第二十二回元宵家宴，“往常间只有宝玉长谈阔论，今日贾政在这里，便惟有唯唯而已。馀者湘云虽系闺阁弱女，却素喜谈论，今日贾政在席，也自缄口禁言。黛玉本性懒与人共，原不肯多语。宝钗原不妄言轻动，便此时亦是坦然自若”。对此，脂评说：“瞧他写宝钗，真是又曾经严父慈母之明训，又是世府千金，自己又天性从礼合节，前三人之长并归一身。前三人向有捏作之态，故惟宝钗一人作坦然自若，亦不见逾规踏距也。”[①]宝钗“不妄言轻动”，既不是畏惧，也非拘谨，更没有情绪化，而是平素世家风范教养使然，“从礼合节”，人前人后都坦然自处。面对黛玉的尖锐和试探，宝钗或“不答”或不

① 第二十二回庚辰本批语。见陈庆浩：《新编石头记脂砚斋评语辑校》（增订本），联经出版事业股份有限公司 2016 年版，第 446 页。

作回应，“浑厚天成”[①]，不予争竞、计较。第八回宝玉听从宝钗的建议不饮冷酒，黛玉借雪雁送手炉一事奚落宝玉：“怎么他说了你就依，比圣旨还快些！”“宝钗素知黛玉是如此惯了的，也不去睬他。”第四十四回钗、黛心下明白宝玉出城祭奠金钏，黛玉借《荆钗记·男祭》对宝钗讽刺宝玉和王十朋一样，“不通的很”，“俗语说，‘睹物思人’，天下的水总归一源，不拘那里的水舀一碗看着哭去，也就尽情了”。“宝钗不答。”与宝玉相处宝钗也是有亲近、有端方。第三十回宝玉为缺席薛蟠生日致歉，“宝钗笑道：‘这也多事。你便要去也不敢惊动，何况身上不好，弟兄们日日一处，要存这个心倒生分了。’”宝钗语带双关，暗示宝玉兄弟姐妹之间的情分即使没有终日厮守也一样亲近，脂批认为宝钗和宝玉的关系是“远中近”[②]，人性往往因距离消失而陷于狎昵，最终不得不“生分”。“既熟惯，则更觉亲密；既亲密，则不免一时有求全之毁，不虞之隙”（第五回），而“珍重芳姿”的处世方式却在约束中保持了亲密，宝钗对人性的认识是清醒的。即便宝玉有冒犯，她“登时羞的脸通红”，“过后还是照旧一样，真真有涵养，心地宽大”（第三十二回），端方不改，贾母“喜他稳重和平”（第二十二回），正是对“珍重芳姿”的欣赏。“珍重芳姿”也体现在自我要求上。第四十二回写宝钗对黛玉读书的规劝也是她的自我体认。社会进化到父系时代，其文化价值视男性为中心，以男性为主导，连林黛玉也

① 见陈庆浩：《新编石头记脂砚斋评语辑校》（增订本），联经出版事业股份有限公司 2016 年版，第 192 页。

② 第二十一回庚辰本批语：“宝玉心，凡女子前不论贵贱皆亲密之至，岂于宝钗前反生远心哉。盖宝钗之行止端肃恭严，不可轻犯，宝玉欲近之而恐一时有渎，故不敢狎犯也。宝钗待下愚尚且和平亲密，何及于兄弟前有远心哉。盖宝玉之形景已泥于闺阁，近之则恐不逊，反成远离之端也。故二人之远，实相近之至也。”见陈庆浩：《新编石头记脂砚斋评语辑校》（增订本），联经出版事业股份有限公司 2016 年版，第 411 页。

劝湘云“你要是个男人，出去打一个报不平儿。你又充什么荆轲聂政，真真好笑”（第五十七回）。读书、受教育的目的是明理，社会秩序的确立以“礼”和“理”为基础，“礼”是“理”的外化，“理”是“礼”的内涵。“理”与“礼”于男女各有要求，故宝钗认为：“男人们读书明理，辅国治民，这便好了”，“读了书倒更坏了。这是书误了他，可惜他也把书糟踏了，所以竟不如耕种买卖，倒没有什么大害处。你我只该做些针凿纺织的事才是，偏又认得了字，既认得了字，不过拣那正经的看也罢了，最怕见了些杂书，移了性情，就不可救了。”无论男女，读书不明理必然“失礼”，这样反倒不如不读书的好。显然，诗礼世家出身的林黛玉对“理”与“礼”是认同的，因此，“一席话，说的黛玉垂头吃茶，心下暗伏，只有答应‘是’的一字”。“珍重芳姿”是基于理性的选择，实源于儒家文化“不逾矩”、“克己复礼”，是君子终其一生奋斗的修为，也是构建人际和谐、秩序井然的基础，《颜氏家训·归心》说得好：“又君子处世，贵能克己复礼，济时益物。”由宝钗熟读朱熹《不自弃》文可知，“珍重芳姿”还是“不自弃”。人若能“不自弃”，“达则以是道为卿为相，穷则以是道为师为友”。[①]人之被弃往往是因先“自弃”，故不要怨天尤人，当反求诸已，“总要受得富贵耐得贫贱才好”（第一零八回）。“珍重芳姿”之人自懂得远祸存身、规避是非，所以要“昼掩门”，这正是宝钗的智慧。大观园固然是青春乐园，却也暗藏是非，先有“虾须镯”事件、后有“玫瑰露引来茯苓霜”，几次偷盗事件令宝钗警觉，深知“还有几件比这两件大的呢。若以后叨登不出来，是大家的造化；若叨登出来，不知里头连累多少人呢”。她先是提出关闭角门，“把钥匙要了自己拿着”，“小心没过逾的”，“不如锁了，连妈和我也禁着些，

① 朱熹《不自弃文》：“夫天下之物，皆物也。而物有一节之可取，且不为世之所弃，可谓人而不如物乎！”见《朱熹集》之《朱熹外集》卷二，四川教育出版社 1996 年版，第 5754 页。

大家别走。纵有了事，就赖不着这边的人了”（第六十二回）。待抄检大观园发生，宝钗审时度势以照顾母亲为由搬出了大观园，从此没有再进来。“昼掩门”是宝钗自保清白和保全薛家的选择。“胭脂洗出秋阶影，冰雪招来露砌魂”写宝钗不加粉饰、洗去铅华的素美容颜和如白海棠般洁净的内心。宝钗“从来不爱这些花儿粉儿的”（第七回）、“唇不点而红，眉不画而翠”，其衣着“一色半新不旧，看去不觉奢华”（第八回）；其居处，“雪洞一般，一色玩器全无，案上只有一个土定瓶中供着数枝菊花，并两部书，茶奁茶杯而已。床上只吊着青纱帐幔，衾褥也十分朴素”（第四十回）。摒弃外在修饰，放弃对物质的依赖，自安于素朴，恰恰因为内心充盈与丰富，这源于学识与教养的力量，从她熟悉朱熹《不自弃文》来看，她的学养结构中包括理学，“存理灭欲”是朱熹理学的重要思想，但“灭欲”意在“克己”而非“灭绝”，正如“任是无情也动人”中的“无情”就文本所写之宝钗是冷静而非冷酷，她以理性、节制克服人欲的泛滥，遂有“冷香”之美，脂批曰：“看他清洁自厉，终不肯作一轻浮语。”“淡极始知花更艳”则是对“冷香”人格的赞扬，脂批对这句诗大加赞赏：“好极，高情巨眼能几人哉。”[①]“淡极”不仅是对物事无要求，也是对人事浑然无觉。宝钗的人生价值极具儒家文化的达观与理性，对于率性而为、枉自伤损身心的人生态度不以为然，“愁多焉得玉无痕”。她的浑厚既因她“先天结壮”（第七回），也源于她懂得养生养心，不作无谓感伤自损。第八回她劝宝玉不要只图一时爽快而饮冷酒，第四十五回劝黛玉用药“不宜太热”，“先以平肝健胃为要，肝火一平，不能克土，胃气无病，饮食就可以养人了”。药性“太热”易令人情绪起伏、心火旺盛，陷于煎熬，惟平心静气才是养生之道。朱熹《静》

① 见陈庆浩：《新编石头记脂砚斋评语辑校》（增订本），联经出版事业股份有限公司 2016 年版，第 580–581 页。

（之一）曰：“所以工夫先要静，动而无静体难存。”[①]心绪起伏同样有违“静”，因此复劝黛玉勿沉溺于身世自怜，徒以离忧自损：“你也是个明白人，何必作‘司马牛之叹’？”宝钗谈养生、论病之中隐含生活道理，脂批赞她：“知命知身，识理识性，博学不杂，庶可称为佳人。”[②]“愁多”一句意在警诫用情太深也非全身之道[③]，脂评曾说：“宝玉砸玉，颦儿之泪枯，种种孽障，种种忧忿，皆情之所陷。”[④]即使至坚如玉，亦有磨损。“欲偿白帝凭清洁”句收回到自身[⑤]，表明洁身自好的志向。“不语婷婷日又昏”句写其终将“珍重芳姿”，以“不语婷婷”、“凝晖钟瑞”（第十七回）之坦然面对时光流逝。

如果说宝钗《咏白海棠》诗是后天修为的“山中高士”心志自写，那么黛玉《咏白海棠》诗则是“世外仙姝”的写真：

半卷湘帘半掩门，碾冰为土玉为盆。
偷来梨蕊三分白，借得梅花一缕魂。
月窟仙人缝缟袂，秋闺怨女拭啼痕。
娇羞默默同谁诉，倦倚西风夜已昏。

首联“半卷湘帘半掩门，碾冰为土玉为盆”便令宝玉喝彩：“从何处想来！”蔡义江先生释此句“因花的高洁白净而想到栽培它的也不该是一般的泥土和瓦盆，所以用冰清玉洁来侧面烘托”。[⑥]“世外仙姝”之意分明，“料定他自与

① 《朱熹外集》卷一，见《朱熹集》，四川教育出版社 1996 年版，第 5732 页。
② 见陈庆浩：《新编石头记脂砚斋评语辑校》（增订本），联经出版事业股份有限公司 2016 年版，第 191 页。
③ 第三十七回己卯本脂批：“看他讽刺林宝二人，省手。”同上，第 581 页。
④ 同上，第 411 页。
⑤ 第三十七回己卯本脂批：“看他收到自己身上来，是何等身份。”同上，第 581 页。
⑥ 见蔡义江：《红楼梦诗词曲赋鉴赏》，中华书局 2001 年版，第 230 页。

别人不同”①，其生长环境非干人事，而是碾冰为土、以玉为盆。与宝钗克己复礼以求清洁的人世修为不同，黛玉的玉洁冰清完全不在世俗，纤尘无染。“偷来梨蕊三分白”以梨花之洁白状海棠之色，亦以高洁自许。“借得梅花一缕魂”是看花人内心品格的写照，梅花在传统诗词中往往寄寓清雅、超逸、傲骨、遗世独立、坚贞等情感，看花人内心若此，相由心生，白海棠在她眼中亦有梅花的气节。“月窟仙人缝缟袂，秋闺怨女拭啼痕”二句赋予白海棠以缝制素衣的仙人之姿，又好像闺中悲秋的少女正在拭去泪痕。己卯本批语曰：“虚敲傍比，真逸才也，且不脱落自己。”②这两句诗隐含多重信息，一来呼应了黛玉前身，她乃绛珠仙子转世，“饥则食蜜青果为膳，渴则饮灌愁海水为汤”的经历使她“五内便郁结着一段缠绵不尽之意”（第一回），“情”是黛玉的气质构成，春秋代序皆易感伤，“人人都笑我有些痴病”（第二十八回），“痴”意指“情深”，“多情不寿”③，黛玉生来便有“不足之症”，“如今还是吃人参养荣丸”（第三回），其意为“人生自当自养荣卫”④。二来也暗示了“还泪”以偿情债的信息。“娇羞默默同谁诉，倦倚西风夜已昏”两句收束到自我，同样写“流年川暗度”，宝钗是“不语婷婷”的“珍重芳姿”，黛玉却感时伤怀、诉秋之心无人解，流光相催终至泪枯。第二十七回写紫鹃、雪雁素日知道林黛玉的情性，“无事闷坐，不是愁眉，便是长叹，且好端端的不知为了什么，常常的便自泪道不干的。先时还有人解劝，怕他思父母，想家乡，受了委曲，只得用话宽慰解劝。谁知后来一年一月的竟常常的如此，把这个样儿看惯了，也都不理论了。所以也没人理，

① 见陈庆浩：《新编石头记脂砚斋评语辑校》（增订本），联经出版事业股份有限公司2016年版，第582页。

② 同上。

③ 第三十回回末王府本总评：“爱众不常，多情不寿。风月情怀，醉人如酒。”同上，第550页。

④ 第三回甲戌本夹批，同上，第66页。

由他去闷坐，只管睡觉去了。那林黛玉倚着床栏杆，两手抱着膝，眼睛含着泪，好似木雕泥塑的一般，直坐到二更多天方才睡了”。这段文字所写乃是黛玉常态，与“秋闺怨女拭啼痕”相映。

两诗皆是自写身份与心志，“若论风流别致，自是这首；若论含蓄浑厚，终让蘅稿”（第三十七回）。李纨以为“宝钗这诗有身分”，探春亦赞“这评的有理”，看法相同的还有脂批：“逸才仙品固让颦儿，温雅沉着终是宝钗”。[①]

第二节　由《咏柳絮》词看钗、黛的生命观照

继海棠社之后，宝玉和诸钗第二次结诗社已经在第七十回了：“说起诗社，大家议定：明日乃三月初二日，就起社，便改‘海棠社’为‘桃花社’，林黛玉就为社主。”这次诗社雅集改为填词，“以柳絮为题，限各色小调”。钗、黛二人再次于诸钗中胜出，“果然翻得好气力，自然是这首为尊（指宝钗之作）。缠绵悲戚，让潇湘妃子”。“诗言志，词言情”是传统诗词创作的理论，不从技巧论，钗、黛两人借吟咏柳絮表达了不同的生命观照态度。

先看黛玉的《唐多令》：

粉堕百花州，香残燕子楼。一团团逐对成毬。飘泊亦如人命薄，空缱绻，说风流。

① 见陈庆浩：《新编石头记脂砚斋评语辑校》（增订本），联经出版事业股份有限公司 2016 年版，第 582 页。

草木也知愁，韶华竟白头！叹今生谁舍谁收？嫁与东风春不管，凭尔去，忍淹留。

“粉堕”与“香残”二句述柳絮飘零，都用了典故。前者出自西施游姑苏百花洲事，后者出自唐代名妓关盼盼为夫为节之事。[①]西施本为越国女，入吴，郁郁不乐。林黛玉本姑苏人，抛父进京投亲，同为离乡背井使得她对西施红颜寂寞心有戚戚。关盼盼虽得张愔宠爱，但好景不长，终孤寂独守、辜负韶华。同为如华美眷都免不了幽闺自怜，黛玉借盼盼而自写。“一团团逐对成毬”写柳絮难以自主命运，只能随风势滚落尘埃，“逐对成毬”，偶然一聚。[②]“飘泊”三句将柳絮与人物合而为一，感叹自己与柳絮一样命薄，并预感到缱绻之情、风流之姿终是落空、虚化。小说文本中“命薄”、“风流”多数明指黛玉，第三十五回写林黛玉“一进院门，只见满地下竹影参差，苔痕浓淡，不觉又想起《西厢记》中所云‘幽僻处可有人行，点苍苔白露泠泠’二句来，因暗暗的叹道：‘双文，双文，诚为命薄人矣。然你虽命薄，尚有孀母弱弟，今日林黛玉之命薄，一并连孀母弱弟俱无。古人云‘佳人命薄’，然我又非佳人，何命薄胜于双文哉！”“风流”一词述女性美在文本中也多指黛玉。如第三回从众人眼中写黛玉之美“却有一段自然的风流态度”；第五回警幻之妹“其鲜艳妩媚，有似乎宝钗，风流袅娜，则又如黛玉”；第二十五回写薛蟠一眼看见林黛玉“风流婉

① 据明代王鏊撰《姑苏志》载：“百花洲在西城下胥、盘二门之间。”传说吴王夫差常携西施泛舟游乐于此。明代高启《百花洲》诗有“吴王在时百花开，画船载乐洲边来；吴王去后百花落，歌吹无闻洲寂寞”之句。燕子楼：故址在今江苏徐州市西北。唐太宗贞观年间，尚书张愔的爱妓关盼盼居住其中，愔死后，盼盼念旧情不嫁，居此楼十余年。见唐代白居易《燕子楼三首并序》。以上见《红楼梦》第七十回注，人民文学出版社 1982 年版，第 996 页。

② 蔡义江释“逐对成毬”认为“‘毬’谐音‘逑’，逑，配偶。这句是双关语。”见蔡义江：《红楼梦诗词曲赋鉴赏》，中华书局 2001 年版，第 353 页。笔者以为或可商榷，联系“飘泊”一句，“逐对成毬”似在说明柳絮只能被风吹送，零落尘埃，遇合相伴皆不能自主，偶然一聚而已。

转，已酥倒在那里”。“草木”、“韶华”二句既移情于物，赋予柳絮人格化，也暗指黛玉的自怜。文本述黛玉“秉绝代姿容，具希世俊美”，柳枝花朵上的宿鸟栖鸦一闻她哭声，“俱忒楞楞飞起远避，不忍再听。真是：花魂默默无情绪，鸟梦痴痴何处惊”（第二十六回）。黛玉和宝玉都是“万物有情”论者，故白色柳絮在她眼中是草木知愁白了头，被人格化了。黛玉前身是历经荣枯的绛珠草，她亦自称“草木之人”。第二十八回宝玉让林黛玉在自己的端午节礼物中随意挑拣，黛玉回答：“我没这么大福禁受，比不得宝姑娘，什么金什么玉的，我们不过是草木之人！”“叹今生谁舍谁收？”既叹落絮轻飘无归宿，又暗写自身无着落。黛玉心里一直缺少安全感与归属感，在《葬花词》中她对落花自语：“侬今葬花人笑痴，他年葬侬知是谁？”（第二十七回）虽得宝玉细心体贴，每每念及“父母早逝，虽有铭心刻骨之言，无人为我主张”（第三十二回），感伤日甚。“嫁与东风春不管，凭尔去，忍淹留”三句终将命运交付东风，以随风而逝的飘零收束，流露出心力耗尽、不能自持的夭亡之意。“众人看了，俱点头感叹，说：‘太作悲了，好是固然好的。’”（第七十回）

就全词来看，遣词造句如“粉堕”、“香残”、“逐对成毬”、“空缱绻”、“韶华白头”都包含着美好虚化、生命凋残的信息，飘零、坠落、无归宿、随风而逝是词的情感主调。作为审美主体的黛玉对“存在”这一审美客体的认知是“世间好物不坚牢，彩云易碎琉璃脆”。客观存在仅是“水流花谢两无情”，然而审美主体移情于客体，物我合一，于是落絮轻粘便转化为“草木也知愁”。这种审美效果的产生有主客观原因。就主观来看，黛玉本是绛珠草转世，荣枯随时，“秋风萧瑟天气凉，草木摇落露为霜”（曹丕《燕歌行》）。“草木之人”秉赋敏感，容易悲落叶、喜柔条，行为上“懒与人共”、“喜散不喜聚”，更兼黛玉的病理特征容易诱发多思、心绪波动，“每岁至春分秋分之后，必犯嗽疾”，

“有时闷了，又盼个姊妹来说些闲话排遣，及至宝钗等来望候他，说不得三五句话又厌烦了”（第四十五回）。这种缘于秉性、气质的主观因素会令观照世界的眼光发生错觉和移情，故清末批评本之一桐花凤阁本在第七十回评“嫁与东风春不管”句曰：“与‘莫怨东风当自嗟’相照。”[1]就客观来看，黛玉“曾经离丧”，易作哀音。虽然有学者以为林黛玉是贾母的“心肝儿肉”（第三回），在贾府中是宠儿地位，[2]然而，过早失去母亲使她对母女天伦的场面看不得却又渴望，第五十七回薛姨妈打趣钗、黛的终身大事：“宝钗道：‘惟有妈，说动话就拉上我们。’一面说，一面伏在他母亲怀里笑说：‘咱们走罢。’黛玉笑道：‘你瞧，这么大了，离了姨妈他就是个最老道的，见了姨妈他就撒娇儿。’薛姨妈用手摩弄着宝钗，叹向黛玉道：‘你这姐姐就和凤哥儿在老太太跟前一样，有了正经事就和他商量，没了事，幸亏他开开我的心。我见了他这样，有多少愁不散的。’黛玉听说，流泪叹道：‘他偏在这里这样，分明是气我没娘的人，故意来刺我的眼。’宝钗笑道：‘妈瞧他轻狂，倒说我撒娇儿。’”参看另一段文本便可知黛玉触景生情、落泪并非“轻狂”，第二十五回：“宝玉也来了，进门见了王夫人，不过规规矩矩说了几句，便命人除去抹额，脱了袍服，拉了靴子，便一头滚在王夫人怀里。王夫人便用手满身满脸摩挲抚弄他，宝玉也搬着王夫人的脖子说长道短的。”甲戌本脂批：“普天下幼年丧母者齐来一哭。”接下来又一条脂批：“慈母娇儿写尽矣。”[3]尽管外祖母也常将黛玉“搂在怀里”，父母子女之间天生的骨肉相连却是无法替代的，薛姨妈说得准确：“‘也怨不得他伤心，可怜没父母，到底没个亲人。’”（第五十七回）“孀母弱弟俱无”的薄

① 见（美）浦安迪编释：《红楼梦批语偏全》，北京大学出版社 2003 年版，第 359 页。

② 见欧丽娟：《红楼梦人物立体论》，里仁书局 2006 年版，第 53–54 页。

③ 见陈庆浩：《新编石头记脂砚斋评语辑校》（增订本），联经出版事业股份有限公司 2016 年版，第 480 页。

命感与羡慕让她对薛姨妈的爱语、爱抚产生幻觉。“黛玉感戴不尽，以后便亦如宝钗之呼，连宝钗前亦直以姐姐呼之，宝琴前直以妹妹呼之，俨似同胞共出，较诸人更似亲切”（第五十八回）。可见，主客观因素使得林黛玉的生命观照总是包含着凄凉、离散、逝去等信息，所谓“花落人亡两不知”、“冷月葬花魂”。

同一事物在不同的观照视野里，映像不同。薛宝钗歌咏柳絮的思路就是避俗求新不作寻常声：“我想，柳絮原是一件轻薄无根无绊的东西，然依我的主意，偏要把他说好了，才不落套。所以我诌了一首来，未必合你们的意思。”（第七十回）宝钗的《临江仙》道是：

白玉堂前春解舞，东风卷得均匀。蜂团蝶阵乱纷纷。几曾随逝水，岂必委芳尘。

万缕千丝终不改，任他随聚随分。韶华休笑本无根，好风频借力，送我上青云！

“白玉堂前春解舞”起句就有翻新之意，由第四回护官符“贾不假，白玉为堂金作马”可知，“白玉堂”指富贵人家。柳絮虽“轻薄无根无绊”，但那在白玉堂前飞舞的柳絮亦如“昔日王谢堂前燕”一样自有世家身份，连春光也懂得柳絮起舞的节奏。“东风卷得均匀”句写柳絮随风悠悠起舞，与“逐对成毬”那无法自控的坠落相比，眼前的柳絮舞得从容、均匀，不慌不忙、自成节奏。因此湘云先笑道：“好一个‘东风卷得均匀’！这一句就出人之上了。”“蜂团蝶阵乱纷纷”句解说不一①，从全词语境来看似可理解为这是对柳絮飞舞的

① 蔡义江解释为“成群蜂蝶纷纷追随柳絮。或以蜂蝶之纷乱比飞絮，亦通”。见蔡义江：《红楼梦诗词曲赋鉴赏》，中华书局2001年版，第355页。另，刘耕路释：“喻飘飞的柳絮颇似乱纷纷飞舞的蜂蝶”。见刘耕路：《红楼梦诗词解析》，吉林文史出版社1986年版，第313页。笔者以为似应商榷。

衬托，“轻薄无根无绊”的柳絮舞得如此从容、均匀，而有翅膀的蜂蝶却飞舞得纷乱无序。“几曾”、“岂必”二句又翻前人之意。北宋诗僧道潜《口占绝句》云：“禅心已作沾泥絮，不逐春风上下狂。”苏轼《水龙吟·次韵章质夫杨花词》写柳絮“似花还似非花，也无人惜从教坠”，不得不“抛家傍路”。然而宝钗以“不自弃”精神跳脱俗见，否定了柳絮“随逝水”、“委芳尘”的命运必然性。“万缕千丝终不改，任他随聚随分”两句是心志自写之语，文本述宝钗性格“随分从时”、“安分随时”，和“任他随聚随分”相呼应，而这也与脂批的评价一致：“历看炎凉，知看甘苦，虽离别亦能自安。”①“韶华休笑本无根”句纠正了寻常人对柳絮的固有印象。“好风频借力，送我上青云”二句声调最壮，赋予柳絮乘风随势的信心和自由，颇有“更上层楼”的见识。②故读到最后二句，“众人拍案叫绝，都说：‘果然翻得好气力，自然是这首为尊’”（第七十回）。清末批评本之一的王希廉本第七十回眉批：“翻案得好。”③

就全词来看，宝钗视野中的柳絮无坠落之势、无慌乱之态，而是均匀解舞，向上飞升，环境有变而心志无改，“风雨阴晴任变迁”（第二十二回），既不戚戚也不洋洋，这正是宝钗观照人生的态度。欧丽娟认为宝钗《临江仙》具备的是“一种积极领略存在幸福的乐观心性，以及对生命聚散离合之无奈悲戚选择超脱以待的人生哲学，因而展现出一种超越与突破的可贵的自由意志。这股

① 第七回王府本批语，见陈庆浩：《新编石头记脂砚斋评语辑校》（增订本），联经出版事业股份有限公司 2016 年版，第 161 页。

② 曹立波以为：“人们多从凭借外力而实现青云直上的野心等角度，来贬低薛宝钗是与贾雨村一样追名逐利的小人。其实，‘青云’还可以理解成为青云之志。王勃《滕王阁序》有‘穷且益坚，不坠青云之志’的句子，‘青云之志’是一种清高和超脱的志向。《续逸民传》：‘嵇康早有青云之志。’所以‘青云’也是宝钗高洁人格的写照。”见曹立波《红楼十二钗评传》，清华大学出版社 2007 年版，第 36–37 页。

③ 见（美）浦安迪编释：《红楼梦批语偏全》，北京大学出版社 2003 年版，第 357 页。

'死中求活'的积极意志，在众人一片衰飒之音的合唱交响中，有如一道力图在大观园悲凉之雾中突围而出的阳光，让惯于悲凉哀凄的众人也受到鼓舞"。①

第三节　"美中不足"及"兼美"的多元认同

第一回石头"凡心已炽"，求去，一僧一道劝他不去也罢，因为"那红尘中有却有些乐事，但不能永远依恃；况又有'美中不足，好事多魔'八个字紧相连属"；第五回《红楼梦曲》之【终身误】："叹人间，美中不足今方信。"第七十六回黛玉对湘云道："不但你我不能称心，就连老太太、太太以至宝玉、探丫头等人，无论事大事小，有理无理，其不能各遂其心者，同一理也，何况你我旅居客寄之人哉！""美中不足"、"难遂其心"是《红楼梦》所写的人生困扰，由此也引发"兼美"的向往。就两组诗中所展示的钗黛形象来看，也是各有美中不足的。

《咏白海棠》诗终评是："若论风流别致，自是这首（指黛玉之作），若论含蓄浑厚，终让蘅稿"（第三十七回）；《咏柳絮》词终评是："果然翻得好气力，自然是这首为尊（指宝钗之作）。缠绵悲戚，让潇湘妃子。"（第七十回）虽决出一二，但"美中不足"的遗憾也是明显的。黛玉乃阆苑仙葩，其诗词"风流别致"、"缠绵悲戚"，可谓"情动于衷"、"文采华茂"，然她亦自知，"到底伤于纤巧些"（第三十八回）。这种诗风和黛玉心思玲珑过人有关，第三回写黛玉容貌："心较比干多一窍，病如西子胜三分。"甲戌本

① 见欧丽娟：《红楼梦人物立体论》，里仁书局2006年版，第161页。

眉批曰："多一窍固是好事，然未免偏僻了，所谓过犹不及也。"[1]古人论诗亦有伤于纤巧易有薄命相的看法[2]，"病如西子"焉知不是从"心较比干多一窍"上而来？再看宝钗作文"含蓄浑厚"、"翻得好气力"。脂批说："宝钗诗全是自写身分，讽刺时事，只以品行为先，才技为末。纤巧流荡之词，绮靡浓艳之语，一洗皆尽，非不能也，屑而不为也。"[3]然而传统文论还是重视诗的艺术美特质的。《典论·论文》："诗赋欲丽"；《文心雕龙·情采》曰："故立文之道，其理有三：一曰形文，五色是也；二曰声文，五音是也；三曰情文，五性是也。五色杂而成黼黻，五音比而成《韶》、《夏》，五情发而为辞章，神理之数也。""五情"即是喜、怒、哀、乐、怨，抒发五情才是辞章。"盖风雅之兴，志思蓄愤，而吟咏情性，以讽其上，此为情而造文也。""志思蓄愤"、"为情造文"强调了"情"在写作中的动力。黛玉本情郁五内之个性，在她成长期内保持本真个性时间较长，加之曾经离丧更增薄命之感，化而为诗便"缠绵悲戚"。宝钗七八岁上也是"怕看正经书"、爱诗、爱词，"诸如这些'西厢''琵琶'以及'元人百种'，无所不有"，后来经历了来自成人世界"打的打，骂的骂，烧的烧"（第四十二回）的教育，成长道路回归传统[4]，受理学影响至深，形成"不自弃"意志，吟咏述志固然浑厚，然五色不全、五情不足，有阙于"文质彬彬"。故当李纨、探春评"咏白海棠"诗，潇湘之作终让蘅稿时，宝玉提

① 见陈庆浩：《新编石头记脂砚斋评语辑校》（增订本），联经出版事业股份有限公司2016年版，第83页。

② 欧丽娟征引晚唐至清代关于李贺的诗论说明"李贺以二十七岁之龄英年早逝的遭遇，便往往被认为和他特殊的诗歌风格密不可分"。见《诗论红楼梦》，五南图书出版股份有限公司2017年版，第30–32页。

③ 第三十七回已卯本脂批，见陈庆浩：《新编石头记脂砚斋评语辑校》（增订本），联经出版事业股份有限公司2016年版，第580页。

④ 见欧丽娟：《红楼梦人物立体论》，里仁书局2006年版，第217–221页。

出“只是蘅潇二首还要斟酌”（第三十七回）。这倒不是出于私心袒护黛玉，而是“杂学旁收”（第八回）、“专在这些秾词艳赋上作工夫”（第二十三回）的宝玉懂得“为情造文”的道理。可见，大观园诗会中领袖群芳如钗、黛者，亦有“美中不足”之叹。

钗、黛作文风格上的“美中不足”又与为人上的“美中不足”有密切的关联，或者说，个性中的某种“不足”在诗词中呈现了。林黛玉秉性“孤高自许，目无下尘”，“此是黛玉缺处”[①]，更兼言辞尖锐，“嘴里又爱刻薄人，心里又细”（第二十七回），有欠“忠恕”。第三十四回宝玉挨打后，黛玉路遇宝钗，“见他无精打采的去了，又见眼上有哭泣之状，大非往日可比，便在后面笑道：‘姐姐也自保重些儿。就是哭出两缸眼泪来，也医不好棒疮！’”王府本夹批叹曰：“自己眼肿为谁？偏是以此笑人。世间人多犯此症。”[②]宝钗也有她的“不足”，“宝钗是博知所误”[③]。世事洞明、人情练达、博学多识使得她总是忍不住对宝玉“见机导劝”，令宝玉心生厌烦说她“好好的一个清净洁白女儿，也学的钓名沽誉，入了国贼禄鬼之流”（第三十六回）。脂批说宝玉有三病，第一为“恶劝”[④]，将那些安身立命的劝诫统统视为“混账话”，而宝钗偏要再三犯劝，也是被“博知”所误，《咏白海棠》诗及《咏柳絮》词也屡有劝诫之意，这也是众人皆赞、唯宝玉无声的原因。

从心理学的角度来看，“美中不足”之叹总是激发补偿的心理期待，于是

① 第五回甲戌本夹批，见陈庆浩：《新编石头记脂砚斋评语辑校》（增订本），联经出版事业股份有限公司 2016 年版，第 115 页。

② 见陈庆浩：《新编石头记脂砚斋评语辑校》（增订本），联经出版事业股份有限公司 2016 年版，第 565 页。

③ 第二十二回庚辰本批语，同上，第 438 页。

④ 二十一回庚辰本批语：“宝玉恶劝，此是第一大病也。”同上，第 416 页。

有“兼美”之理想。文本中“钗玉”并提之处有很多[1]，在此不能一一举证。第五回正册、副册、又副册所列人物唯钗、黛同画，判词合一，而“美中不足”与“兼美”这两个词语同时出现在第五回，梦游太虚幻境时，宝玉先是听了【终身误】说：“叹人间，美中不足今方信”，接下来和“兼美”同领警幻之训，“便柔情缱绻，软语温存，与可卿（即兼美）难解难分”。此后文本时时有钗、黛并提的兼美之写。第十七回从宝玉视角阐述“兼美”，为怡红院命名时，宝玉强调：“此处蕉棠两植，其意暗蓄‘红’‘绿’二字在内。若只说蕉，则棠无着落；若只说棠，蕉亦无着落。固有蕉无棠不可，有棠无蕉更不可”，“依我，题‘红香绿玉’四字，方两全其妙。”蕉之绿与棠之红相映成趣，方为“两全其妙”，此即“兼美”。第三十七回宝玉《咏白海棠》诗有“出浴太真冰作影，捧心西子玉为魂”两句，从小说文本知，“太真”指宝钗，而“西子”则指黛玉。受潜在的“兼美”心理困扰，宝玉“见了‘姐姐’，就把‘妹妹’忘了”（第二十八回），“忘情露于宝钗”且“累累忘情”[2]，到六十三回寿怡红群芳开夜宴，宝玉还只管拿着宝钗那根花签，“口内颠来倒去念‘任是无情也动人’”。有学者提出：“林黛玉属于神缘而非俗缘，是圣爱而不是可以在肉体上结合的性爱；相反地，薛宝钗却属于俗缘而非神缘，是可以在肉体上结合——结婚，但却不是圣爱。”[3]

同样并重钗、黛的还有元妃。第十七回至十八回“贾妃见宝、林二人亦发比别姊妹不同，真是姣花软玉一般”。待命题作文完成，众姊妹将诗作呈上，“贾妃看毕，称赏一番，又笑道：‘终是薛林二妹之作与众不同，非愚姊妹可同列者’”。

① 见曹立波：《红楼十二钗评传》，清华大学出版社 2007 年版，第 42–43 页。

② 第三十七回回末总评：“宝玉忘情露于宝钗是后回累累忘情之引。”见陈庆浩：《新编石头记脂砚斋评语辑校》（增订本），联经出版事业股份有限公司 2016 年版，第 548 页。

③ 见梅新林：《红楼梦哲学精神》，学林出版社 1995 年版，第 195 页。

在安置宝玉及诸钗入住大观园时，黛玉住了“有凤来仪”，“这是第一处行幸之处”，后得贾妃赐“潇湘馆”，与宝玉的怡红院距离最近；宝钗住了“蘅芷清芬”，元春赐名为“蘅芜苑”，居住空间与怡红院一样宽敞。“木石虽近”，但“金玉齐大”[①]，元妃对薛林有选择而无高下之意。[②]

脂砚斋是小说文本早期的读者和批书人之一，如前所述，他也是最早提出“兼美”审美经验的。第五回宝玉见到警幻之妹有“兼美”之态，“其鲜艳妩媚，有似乎宝钗，风流袅娜，则又如黛玉”。甲戌本侧批曰：“难得双兼，妙极。”此女“乳名兼美字可卿”，甲戌本夹批曰：“盖指薛林而言也。”[③]“按黛玉宝钗二人，一如姣花，一如纤柳，各极其妙者，然世人性分甘苦不同之故耳”[④]，第八回自宝玉眼中写宝钗容貌，此处甲戌本夹批曰：“与前写黛玉之传一齐参看，各极其妙，各不相犯，使其人难其左右于毫末。”[⑤]“各极其妙”意即兼美。第二十二回听曲文宝玉悟禅机后，脂评曰：“总写宝卿博学宏览，胜诸才人。颦儿却聪慧灵智，非学力所致，皆绝世绝伦之人也。”[⑥]两个形象在审美上形成“姣花”与“纤柳”的对映，在人格美上是理性的冷凝之美与诗性的感伤之美的并举。美是多元存在的，欣赏美的眼光也是多角度的，因此“玉带林中挂”与“金

① 见余英时：《红楼梦的两个世界》，上海社会科学院出版社 2002 年版，第 51 页。

② 欧丽娟认为元春对独立独行之优秀女性有巨大的包容力，有真心爱才、惜才的智慧雅量，她处身于丧失自我的皇宫内院中而更加了解并珍惜个性之可贵，而在宝玉亲事上有“以薛易林”的选择是以家族利益等群体需要的角度所作的判别。见欧丽娟：《红楼梦人物立体论》，里仁书局 2006 年版，第 283–292 页。

③ 见陈庆浩：《新编石头记脂砚斋评语辑校》（增订本），联经出版事业股份有限公司 2016 年版，第 133 页、第 135 页。

④ 第五回甲戌本批语，同上，第 114 页。

⑤ 见陈庆浩：《新编石头记脂砚斋评语辑校》（增订本），联经出版事业股份有限公司 2016 年版，第 182 页。

⑥ 庚辰本第二十二回批语，同上，第 443 页。

簪雪里埋”都令人扼腕叹息，第五回【红楼梦引子】中有“演出这怀金悼玉的《红楼梦》”一句，甲戌本眉批曰：“‘怀金悼玉’，大有深意。”[①]脂砚斋既看到“姣花”、“纤柳”的兼美，也体会到写作者的痛惜是“怀金悼玉”，意味深长。

从传统文化结构来看，钗、黛合一的“兼美”理想是儒道两种文化融合相生的审美结果。儒家文化以理性、务实处世，行动上具有坚忍、不自弃的精神，心境上不怨天尤人而反求诸己以自省，体人以仁，泽惠“均匀”。道家文化主张无欲无求、忘却情感、不困于外物，《庄子·养生主》说：“缘督以为经，可以保身，可以全生，可以养亲，可以尽年”，顺其自然的心态和行为可以自保、全身、乐享天年，也能“宜其室家”。这就是“安分随时”，是对“愁多玉有痕”的警示。儒道思想内在相融外化为行为上的“稳重和平”、豁达、包容、浑然无觉诸种美德，当“珍重”、“不语”、“淡极”这些德行词汇与“芳姿”、“婷婷”、“花艳”这样形容人之美好的词汇合一，并以良好的诗文才华为载体作用于女性身上时，就形成了“任是无情也动人”的魅力，就是宝钗。[②]欧丽娟将宝钗的这种美释为“世俗人文主义者”。[③]然而，道家文化保护心灵与个性，

① 见陈庆浩：《新编石头记脂砚斋评语辑校》（增订本），联经出版事业股份有限公司 2016 年版，第 129 页。

② 俞晓红认为：“在儒道文化彼此涵融的土壤和氛围里生长的薛宝钗，思想性格中自然会有冷热相济、光影共存的倾向。她既有‘达则兼济天下’的心态和才干，又有‘穷则独善其身’的能力和襟怀；既有‘钗于奁内待时飞’的热望，又有‘不语婷婷日又昏’的冷凝。”见俞晓红：《形象：文化的投影》，中国文联出版社 2001 年版，第 144 页。

③ 欧丽娟：“如恩格尔哈特（H.Tristram Engelhardt，Jr）所界说的，所谓‘世俗’，其意义之一乃是现世化，也就是说人们要回归日常生活这个现实，即存在于活生生的社会结构之中，共同分享这个尘世结构（the worldly structures），关心那些属于人生范畴的世俗之事。至于人文主义，‘它表示良好的行为、优雅的风范、经典的知识以及一种特定的哲学。’则合之成为‘世俗人文主义’者，正可以通向传统儒家的生命伦理价值体系，完全符合宝钗的闺秀形象。”见欧丽娟：《红楼梦人物立体论》，里仁书局 2006 年版，第 146 页。

淡泊名利，主张万物有情、生命平等的齐物思想也蕴育出另一种人格特征，在价值观上不以世俗取向为根本，游离于“仕途经济”之外；在生命观照上，物我合一，与天地万物同质同性；在行为上率性纯真，超凡脱俗、“孤标傲世”，当这种本真、自由的生命姿态与“月窟仙人”般的容美结合作用于女性时，便形成“世外仙姝”、“阆苑仙葩”之美，“使人理解到在正统风格以外，还有更优越的灵魂存在”。①

总的来说，“两个人物形象分别将两种极端的‘美’，发挥到极致的境界。此种美即是对彼种美的抵消：黛玉的孤傲，成全了宝钗的豁达；没有宝姐姐的随和，又哪来林妹妹的率性！”②“美中不足”世之常有，而“兼美”却是理想境界，王蒙的说法也许更有助于理解“兼美”：“《红楼梦》中的宝钗、黛玉，与其说是照实记录，不如说是写意传神的眷恋与寄托，归根结底是抒发了作者的心曲：悲其金而悼其玉，既是悲悼现实生活中或有的金与玉的原型，更是悲悼作者对于人生、对于女性美的理想，而这种理想本身就不是单一的与纯粹的，而是充满内在的矛盾与选择的困惑、遗憾的。”③

① 见王昆仑：《红楼梦人物论》，北京出版社 2004 年版，第 223 页。另，张锦池先生的《论林黛玉性格及其爱情悲剧》曾从十个方面总结了林黛玉的性格特征，认为：“林黛玉的思想性格，既有尊重自我、敏感、尖刻、孤高、脆弱的一面，又有尊重别人、笃实、宽厚、谦和、坚强的一面。前者是外在的，后者是内在的，二者在她身上是辩证的统一。”见张锦池：《红楼十二论》，百花文艺出版社 1982 年版，第 205–206 页。

② 见文一茗：《〈红楼梦〉中的“看”与“被看”——由钗黛之美反观贾宝玉的主体构成》，《红楼梦学刊》2010 年第 3 辑，第 212 页。

③ 见《王蒙活说红楼梦》，作家出版社 2005 年版，第 74–76 页。另，吕其祥的《作为精神家园的〈红楼梦〉》亦在“兼美”的思考中提出有补于时的理想人格应是健全的自我：“应当把感性与理性、个体与群体、有限与无限、实在性与神圣性等从前对立的方面整合起来，统一起来。《红楼梦》作者关于人性的思考不可能如此清晰和自觉，但他朦胧地触及了这里，梦境中的‘兼美’似乎表达出他的某种理想，但十分模糊和飘缈，倒是钗黛这对不朽的艺术形象给人的启示是深刻而绵远的。”见《红楼梦学刊》2004 年第 4 辑，第 46 页。

寶玉

第五章　由贾宝玉看《红楼梦》中“爱”的多义性

《红楼梦》第一回说本书“大旨言情”，“情”成为理解小说写作本旨的切入点，备受治红学者关注①，“情”因其内含多义而容易陷入表述上的模糊，《红楼梦》中的“情”字是多层次的“爱”的组成。希腊语有四个词语表达“爱”，其中三个与《红楼梦》中所描述的“爱”有关。第一种爱是eros，即爱恋、情欲，而从eros而来的“色情的(erotic)”一词则是贬义词；第二种爱是philo这个词缀，由它构成的词表示友爱、兄弟之爱；第三种爱是agape，意思是无条件的爱、给予的爱。《红楼梦》用“痴情”一词概括贾宝玉的情感世界，事实上，贾宝玉的“痴情”既包括本能的爱欲、也包括在本能之上的“爱”，即“无条件的爱”、“给予的爱”，夏志清先生称之为“怜悯（agape）”，并且他认为《红楼梦》

① 周汝昌《〈红楼梦〉与“情文化”》认为中华文化是“情文化”，“与‘情’结为亲密伴侣的，还有一个‘文’”，“而雪芹的书，大家公认那是足以当得起‘情文俱尽’的最高等的‘制作之文’”，“有色（世界万物）即有情，而有情者又将自己之情广化普化为万物之情，以为万物皆具有情，而自己以情而待万物——这就是雪芹的哲学思想”。见《红楼梦学刊》1993年第1辑。汪道伦《中国传统文化中的情学与〈红楼梦〉》以为《红楼梦》是真正的“情书”，“它开拓了情的新世界，但没有彻底越出伦理道德的门限。这个情的新世界仍被封建伦理道德所摧残，致使‘情痴抱恨’，在‘无可奈何之日’写出了‘古今无双’之情”。见《红楼梦学刊》1990年第1辑，第116页。詹丹以为“在中国小说史上，是曹雪芹第一次鲜明地把‘情僧’题作一部巨著之书名。《红楼梦》一名《情僧录》，‘情僧’作为艺术形象既指称叙述的最初接收者空空道人，更指作品主人公贾宝玉”。见詹丹《〈红楼梦〉与中国古代小说再阐释》，上海古籍出版社2014年版，第231页。等等，不备。

中的怜悯（agape）是比“爱欲（eros）”更多。[①]贾宝玉形象的发展过程就是从“爱欲”走向“怜悯”。

第一节 Eros：贾宝玉情感中的爱欲

要理解宝玉的爱，必须要厘清第五回警幻的这段话：“尘世中多少富贵之家，那些绿窗风月，绣阁烟霞，皆被淫污纨绔与那些流荡女子悉皆玷辱。更可恨者，自古来多少轻薄浪子，皆以‘好色不淫’为饰，又以‘情而不淫’作案，此皆饰非掩丑之语也。好色即淫，知情更淫。是以巫山之会，云雨之欢，皆由既悦其色、复恋其情所致也。”“淫虽一理，意则有别。如世之好淫者，不过悦容貌，喜歌舞，调笑无厌，云雨无时，恨不能尽天下之美女供我片时之趣兴，此皆皮肤淫滥之蠢物耳。如尔则天分中生成一段痴情，吾辈推之为‘意淫’。‘意淫’二字，惟心会而不可口传，可神通而不可语达。汝今独得此二字，在闺阁中，固可为良友，然于世道中未免迂阔怪诡，百口嘲谤，万目睚眦。”第一，“意淫”的内含非指“皮肤淫滥”，希腊语称后者为erotic，即色欲。“调笑无厌，云雨无时，恨不能尽天下之美女供我片时之趣兴”是无节制的纵欲、粗鄙的性游戏。第二，有些人口中的“好色不淫”、“情而不淫”，“此皆饰非掩丑之语也”，这种言论为世间轻薄浪子的言行提供了掩饰。警幻此言直指人性皆有喜悦美色之本能且皆具占有之心，这是东西方先贤哲人都试图克服的“原罪”。第三，警幻认为“好色即淫，知情更淫。是以巫山之会，云雨之欢，皆由既悦

① 夏志清《〈红楼梦〉里的爱与怜悯》：“《红楼梦》虽是一部言情小说，它最终所关怀的是爱餐（agape）远胜爱（eros），是怜悯与同情远胜情欲。”见《海外红学论集》，上海古籍出版社1982年版，第127页。

其色、复恋其情所致也”。这段话清醒地说中人性的自然规律，美的形式与情的感动都会激发生理冲动，这是爱欲（eros），巫山云雨是冲动的释放，故有“情既相逢必主淫”之叹。[①]第四，警幻提出“意淫”一词，对这个词语的理解“惟心会而不可口传，可神通而不可语达”，“意淫”即是“体贴”，体贴一词究其根本乃是推己及人、“己所不欲，勿施于人”（详见后文）。其感情基础是“痴情”，具有这种感情的人是闺阁良友，却不为世俗常人的价值观所接受，“然于世道中未免迂阔怪诡，百口嘲谤，万目睚眦”，而宝玉“乃天下古今第一淫人也”。这究竟是怎样的一种情感和评价？第四十三回宝玉祭奠金钏，茗烟虽不知详情却明白宝玉的心意：“我茗烟跟二爷这几年，二爷的心事，我没有不知道的，只有今儿这一祭祀没有告诉我，我也不敢问。只是这受祭的阴魂虽不知名姓，想来自然是那人间有一，天上无双，极聪明极俊雅的一位姐姐妹妹了。二爷心事不能出口，让我代祝：若芳魂有感，香魂多情，虽然阴阳间隔，既是知己之间，时常来望候二爷，未尝不可。你在阴间保佑二爷来生也变个女孩儿，和你们一处相伴，再不可又托生这须眉浊物了。”茗烟跟宝玉日久深知他的心声：“见了女儿，我便觉清爽，见了男子，便觉浊臭逼人。”（第二回）因此他说中了宝玉恨不得变成女孩儿的心愿，“来生变个女孩儿，和你们一处相伴”，这就是“闺阁良友”。第六十六回尤三姐对宝玉的看法也贴近“闺阁良友”的内涵：“原来他在女孩子们前不管怎样都过的去，只不大合外人的式。”鲁迅对宝玉“闺阁良友”之心性的剖析更精确：“昵而敬之，恐拂其意。”[②]

① 夏志清《〈红楼梦〉里的爱与怜悯》讨论大观园的庇护意义时指出：“但性不能被排除于这些青年男女们的生活之外；性是他们的梦和期望的主要因素。”见《海外红学论集》，上海古籍出版社1982年版，第130页。

② 见鲁迅：《中国小说史略》，人民文学出版社1973年版，第199页。

这种感情是超越 eros 之爱的情感，具有舍己、怜悯的意味，即 agape。由上可知，警幻的一番训诫将“色欲”、“爱欲”与“体贴”做了区分，而宝玉“天分中生成一段痴情”就是爱欲（eros）与怜悯（agape）的结合。

希腊语 eros 指的是爱情、爱恋、情欲、欲望，这是肉体的爱、感观上的诱惑。eros 之爱不是给予的爱，而是要得到或享受的爱，甚至会牺牲别人来满足自己。这也是早期的宝玉形象中非常突出的情感表现。第五回宝玉选择了秦可卿的卧室午睡，这间卧室所有陈设品都有香艳故事，充满性的暗示，使人的视觉和嗅觉等感官刺激变得敏锐，“刚至房门，便有一股细细的甜香袭人而来。宝玉觉得眼饧骨软，连说‘好香！’”连说：“这里好！”甲辰本有一条批语：“摆设就合着他的意。”[①]同回梦中宝玉与兼美（乳名可卿）同领警幻所授云雨之事，兼美“其鲜艳妩媚，有似乎宝钗，风流袅娜，则又如黛玉”。小说文本也写出宝玉对钗、黛的爱是包含性冲动的，所以才会有“见了‘姐姐’，就把‘妹妹’忘了”的动摇。第二十八回宝玉要看红麝串，宝钗只得褪下来，但“生的肌肤丰泽，容易褪不下来。宝玉在旁看着雪白一段酥臂，不觉动了羡慕之心，暗暗想道：‘这个膀子要长在林妹妹身上，或者还得摸一摸，偏生长在他身上。’”面对宝姐姐“一段酥臂”，宝玉萌生爱欲之心，而这种心思在林黛玉身上也是动过的。第二十三回宝玉对黛玉笑道：“我就是个‘多愁多病身’，你就是那‘倾国倾城貌。’”此语出自《西厢记》第一本第四折，张生被莺莺的美丽吸引害了相思病，一心祈祷“早成就了幽期密约”[②]。这恰恰是林黛玉动怒的原因，因为《西厢记》里崔莺莺的形象在当时社会环境中还是被批评的。[③]第二十六

① 见陈庆浩:《新编石头记脂砚斋评语辑校》(增订本),联经出版事业股份有限公司2016年版,第118页。

② 见（元）王实甫著、王季思校注：《西厢记》，上海古籍出版社 1978 年版，第 39 页。

③ 见本书第十一章“《红楼梦》中的‘戏曲’”。

回宝玉窗外听闻黛玉“细细的长叹了一声道：‘每日家情思睡昏昏’”，这一句出自《西厢记》第二本第一折，莺莺“自见了张生，神魂荡漾”，“翠被生寒压绣裀，休将兰麝薰；便将兰麝薰尽，只索自温存。昨宵个锦囊佳制明勾引，今日个玉堂人物难亲近。这些时坐又不安，睡又不稳，我欲待登临又不快，闲行又闷。每日价情思睡昏昏。”[①]这只曲牌为【油葫芦】的曲子描述莺莺对张生的思念是隐含“爱欲”的，宝玉当然是懂这折戏文的，“不觉心内痒将起来”，及至看见林黛玉“星眼微饧，香腮带赤，不觉神魂早荡”，“宝玉笑道：‘给你个榧子吃！我都听见了。’”这里“给你个榧子吃”指的是“拇指和中指紧捏，猛然相捻发出声响，俗称‘榧子’。向对方‘打榧子’含有轻佻、玩笑的意思”。[②]接下来，宝玉借紫鹃倒茶一事对黛玉表白“若供你多情小姐同鸾帐，怎舍得叠被铺床？”此语出自《西厢记》第一本第二折，张生先是被莺莺美貌吸引，此时又喜爱红娘忍不住心生轻狂。[③]宝玉引用这句戏文便把自己、黛玉和紫鹃设置在张生的心境下了，这使得黛玉再次发怒，她觉得被轻薄了。可知，宝玉对黛玉的情感是“爱欲”与“体贴”双重性质的，他当然敬林妹妹不说“混账话”的精神世界，二人是灵魂伴侣，但黛玉形质的美也是让他有爱欲的，第十六回黛玉奔父丧回来，久别重逢，“宝玉心中品度黛玉，越发出落的超逸了”。第二十九回“原来那宝玉自幼生成有一种下流痴病，况从幼时和黛玉耳鬓厮磨，心情相对；及如今稍明时事，又看了那些邪书僻传，凡远亲近友之家所见的那些闺英闱秀，皆未有稍及林黛玉者，所以早存了一段心事，只不好说出来”。

① 见（元）王实甫著、王季思校注：《西厢记》，上海古籍出版社 1978 年版，第 47 页。
② 见《红楼梦》第二十六回注，人民文学出版社 1982 年版，第 366 页。
③ 《西厢记》第一本第二折【幺篇】：“若共他多情的小姐同鸳帐，怎舍得他叠被铺床。我将小姐央，夫人央，他不令许放，我亲自写与从良。”见（元）王实甫著、王季思校注：《西厢记》，第 18 页。

这正是警幻所说“既悦其色，复恋其情”。

从形体、意态所产生的美的享受来看，宝玉那出自本能的爱欲是多目标的。[①]第六回“宝玉亦素喜袭人柔媚娇俏，遂强袭人同领警幻所训云雨之事”；第二十四回宝玉“见鸳鸯穿着水红绫子袄儿，青缎子背心，束着白绉绸汗巾儿，脸向那边低着头看针线，脖子上戴着花领子”，“便把脸凑在他脖项上，闻那香油气，不住用手摩挲，其白腻不在袭人之下，便猴上身去涎皮笑道：‘好姐姐，把你嘴上的胭脂赏我吃了罢。’一面说着，一面扭股糖似的粘在身上”；第三十回宝玉看见金钏儿“乜斜着眼乱恍”的睡态，“恋恋不舍”，言语举止间多了随意和调笑。

不过他并没有陷入粗鄙欲望的狂热，宝玉的爱欲是人的自然本性之流露，中国传统文化肯定自然人欲的合理存在，《孟子·告子》坦言“食色，性也”；《礼记·礼运》曰：“饮食男女，人之大欲存焉”；（清）段玉裁《说文解字注》引董仲舒曰“情者，人之欲也。人欲之谓情，情非制度不节”。[②]（清）王夫之提出“人欲之大公，即天理之至正（《读四书大全说》卷三）”，“饮食男女之欲，人之大共也（《诗广传·陈风·四》）”。小说中警幻仙姑是情欲观的代表人物，她教宝玉人生并不是按照仙家箓条行事，而是从人世间的自然活

① 李百春《更有情痴抱恨长——论贾宝玉的“情不情”》：“贾宝玉这个血肉之躯，对他爱恋的群芳，不但动之以情，也求之所欲。”见《红楼梦学刊》1990 年第 2 辑，第 65 页。

② 见《说文解字注》，上海古籍出版社 1981 年版，第 502 页。

动开始。[①]19世纪末20世纪初著名心理学家弗洛伊德的人格心理学提出“本我”、“自我”、“超我”的概念，其中“本我”指的就是原始生命的本能，也称为“欲力”，“本我”的行动是以“快乐”为原则，是非理性的、不受道德判断和时空制约的。[②]早期贾宝玉形象中“爱欲”的表现是人性极为真实的一面，体现了“本我”的存在。吕启祥认为：“作家借警幻仙姑之口以‘意淫’二字推许之，时至今日仍有许多读者对此作望文生义的理解。事实上，宝玉是一个生理心理正常的成长中的少年，在书中警幻对此二字给以界说、使之体验，其要义既与人的本能欲望和潜意识的性萌动相关，又因主体善良只求利他而得以超拔和升华。”[③]

① 端木蕻良《曹雪芹的“情欲观”》：“只有警幻仙姑的话，才最具有权威性。因为她是情欲观的代表人物，是代表情欲的女神，是万艳千红的表率，但她做的唯一的一件事，就是把她的妹妹引见给宝玉，教他们并不是按照仙家箓条行事，而是从人世间的自然活动开始。”见《红楼梦学刊》1993年第1辑，第83页。

② 根据弗洛伊德的理论，“自我”则是人格中的理智和意识，是从“本我”中分化而来，其行为以“现实”为原则。“超我”则是以“至善”为原则，用道德与良心来扼止“本我”，让“自我”行为留在现实和社会规范的层面。张晓冰《贾宝玉的爱洛斯人格》借用弗洛伊德的精神分析中“潜意识（爱洛斯本能）”和“性冲动（爱洛斯冲动）”说明早期的贾宝玉“‘本我’四处‘泛滥’”，“爱洛斯冲动在‘超我’的引导下，朝着美的意境而不是纯粹的性向往的时候，爱洛斯人格便得到了升华。这主要体现在贾宝玉和林黛玉的恋爱过程中。”见《红楼梦学刊》公众微信号2017年9月15日。

③ 吕启祥：《作为文化经典的〈红楼梦〉》，见《红楼梦学刊》2008年第5辑，第54页。

紅樓夢與中國傳統文化

第二节 Philo：贾宝玉情感中的亲情和友情

希腊语“philo”一词也是“爱”的意思，指的是人与人之间的喜悦之情，也被解为手足之情、兄弟般的爱，它是在人的关系上可以做到的、最高层次的爱。这个词语的内含和宝玉的情痴人格有相通之处，宝玉的情感世界中有 philo，即温暖的亲情和亲密的友情。孙逊以为“宝玉不仅‘情不情’，而且也‘情情’”。即宝玉用情对象既包括无知无识之“不情”之物，也包括自己所钟爱之人。[①]从“情情”来看，宝玉爱那些爱自己的人，也被亲情、友情所环绕，得到亲情、友情的回报。

“老吾老”、“幼吾幼”，基于血缘而有伦常，父母皆钟爱子女，子女也爱父母，此乃中华传统文化之“理”与“礼”。周汝昌以为“曹雪芹在书中显示的一种鲜明心态，是对‘礼’的喜悦和欣赏。看他每逢叙写家庭中常日、节日的大小聚会，凡长幼、亲疏、主客……他（她）的座次、行止、进退、语言，必定处处交待，笔笔不苟”。[②]

贾母、王夫人、贾政三人构成宝玉血缘关系中最密切的亲情层级，在宝玉的情感世界中占有极为重要的地位。第二十八回宝玉明确告诉黛玉：“除了老太太、老爷、太太这三个人，第四个就是妹妹了。”对于这三位长者，宝玉从理到礼都有爱的感情和表现。第五十六回贾母告诉甄家人之所以溺爱宝玉是因“他一则生的得人意，二则见人礼数竟比大人行出来的不错，使人见了可爱可怜，背地里所以才纵他一点子”。这礼数就包括晚辈对长辈的孝与敬，但宝玉对三

① 孙逊：《“情情”与“情不情”：〈红楼梦〉伦理文明和生态文明的现代阐释》，见《红楼梦学刊》2014 年第 3 辑，第 1–15 页。

② 周汝昌：《〈红楼梦〉和中华文化》，见《晋阳学刊》2011 年第 4 期，第 112–113 页。

位长者的情感不仅是传统伦理文化层面理性的“孝”，也是实实在在的“爱”，爱的实质表现为孝的形式。第三十七回秋纹说：“我们宝二爷说声孝心一动，也孝敬到二十分。因那日见园里桂花，折了两枝，原是自己要插瓶的，忽然想起来说，这是自己园里的才开的新鲜花，不敢自己先顽，巴巴的把那一对瓶拿下来，亲自灌水插好了，叫个人拿着，亲自送一瓶进老太太，又进一瓶与太太……老太太见了这样，喜的无可无不可，见人就说：‘到底是宝玉孝顺我，连一枝花儿也想的到。别人还只抱怨我疼他。’”不敢独占第一枝，而是先送给祖母和母亲，这是“礼”，也是“爱”。这种血缘的爱在王夫人面前就更见亲密。第二十五回写宝玉“进门见了王夫人，不过规规矩矩说了几句，便命人除去抹额，脱了袍服，拉了靴子，便一头滚在王夫人怀里。王夫人便用手满身满脸摩挲抚弄他，宝玉也搬着王夫人的脖子说长道短的”。对于这段动人的母子亲情描写，甲戌本有三条批语：“余几几失声哭出。”“普天下幼年丧母者齐来一哭。”“慈母娇儿写尽矣。”[①]除了这一层亲情圈外，宝玉也爱自己的家族和族中亲人。第四十六回贾母为贾赦欲讨鸳鸯做妾之事责备邢夫人，盛怒之下连王夫人也一并怪罪，事后醒悟便批评宝玉不提醒自己，宝玉笑道：“我偏着娘说大爷大娘不成？通共一个不是，我娘在这里不认，却推谁去？我倒要认是我的不是，老太太又不信。”面对长辈邢夫人的言行失体，宝玉选择为长者遮掩，此即孔子所赞赏的“父为子隐，子为父隐”，也就是“忠恕”。[②]羞恶之心，人皆有之，

① 见陈庆浩：《新编石头记脂砚斋评语辑校》（增订本），联经出版事业股份有限公司 2016 年版，第 480 页。

②《论语・子路第十三》：“叶公语孔子曰：‘吾党有直躬者，其父攘羊，而子证之。’孔子曰：‘吾党之直者异於是：父为子隐，子为父隐。——直在其中矣。’”又，周汝昌《〈红楼梦〉和中华文化》提出“恕”比“仁”更高大，“它更为尊重人，以人为目标”。见《晋阳学刊》2011 年第 4 期，第 113 页。

宝玉母子态度若此，邢夫人内心自有愧悔。第六十六回柳湘莲对宝玉抱怨“你们东府里除了那两个石头狮子干净，只怕连猫儿狗儿都不干净”，“宝玉听说，红了脸”，他脸红是因为对家族有爱才羞愧、难堪。

反之，宝玉的“情情”也使得他在长辈、家人这个亲情世界中得到欣赏、庇护和爱。第十七回至十八回“大观园试才题对额”，贾政虽一路骂宝玉“畜生”，内心却时有赞许。第二十三回贾政打量宝玉和贾环，“见宝玉站在跟前，神采飘逸，秀色夺人，看看贾环，人物委琐，举止荒疏”，“把素日嫌恶处分宝玉之心不觉减了八九”。至于贾母与王夫人更是他的避风港，宝玉每惧严父传呼，“便拉着贾母扭的好似扭股儿糖”；被父亲责打，“王夫人爬在宝玉身上大哭起来”（第三十三回），替儿子挡板子。

“落地为兄弟，何必骨肉亲？”友情是宝玉情感中的重要部分，互相欣赏，观念相通，宝玉和他的朋友们构建了一个生死之交的友情世界。宝玉的朋友首先都是容颜俊秀。秦钟“眉清目秀，粉面朱唇，身材俊俏，举止风流，似在宝玉之上”（第七回）。北静王水溶生得“面如美玉，目似明星，真好秀丽人物”（第十五回）；蒋玉菡长得“妩媚温柔”（第二十八回）；柳湘莲“年纪又轻，生得又美”（第四十七回）；从中国传统相术文化来看，相由心生，慧于内方能秀于外，宝玉的朋友皆长相俊美，内心不俗。《红楼梦》不只一次以“美”这个词来形容男性，这恰好与宝玉世上之钟灵毓秀惟在女儿的审美有关，他喜悦的同性朋友也有女性美的风仪。

其次，宝玉的朋友都有不凡的气度和才华。北静王水溶“情性谦和”、“风流潇洒，每不以官俗国体所缚”（第十四回）；蒋玉菡是一代名优，“名驰天下”（第二十八回）；柳湘莲“素性爽侠，不拘细事，酷好耍枪舞剑，赌博吃酒，以至眠花卧柳，吹笛弹筝，无所不为”（第四十七回），为人颇讲义气、不念旧恶、内心坦荡。至于秦钟，人如其名，乃“情种”也[①]，与宝玉心性相投，“见识自为高过世人”（第十六回）。这些人的生命气质都如贾雨村所述乃禀正邪二气而生，“其聪俊灵秀之气，则在万万人之上；其乖僻邪谬不近人情之态，又在万万人之下。若生于公侯富贵之家，则为情痴情种；若生于诗书清贫之族，则为逸士高人，纵再偶生于薄祚寒门，断不能为走卒健仆，甘遭庸人驱制驾驭，必为奇优名倡。”（第二回）

再次，宝玉和朋友们志趣相投、彼此欣赏，北静王看宝玉“面若春花，目如点漆”，“语言清楚，谈吐有致”，赞他“名不虚传，果然如‘宝’似‘玉’”（第十五回）。蒋玉菡取中宝玉遂赠以“茜香罗”，并说“若是别人，我断不肯相赠”（第二十八回）。秦钟看宝玉“形容出众，举止不凡”（第七回）。宝玉与他们倾情相交、用情至深，并无贵贱之别。他对水溶闻名已久，遂“每思相会”；对蒋玉菡“十分留恋”，后为他挨打亦心下无悔，“就便为这些人死了，也是情愿的！（第三十四回）”他与柳湘莲“二人相会，如鱼得水”（第六十六回），得知湘莲要走，竟不舍落泪。宝玉与秦钟的友谊尤其深厚，两人互相倾慕，恨不得化成彼此。“那宝玉自见了秦钟的人品出众，心中似有所失，痴了半日，自己心中又起了呆意，乃自思道：‘天下竟有这等人物！如今看来，我竟成了泥猪癞狗了。可恨我为什么生在这侯门公府之家，若也生在寒门薄宦之家，早得与他交结，也不枉生了一世。我虽如此比他尊贵，可知锦绣纱罗，也不过裹了我这根死木头，美酒羊羔，也不过填了我这粪窟泥沟。‘富贵’二字，不料遭我荼毒了！’”（第七回）在宝玉看来，生命平等、无贵贱之别，

① 甲戌本批语：“设云‘秦钟’（有正本作‘情种’）。古诗云：‘未嫁先名玉，来时本姓秦。’二语便是此书大纲目、大比托、大讽刺处。”见陈庆浩：《新编石头记脂砚斋评语辑校》（增订本），联经出版事业股份有限公司 2016 年版，第 172 页。

任何美的人事都能征服他的心，秦钟在他眼中焕发出清秀脱俗的光彩，这光彩竟然令他自惭形秽，甚至厌弃自己的富贵出身，既认为自己配不上富贵，也觉得富贵险些让他错过了如此美好的人物，如果能早些结识秦钟，他情愿不要这富贵。在秦钟面前，宝玉丝毫没有富贵子弟的骄奢傲慢，而是欣赏、叹服、亲近。甲戌本批语曰："一段痴情，翻'贤贤易色'一句筋斗，使此后朋友中无复再敢假谈道义，虚论情常。"[①]爱美之心人皆有之，天性使然，连孔子也感叹"吾未见好德如好色者也"（《论语·子罕》）。以品德论交友固然是修身之道，但这是意志而非天性，否认天性而惟意志论会陷入虚假。宝玉与秦钟彼此被对方的气质所折服，"二人你言我语，十来句后，越觉亲密起来。"（第七回）宝玉甚至有了读书的动力，他促成秦钟进入贾家私塾，因"急于要和秦钟相遇，却顾不得别的，遂择了后日一定上学。'后日一早请秦相公到我这里，会齐了，一同前去'"（第九回）。到了晚上，"宝玉见收拾了外书房，约定与秦钟读夜书"（第十六回）。秦钟受了欺负，宝玉为他挺身而出。"秦钟既死，宝玉痛哭不已"，丧事完毕，"只有宝玉日日思慕感悼"，"忧戚不尽"（第十七至十八回）。他和柳湘莲交好的原因之一是湘莲主动照管秦钟的墓，不使宝玉忧心。

亲情、友情均基于双方的付出而建立，而且以双方具有共性为前提，或是血缘，或是观念和兴趣，相互依赖、相互欣赏，这是属于"情情"范畴的。

① 见陈庆浩：《新编石头记脂砚斋评语辑校》（增订本），联经出版事业股份有限公司 2016 年版，第 173 页。

第三节　Agape: 贾宝玉情感中的怜悯

Agape 的爱指的是“无条件的爱”、“给予的爱”，并不求自己的益处。这种爱以恻隐、怜悯为基础。孟子提出人有“四端”：“恻隐之心，仁之端也；羞恶之心，义之端也；辞让之心，礼之端也；是非之心，智之端也。”（《孟子·公孙丑上》）恻隐之心乃是首位，“恻隐之心，人皆有之。”（《孟子·告子》）第五回甲戌本夹批释“意淫”：“按宝玉一生心性，只不过是体贴二字，故曰意淫。”① “体贴”一词究其根本乃是“推己及人”，“己所不欲，勿施于人”。甲戌本第八回眉批：“按警幻《情讲（榜）》，宝玉系‘情不情’。凡世间之无知无识，彼俱有一痴情去体贴。”②可知宝玉的体贴之心没有等级、没有贵贱，所有生命都是珍贵的，在别的生命面前，宝玉甚至是舍己的，此即恻隐之心，即无条件的爱。

与“情情”相比，宝玉身上更可贵的是“情不情”，而他的“情不情”第一层面就是体现在对“无知无识之物”的用情上，“齐物”是根本，从而相信“万物有情”。“天人合一”是中国传统文化的特点，《庄子·齐物论》提出“天地与我并生，而万物与我为一”。从“齐物”思想来看“天人合一”，道家对这个概念的理解更具有平等意识，即自然万物与人具有同等的生命价值，体察自然与认识人类自身具有一致性。贾宝玉对世界的认识就是从道家的“天人合一”出发，在他眼中，“一枝一叶总关情”，花鸟星月这等自然物都是人格化、可交流的，甚至连美人画轴、扇子这类物化的存在也是有生命的，这一切均能

① 见陈庆浩：《新编石头记脂砚斋评语辑校》（增订本），联经出版事业股份有限公司 2016 年版，第 135 页。

② 同上，第 199 页。

唤起宝玉的怜惜之心，继而产生移情作用。宝玉以为物我平等，“凡天下之物，皆是有情有理的，也和人一样，得了知己，便极有灵验的”（第七十七回），所有存在虽形质有异，但若能被欣赏、被怜悯地对待，也就不辜负它曾经的存在。

以花喻青春女性常见于中国古代诗词，《红楼梦》也不止一次提到花是青春女儿的象征，比如第十九回回目以“解语花”喻袭人、第七十八回以“芙蓉花”代表晴雯，而第六十三回“寿怡红群芳开夜宴”更是集中交待了众钗的代表花。女儿如花，故小说文本多次写到宝玉对落花的怜惜，他前生在太虚幻境中护养绛珠草，今世宝玉又是大观园中的“绛洞花主”，香花香草在他看来都是人格化的生命，生时要有知音、死时要有干净去处。第五十八回他见沁芳桥山石之后一株大杏树“花已全落，叶稠阴翠，上面已结了豆子大小的许多小杏”时，丝毫不怜惜自己乃大病初愈，而是自责“竟把杏花辜负了！”见有雀儿飞来，落于枝上乱啼，宝玉进而想：“这雀儿必定是杏花正开时他曾来过，今见无花空有子叶，故也乱啼。这声韵必是啼哭之声，可恨公冶长不在眼前，不能问他。但不知明年再发时，这个雀儿可还记得飞到这里来与杏花一会了？”这番呆意真正的苦心是不愿意杏花寂寞无人赏，空负鲜妍，若果然有个雀儿陪伴过也不枉，宝玉把自己和雀儿等同都视作杏花的解语者。花开当陪伴，花落须珍惜，好好地来、好好去。因此，第二十三回宝玉正坐在沁芳闸桥边桃花底下一块石上看《会真记》：“只见一阵风过，把树头上桃花吹下一大半来，落的满身满书满地皆是。宝玉要抖将下来，恐怕脚步践踏了，只得兜了那花瓣，来至池边，抖在池内。那花瓣浮在水面，飘飘荡荡，竟流出沁芳闸去了。”第二十七回“因低头看见许多凤仙石榴等各色落花，锦重重的落了一地”，“便把那花兜了起来见，登山渡水，过树穿花，一直奔了那日同林黛玉葬桃花的去处来”。风摧花落，生命终结，宝玉不忍其遭践踏，要为落花寻个归宿。最初他把花瓣抖于水中，在他看来，流水洁净当是生命的好归宿，他对自己的生命终结方式最满意的想象也与水相关，第三十六回他告诉袭人如果有造化，“趁你们在，我就死了，再能够你们哭我的眼泪流成大河，把我的尸首漂起来，送到那鸦雀不到的幽僻之处，随风化了，自此再不要托生为人，就是我死的得时了”。后来经黛玉提醒水亦有不洁的境遇，他遂赞同黛玉将落花葬于花冢，“日久不过随土化了”（第二十三回）。第六十二回香菱只顾为裙子脏了发愁，而“宝玉蹲在地下，将方才的夫妻蕙与并蒂菱用树枝儿抠了一个坑，先抓些落花来铺垫了，将这菱蕙安放好，又将些落花来掩了，方撮土掩埋平服”。这里蕙名“夫妻”、菱曰“并蒂”，草木如人，自当好生安息，尘归尘、土归土，让生命回到它受造之前的状态。“鸟自无言花自羞”，但花草鸟鱼、日月星辰不因无言而无情，它们和人一样是万物构成，是情感化的，所以宝玉“看见燕子，就和燕子说话；河里看见了鱼，就和鱼说话；见了星星月亮，不是长吁短叹，就是咕咕哝哝的”（第三十五回）。甚至连美人画轴、扇子这类“哑巴物件”也有存在的价值，当生逢其主，不应被冷落、被糟蹋。第十九回宝玉随贾母等人去宁府看戏，为了躲避喧闹便离座闲逛，想到“这里素日有个小书房，内曾挂着一轴美人，极画的得神。今日这般热闹，想那里自然无人，那美人也自然是寂寞的，须得我去望慰他一回”。宝玉视野中看到的不是画轴物质化的外在形质，而是画中美人，他不忍美人寂寞生尘，当有欣赏的目光陪伴方不辜负这轴美人素壁空悬。第三十一回宝玉给晴雯讲述“爱物”的道理：“比如那扇子原是扇的，你要撕着玩也可以使得，只是不可生气时拿他出气。就如杯盘，原是盛东西的，你喜听那一声响，就故意的碎了也可以使得，只是别在生气时拿他出气。这就是爱物了。”宝玉以为物化的东西本是为人所用，“你爱这样，我爱那样，各自性情不同”，使用方式有别，只要是本着喜欢的心情来使用，勿拿物件出气、不使其无辜被荼毒，这就是“爱物”，已卯本回前批语云：“‘撕扇子’是以不知情之物供姣嗔，不知情时（事）之人一笑，所谓‘情不情’。”[①]扇子是不知情之物，晴雯是不知情事之人，宝玉觉得若是晴雯通过听撕扇子的声音而享受到了快乐，那这扇子也算实现了有益于人的价值，其命运好过秋扇见捐。

“物我等同”、“万物有情”，从而将“体贴”之心兼及于物，宝玉这番识见与庄子“齐物”思想同源，庄周梦蝶，“不知周之梦为蝴蝶与？蝴蝶之梦为周与？周与蝴蝶则必有分矣。此之谓物化”[②]。庄周与蝴蝶形质不同，但生命价值是一样的，这就是物我转化。因此，自然界的生命轨迹也是对人生的提示和预演，“花魂鸟魂总难留”，人生亦如此，物化的世界也难逃终极。由落花而想到“林黛玉的花颜月貌，将来亦到无可寻觅之时，宁不心碎肠断！既黛玉终归无可寻觅之时，推之于他人，如宝钗，香菱，袭人等，亦可到无可寻觅之时矣。宝钗等终归无可寻觅之时，则自己又安在哉？且自身尚不知何在何往，则斯处、斯园、斯花、斯柳，又不知当属谁姓矣”（第二十七回）；由杏树的“绿叶成荫子满枝”想起“邢岫烟已择了夫婿一事，虽说是男女大事，不可不行，但未免又少了一个好女儿。不过两年，便也要‘绿叶成荫子满枝’了。再过几日，这杏树子落枝空，再几年，岫烟未免乌发如银，红颜似槁了，因此不免伤心，只管对杏流泪叹息”（第五十八回）；怡红院好好的一株海棠花无故枯萎半边，他以为这是晴雯抱屈夭亡的征兆，“这海棠亦应其人欲亡，故先就死了半边”（第七十七回）。他甚至列举孔子庙前之桧、坟前之蓍，诸葛祠前之柏，岳武穆坟前之松，杨太真沉香亭之木芍药，端正楼之相思树，王昭君冢上之草，凡此种种，

① 见陈庆浩：《新编石头记脂砚斋评语辑校》（增订本），联经出版事业股份有限公司 2016 年版，第 551 页。

② 见《庄子·齐物论》。

“世乱则萎，世治则荣”，“这岂不是兆应？”“岂不也有灵验？”

基于“齐物”的认知在审美感受上常会产生“移情作用”，眼前客观之物与主观心境相合，产生“感时花溅泪，恨别鸟惊心”的审美体验。刘勰《文心雕龙·神思》指出：“人禀七情，应物斯感，感物吟志”，因此，“登山则情满于山，观海则意溢于海”，宝玉的情景体验正是如此。第七十八回宝玉听说宝钗已经彻底搬离了蘅芜苑，“怔了半天，因看着那院中的香藤异蔓，仍是翠翠青青，忽比昨日好似改作凄凉了一般，更又添了伤感。默默出来，又见门外的一条翠樾埭上也半日无人来往，不似当日各处房中丫鬟不约而来者络绎不绝。又俯身看那埭下之水，仍是溶溶脉脉的流将过去。心下因想：‘天地间竟有这样无情的事！’”蘅芜苑草色如旧，热闹之时，草色是生机勃勃，冷清之际，草色也有凄凉之意；人来人往时，翠樾埭下的水流都是活泼的，而悄无人声时，这流水却昭示着时光流逝、人事非昨。同样属于移情作用的还有第七十九回迎春已出嫁离，宝玉重游紫菱洲，“再看那岸上的蓼花苇叶，池内的翠荇香菱，也都觉摇摇落落，似有追忆故人之态，迥非素常逞妍斗色之可比”，乃信口吟成一歌抒发“古人惜别怜朋友，况我今当手足情”的感伤。

然而宝玉的“齐物”识见、“移情”表现很难被世人认同，大多数人都将他“没人在跟前，就自哭自笑的”视作“异常”，香菱看他埋藏夫妻蕙和并蒂菱就嘲笑他：“怪道人人说你惯会鬼鬼祟祟使人肉麻的事”；麝月说宝玉陪晴雯撕扇子是“作孽”；傅秋芳家的两个婆子更是说宝玉“呆气”、“可笑”、“连一点刚性也没有”。因齐物而生的怜悯之心让宝玉陷入苦恼，他不恼人不知己，他忧世人看不到人生的残酷，“知我者谓我心忧，不知我者谓我何求？”相比之下，贾雨村倒是称宝玉为“异样的孩子”[①]，所谓“异样”，是“禀赋深情”，即警幻所说的“天分中生成一段痴情”（第五回）。周汝昌以为世人视宝玉为“怪物”是作者“莫大的勇敢与悲哀”。[②]

宝玉“情不情”的第二层面就是体现在对“无知无识之人”的用情上，宝玉别号“绛洞花主”，他是大观园中的护花神，在他视野中出现的女儿即使不知名姓也会得到他的护佑。第三十回写龄官隔着蔷薇花架蹲在地下画了几千个“蔷”字，花架另一侧的宝玉并不认识龄官，他看到的是这个丫头生得“面薄腰纤”，神情却又“眉蹙春山，眼颦秋水”，不由猜想对方“一定有什么话说不出来的大心事，才这样个形景。外面既是这个形景，心里不知怎么熬煎。看他的模样儿这般单薄，心里那里还搁的住熬，可恨我不能替你分些过来”。偏在此时下起雨来，宝玉的反应是“他这个身子，如何禁得骤雨一激！”遂提醒她“不用写了。你看下大雨，身上都湿了”。宝玉完全没想到自己也是毫无遮拦淋在雨中，经龄官提醒“才觉得浑身冰凉。低头一看，自己身上也都湿了”，“只得一气跑回怡红院去了，心里却还记挂着那女孩子没处避雨”。如此细微体贴对方处境，一心只想分担其苦楚，乃至忘我，却丝毫没有个人索求和贪恋。后来宝玉在梨香院求她唱曲遭冷遇方知她正是那个雨中画蔷字的丫头，不仅无怨反倒从龄官的用“情”提升了自我对生命的认知。藕官、司棋也是和宝玉没

① 夏志清《〈红楼梦〉里的爱与怜悯》认为贾雨村在寓言设计中的重要性使他有权利最后得到道家的智慧。见《海外红学论集》，上海古籍出版社 1982 年版，第 129 页。

② 见周汝昌《〈红楼梦〉和中华文化》：“在世俗人（即如这两个没有文化修养、天赋性情的仆妇）的心目中，是一种不可解的‘怪物’，绝大的笑柄！但在作者如此落笔，却是莫大的勇敢与悲哀。这是书中最精彩的一段神圣的‘宣言’：这样的人才是真正的‘人’（仁），他丝毫不晓世间有‘自私自利’这样的观念和行为，他一心想的是别人的利益幸福，惟恐有所伤害。他视一切物皆为‘同类’，与己无别。”《晋阳学刊》2011 年第 4 期，第 114 页。

有瓜葛的两个丫头，但当藕官烧纸而被婆子责难、司棋被逐由管家媳妇们拖出园时，宝玉都挺身庇护，他并非“护短儿”，只是看不得女孩儿们被风雨般的暴力摧折。事后宝玉让芳官转告藕官祭祀亡者“只在敬不在虚名。以后快命他不可再烧纸”（第五十八回）。第三十五回写宝玉“素习最厌愚男蠢女”，偏肯与傅秋芳家打发来的两个“极无知识的”婆子相见，因听闻傅秋芳“有几分姿色，聪明过人”，宝玉“虽自未亲睹，然遐思遥爱之心十分诚敬，不命他们进来，恐薄了傅秋芳，因此连忙命让进来”。己卯本批语曰“痴想”①，傅秋芳于宝玉而言是无知无识之人，宝玉却以为“才貌俱全”、“琼闺秀玉”之人都是造物主美意，故体贴、多情若此，不忍薄待了她的下人。有论者以为宝玉有“少女崇拜情结”，他的怜悯只施于青春女孩。②但刘姥姥这个村妪也曾得到宝玉的怜悯，第四十一回妙玉嫌弃刘姥姥吩咐将她喝过的成窑杯子扔掉，宝玉劝她把杯子送给刘姥姥，“他卖了也可以度日”。刘姥姥曾说大观园一顿螃蟹宴花费二十多两银子“够我们庄家人过一年了”，那么一只成窑杯子折算成银对刘姥姥来说可以过上几年了。刘姥姥醉酒后弄脏了宝玉的屋子，袭人安慰她不妨事也是深知宝玉乃心怀怜悯之人，不会因此生事。可见宝玉的怜悯之心并非关乎形体的青春。

如果有人因自己而受委屈，宝玉内心更是自责，“我不杀伯仁，伯仁却因我而死”的愧疚让宝玉怜悯心生，百般弥补。第二十五回宝玉得知“红玉在怡红院为诸鬟所掩”，“下情不能上达”③，心有歉意，“也就留了心”，但又

① 见陈庆浩：《新编石头记脂砚斋评语辑校》（增订本），联经出版事业股份有限公司 2016 年版，第 568 页。

② 见欧丽娟：《大观红楼·母神卷》第一章“总论：超越少女崇拜”，台大出版中心 2015 年版。

③ 见陈庆浩：《新编石头记脂砚斋评语辑校》（增订本），联经出版事业股份有限公司 2016 年版，第 476 页、第 474 页。

复纠结，“若要直点名唤他来使用，一则怕袭人等寒心，二则又不知红玉是何等行为，若好还罢了，若不好起来，那时倒不好退送的”。这番心意层层叠加，小红是刚认识的新人，袭人等大丫头则侍奉日久情谊已深，宝玉内心并无新旧之分，却苦于无两全之策，如何能消解小红的委屈而又不令袭人等因新旧之疑而寒心，还没有解决问题宝玉却因怜惜之心而陷入烦恼。甲戌本夹批：“是宝玉心中想，不是袭人拈酸”，“玉兄每情不情，况有情者乎？”[①]对不熟悉的人宝玉尚且用情体贴，何况对袭人等情谊深厚者又怎能不体贴？对玉钏亦如是。金钏之死令宝玉内心愧悔万分，“恨不得此时也身亡命殒”，遂将一腔悔愧化作体贴尽用于玉钏，“莲羹甘受使儿狂”[②]，百种忍耐、万千怜悯，“虚心下气磨转他”，“凭他怎么丧谤，他还是温存和气”，最终玉钏心结得解，走出伤痛。

与小红、玉钏等人不同，平儿、香菱都是已婚女子，宝玉和她们并不亲近，“因平儿是贾琏的爱妾，又是凤姐儿的心腹，故不肯和他厮近，因不能尽心，也常为恨事”。然而她们并没有因婚嫁而多一重庇护，相反，她们所受到的作践恰恰来自她们夫君。宝玉看到平儿、香菱这类女子的深层不幸，深深同情、倾心相助。第四十四回平儿无辜挨琏凤夫妻的打，伤心不已。宝玉便让平儿到怡红院中来，一边劝慰一边“吩咐了小丫头子们舀洗脸水，烧熨斗来”，服侍平儿换衣理妆。宝玉亲自为平儿预备化妆品，极其周到：“将一个宣窑瓷盒揭开，里面盛着一排十根玉簪花棒，拈了一根递与平儿”，并告诉她“这不是铅粉，这是紫茉莉花种，研碎了兑上香料制的”，“这是上好的胭脂拧出汁子来，淘

① 见陈庆浩：《新编石头记脂砚斋评语辑校》（增订本），联经出版事业股份有限公司2016年版，第477页。

② 同上，第566页。

澄净了渣滓，配了花露蒸叠成的。只用细簪子挑一点儿抹在手心里，用一点水化开抹在唇上，手心里就够打颊腮了。”“又将盆内的一枝并蒂秋蕙用竹剪刀撷了下来，与他簪在鬓上。”同样的周到、细心也用在香菱身上。第六十二回香菱弄脏了新做的裙子，宝玉做主让香菱穿上袭人同款裙子回家，将眼前这件繁难克化。宝玉不仅为平儿、香菱解决困境，还细致地替她们分析情势、筹划应对，尽量将可能殃及她们的祸患杜绝。平儿理妆时，他提醒平儿要顾及凤姐生日以及贾母的恩抚，衣饰、妆容可艳丽一些，“不然倒像是和凤姐姐赌气了似的”，“平儿依言妆饰，果见鲜艳异常，且又甜香满颊。”当香菱犹豫是否要换上袭人的同款裙子应付眼下时，宝玉深知薛姨妈老人家嘴碎，常抱怨香菱与薛蟠“不知过日子，只会遭踏东西，不知惜福呢”，他提醒香菱行权宜之计“只不过怕姨妈老人家生气罢了”。宝玉如此用心良苦只是希望平儿、香菱少一些磨折、处境好过一些。宝玉的舍己有移情作用，他能设身处地去体会她们的不幸，感同身受，进而恨不得亲代其苦楚。明知不能，也要力所能及做点什么方心安。在怡红院中看到平儿伤心，他第一句话说的是：“我替他两个赔不是罢。”平儿不解，宝玉笑道：“我们弟兄姊妹都一样。他们得罪了人，我替他赔个不是也是应该的。”宝玉的道歉发自肺腑，怜悯之心激发了他的羞恶之心，他为贾家人的行径羞愧。正是在这件事上，宝玉看到了平儿虚幻的风光背后真实的不幸：“贾琏惟知以淫乐悦己，并不知作养脂粉。又思平儿并无父母兄弟姊妹，独自一人，供应贾琏夫妇二人。贾琏之俗，凤姐之威，他竟能周全妥贴，今儿还遭荼毒，想来此人薄命，比黛玉犹甚。”宝玉深知黛玉曾经离丧、内心始终悲苦萦绕，此时他从体贴黛玉移情到平儿身上，认识到平儿之可怜更在黛玉之上，悲悯之情转深以至感伤落泪。无计可施之下也只能用行动来表示对平儿的爱护，“复起身，又见方才的衣裳上喷的酒已半干，便拿熨斗熨了叠好；见他的手帕子忘去，上面犹有泪渍，又拿至脸盆中洗了晾上。又喜又悲，闷了一回”，知道平儿此时在李纨处，“也往稻香村来，说一回闲话，掌灯后方散”。在这番突如其来的风暴面前，宝玉对平儿“色色想的周到”，不求回报的体贴或可抚慰平儿的伤心，使她虽处琏、凤威势下度日而心有温暖，生活犹有亮色。如此深厚的移情作用也同样用于香菱，他同情香菱悲惨的身世，也深知薛蟠的品性：“可惜这么一个人，没父母，连自己本姓都忘了，被人拐出来，偏又卖与了这个霸王。”当香菱告诉宝玉薛蟠要娶亲时，“宝玉深知薛蟠为人，不禁为香菱的命运担心”，“冷笑道：‘虽如此说，但只我听这话不知怎么倒替你耽心虑后呢’”（第七十九回）。在平儿、香菱的事情上，宝玉不是旁观者，而是置身其中，去感受她们身处危难与荼毒时的煎熬。为保护世间美好生命忘我舍己的付出在宝玉看来是他的存在意义，正如他因蒋玉菡之事被打后对黛玉所说的那样：“就便为这些人死了，也是情愿的！”因此“竟得在平儿前稍尽片心，亦今生意中不想之乐也。因歪在床上，心内怡然自得”。

儒家认为人性向善。《孟子·告子》曰：“恻隐之心，人皆有之；羞恶之心，人皆有之；恭敬之心，人皆有之；是非之心，人皆有之。”恻隐之心是首位，施以恻隐之心能激发对方羞恶之心、恭敬之心和是非之心。第六十一回彩云偷窃玫瑰露事发，宝玉知情，但他选择替彩云承担：“也罢，这件事我也应起来，就说是我唬他们顽的，悄悄的偷了太太的来了。两件事都完了。”宝玉的恻隐之心激发了彩云的羞耻之心，原本抵赖并与玉钏“窝里发炮”的彩云承认了偷窃并表现出承担后果的勇气：“如今既冤屈了好人，我心也不忍。姐姐竟带了我回奶奶去，我一概应了完事。”彩云转变如此之大，“众人听了这话，一个个都诧异，他竟这样有肝胆。”这种肝胆的动力却是宝玉的“恻隐之心”，“恻隐”是以“恕”为基础的，而“恕”的深层内含则是人皆有犯错之可能，当彼此怜悯、饶恕、向善。

宝玉的怜悯与自己的喜好无关，既能用于自己所喜悦、愿意亲近的人身上，也同样用于自己情感亲近范围之外的人。第二十回贾环赌输了钱与莺儿争吵被宝玉撞见，贾环怕身为兄长的宝玉骂他，而宝玉认为“兄弟们一并都有父母教训，何必我多事，反生疏了。况且我是正出，他是庶出，饶这样还有人背后谈论，还禁得辖治他了”。宝玉对于正出及兄长的尊贵身份毫不在意，他觉得兄弟身份等同，一并都由父母训导，并不拿身份压他，相反，很体恤贾环庶出的心境，只是劝贾环不要固守执念：“既不能取乐，就往别处去再寻乐顽去。哭一会子，难道算取乐顽了不成？倒招自己烦恼，不如快去为是。”后文贾环心生妒意以热蜡油烫伤宝玉，宝玉仍取“恕”道，并不怨恨反倒打算在贾母面前为贾环做遮掩：“明儿老太太问，就说是我自己烫的罢了。”（第二十五回）贾环算计宝玉不只这一次，但宝玉并没有和贾环“乌眼鸡”相向，“恨不得你吃了我，我吃了你”（第七十五回），而是同侍于父亲面前。这种怜悯当然不出自喜悦的情感本能，而是出于意志，爱你不爱之人，怜悯之后是饶恕，饶恕之后是重新接纳，已经接近宗教的情怀了。

但并非所有人都能看懂宝玉与人交往时怀有可贵的怜悯之心，有时甚至是误解。香菱就是其中之一。她无法理解宝玉因齐物而产生的深情和体贴之心，见宝玉细心掩埋“夫妻蕙与并蒂菱”，就笑话他“惯会鬼鬼祟祟使人肉麻的事”，宝玉怜“夫妻”与“并蒂”，香菱却不以为然。当宝玉提醒香菱薛蟠娶亲于她未必是福时，香菱却对薛蟠的人格心存幻想，并不懂宝玉的良苦用心，“不觉红了脸，正色道：‘这是什么话！素日咱们都是厮抬厮敬的，今日忽然提起这些事来，是什么意思！怪不得人人都说你是个亲近不得的人。’”宝玉忧虑香菱的未来而落泪，而香菱却觉得宝玉“有意唐突他”，“从此倒要远避他才好”，

"以后连大观园也不轻易进来"。然而宝玉并不为自己委屈，亦不求回报，可谓"得之我幸，不得我命"。当他知道香菱果然受到薛蟠、夏金桂折磨时，还去找王道士求妒妇方扼制夏金桂从而搭救香菱。在宝玉身上，爱闪现出忍耐、恩慈、舍己、止怒、包容的光彩，这是人类对美好的共同向往。他宁愿自己受伤，也不愿伤害别人，完全给予、无私付出，这就是怜悯的爱（agape），"爱博而心劳，而忧患亦日甚矣"①，"晓风不散愁千点（宝玉《咏白海棠》）"，这种无时不在的怜悯之爱已经耗尽宝玉的心力，"叫我怎么样才好！这个心使碎了也没人知道。"（第三十一回）"这种人本的看法及身为一个人所该拥有的基本人权，这类东西诚非一般世俗中人所能完全理解，也非在十八世纪的中国思想界所能体会。"②

"至贵者是'宝'，至坚者是'玉'"（第二十二回），贾宝玉之"至贵"是心中有大爱、深情绵缈，他的爱是多层次的、宽广的，既要看到他身上的自然人性、爱欲的存在，也要看到他在亲情、友情、爱情面前所展现的"情情"，但最可贵的是他对无知无识之物和无缘无故之人所体现的"情不情"。贾宝玉之"至坚"是他以怜悯之心处世，九死而无悔，这种情怀"不但至纯至洁且至广至深，显示出宗教式的大慈大悲和谦卑的态度"。③如此丰富的"爱"使得贾宝玉这个形象在中国文学史上是前所未有的，可以和世界文学所刻画的经典人物相媲美。

① 见鲁迅：《中国小说史略》，人民文学出版社 1973 年版，第 199 页。
② 王三庆：《也谈贾宝玉的"意淫"及〈红楼梦〉的情感书写》，《红楼梦学刊》2006 年第 5 辑，第 47 页。
③ 见詹丹：《〈红楼梦〉与中国古代小说再阐释》，上海古籍出版社 2014 年版，第 232 页。

〈襲人

第六章 《红楼梦》中的“祸福”

“祸福”乃是一个非常古老且极具辩证色彩的人生命题。对此，中国传统文化典籍多有论及。且不说《道德经·五十八章》所提出“祸兮，福之所倚；福兮，祸之所伏”哲理影响深远，就是后来《淮南子·人间训》所记载的“塞翁失马，焉知祸福”故事，也常启人深思。这说明，人们对“祸福”的互化性和偶然性等特点早已有着较为清醒的认识。至于俗话所谓“是福不是祸，是祸躲不过”、“天有不测风云，人有旦夕祸福”、“福无双至，祸不单行”等观念，也大多蕴含着许多变幻莫测的人生真谛。基于这种传统文化，《红楼梦》故事中常常蕴含着某种“祸福”哲理。因此，从“祸福”视角来解读《红楼梦》，我们会别有一番新的感悟。

第一节 “祸福”观念穿行于《红楼梦》

《红楼梦》中蕴含着较为浓重的“祸福”观念。或者说，作者带着较强的“祸福”意识来展开他的故事叙述，并使得这一观念穿行在整部小说之中。

首先，尤为引人注意的是，在小说第一回，作者即别具匠心地设置了娇杏、霍启这两个小人物来预演“祸福”之道。

先说娇杏，她本是甄士隐家的丫环，小说写她“生得仪容不俗，眉目清秀，虽无十分姿色，却亦有动人之处”。娇杏的福气源于一场偶然：有一天，她在撷花儿，猛抬头见窗内有一个陌生人在打量自己。在她印象里，此人“敝巾旧服，虽是贫穷，然生得腰圆膀厚，面阔口方，更兼剑眉星眼，直鼻权腮”，便不由自主地回头看了一两次。这陌生人便是贾雨村，他见这女孩子反复回头，以为她有意于自己，遂狂喜不禁，认定此女子必然巨眼识英雄，乃风尘中之知己也。后来，这贾雨村做了县太爷，路见娇杏，便马上讨来做了二房。一年后，娇杏便生了个儿子；再半年，雨村嫡妻病故，娇杏被扶做正室夫人。接二连三，娇杏不断顺利地转运。正如小说所言：“偶因一回顾，便为人上人。”娇杏，谐音“侥幸”也，真是有福之人，她的福气是侥幸获得的。于是，在这部小说的布局中，“侥幸”如同幽灵，成为“红楼”人物的存在法则，他们的“祸福”来去无踪，具有其偶然性。

再看霍启，他本是甄士隐的家奴。小说第一回写甄士隐让他抱着自己的独生女儿英莲去看元宵花灯。其间，由于霍启要小解，便将英莲放在一家门槛上坐着。待他小解回来，哪有英莲的踪影？急得霍启直寻了半夜，至天明不见，那霍启也就不敢再回来见主人，便逃往他乡去了。霍启，谐音“祸起”，甄士隐一家从此祸不单行。起初，甄士隐家中虽不甚富贵，然在本地也算得上是望族了。如此骨肉分离后，居住的街道又突发大火，使他家化为灰烬；与妻子一起回到岳父家寄食，遭遇岳父冷言冷语。经过一番世情冷暖后，他终于醒悟，跟着一僧一道出世而去。在出世之前，他听了道士吟唱的《好了歌》，以及“好”便是“了”，“了”便是“好”的胡言乱语，并对《好了歌》进行了注解。作者借《好了歌》及注解，传达出“祸福相依”的人间哲理。

俗话说，是福不是祸，是祸躲不过。娇杏的命运应了前一句，甄士隐的命运应了后一句。

其次，整部小说充满着“祸福无定准”与“命运有定数”的玄机和矛盾。小说第一回在叙述一僧一道在大荒山无稽崖青埂峰下谈天说地那番话已多少隐含着“祸福”意识。那一僧一道“说到红尘中荣华富贵”的时候，那里的一块顽石听了，“不觉打动凡心，也想要到人间去享一享这荣华富贵”，恳求二仙“携带他得入红尘，在那富贵场中、温柔乡里受享几年”。二位仙师听了，一齐憨笑道：“善哉，善哉！那红尘中有却有些乐事，但不能永远依恃，况又有‘美中不足，好事多魔’八个字紧相连属，瞬息间则又乐极悲生，人非物换，究竟是到头一梦，万境归空。倒不如不去的好。”这番劝说中所谓的“红尘”中的“荣华富贵”乃物质生活的极大满足，“有些乐事”乃相当于在精神上的快乐之事。再加“美中不足”之“美”、“好事多魔（磨）”之“好事”、“乐极悲生”之“乐”等字眼，均能与“祸福”观念挂得上钩。由此可见，根据《红楼梦》的预设，石兄到红尘凡间是为了享受人间之福。然而，“福祸无定准”的现实却打破了他的梦想。

第五回叙述丫鬟袭人的命运用了这样的判词：“枉自温柔和顺，空云似桂如兰。堪叹优伶有福，谁知公子无缘。”优伶蒋玉菡能娶到花袭人是“有福”的表现，这是命定的。第八回写宝玉口衔的通灵宝玉的灵气中就有“知祸福”这一灵气，说明祸福可以预测，但不可更移。小说第十一回、六十七回两次用到“天有不测风云，人有旦夕祸福”这句熟语，表明“祸福”难料，突如其来。在作者笔下，“祸福无定准”，而“善恶有因果”，“福祸”本身难以了结的困难只有转交给“因果报应”来了断。

再次，《红楼梦》还不断地借叙述人物聊天时的言论来谈论“祸福”之道。关于主人公贾宝玉，小说第三回叙述黛玉初进贾府时，王夫人就对她介绍道：

“我有一个孽根祸胎，是家里的‘混世魔王’。”把宝玉说成“祸胎”，见出一个母亲的溺爱性爱恨。第二十九回所叙“享福人福深还祷福”主要内容是叙述贾母与刘姥姥聊天。从这段“聊天记录”来看，刘姥姥生来受苦，但身体健朗；贾母享福，养尊处优，但身体故障多，集中表现为耳聋、眼花、记性差。另如，子孙成才有出息是草民有福的标志。贾府管事之一的赖嬷嬷在贾府里年高而有体面，得贾府帮助，他的孙子赖尚荣被选出来做了知县。第四十五回即写赖嬷嬷教训走马上任的孙子，絮絮叨叨地以“福”为话题。由于老太太文化层次不高，只能净说些什么“上托着主子的洪福，下托着你老子娘”，“只知道享福，也不知道你爷爷和你老子受的那苦恼”，“你一个奴才秧子，仔细折了福”之类的话。后来，小说也写到主人公贾宝玉对“有福”的见识。从第六十三回所写的宝玉的话头里，我们推知，作为男儿，生在盛世，能建功立业即“有福”。再接着，小说也写了王熙凤对“无福”的定义。第六十九回写贾琏与秋桐在一处时，凤姐又做汤做水的派人送与二姐。又骂平儿不是个有福的，“无病也不见怀胎”，又说“都因咱们无福”，把尤二姐怀的胎给冲了。在此，王熙凤把不生育视为“无福”。另外，对于“有福”的理解，贾母也有一段高论。这一高论见于第一百零八回。老太太评价薛宝钗说：“你宝姐姐生来是个大方的人，头里他家这样好，他也一点儿不骄傲，后来他家坏了事，他也是舒舒坦坦的。如今在我家里，宝玉待他好，他也是那样安顿；一时待他不好，不见他有什么烦恼。我看这孩子倒是个有福气的。”据此可见，在贾母眼里，所谓“有福气”，大约要包含下列要素：“生来是个大方的人”；不因家境好坏而改变自我平和的心情；不因别人待他好坏而变换喜悦与烦恼。

由此看来，《老子》所谓的“祸福倚伏”乃《红楼梦》重要的叙事之“道”。小说从第一回预演，到最后煞尾，“福”、“祸”二字闪烁其间，使得整部小说隐含着较强的“祸福”观念以及“天有不测风云，人有旦夕祸福”哲理。

第二节　《红楼梦》人物的“福祸”互变

总体说来，《红楼梦》人物福祸难以定量，多有互变性。作者通过秦可卿之口，一方面说，“月满则亏，水满则溢”、“乐极生悲”；另一方面又说，“否极泰来，荣辱自古周而复始”。正是对荣华富贵的挥霍，正是对欢乐的过度消耗，才导致了贾府这座大厦轰然倒塌。这里的“乐”、“泰”不妨视为“享福”的代名词。由此可见，贾府的各式悲剧人物本该也是“有福”可言的。也就是说，悲剧发生之前，“福”还是大大地存在过，尽管它时常与“祸”反反复复。不同人所追逐的“有福”却大不一样：长辈们坐享天伦之乐，浮浪子弟沉迷皮肤滥淫（现在也有人根据谐音谓“性福”），当权者靠“弄权”作乐，贪图“享福”，而又断送了整个大家庭的幸福。这正是《红楼梦》叙事的一大悖论。

凤姐的生命历程大致是由福而祸，她是金陵豪门王子腾之女，后做了贵公子贾琏之妻。模样极标致，言谈极爽利，心机极深细，竟是个男人万不及一的。她一嫁到贾家，凭着活泼开朗、精明能干、八面玲珑，赢得老太太的宠爱。在她当红的时候，家中的财权、人权由她一人独揽，上下无一人不称颂。对于一个善于弄权者来讲，王熙凤能有效地使用手中的财权、人权，风风火火，风光无限。然而，王熙凤的晚景却很糟糕，随着贾府一再被抄家，人力、财力今非昔比，不仅银子时常支不出来，而且下人也指挥不动，顾了这头顾不了那头，真是“巧媳妇难为无米之炊”。凤姐不仅精力不济，而且染上了大病。家道中落，生活的悲苦塞满心头。此时她善待过的刘姥姥来了，下人不让见，凤姐却把她当作一根救命稻草，并把心爱的女儿巧姐托付给这位庄户老太。真是“三十年河东，三十年河西”。凤姐尽管说来非常聪明，但她识字不多，又那么争强好胜，再加经常祸起萧墙，贾琏多次给她带来烦心事，她的青春被耗尽了。有着太多梦想的凤姐被病魔夺去了生命，年仅二十五岁，“衣锦还乡”也成了空空如也的梦话。其判词【聪明累】是这样写的：“机关算尽太聪明，反算了卿卿性命！生前心已碎，死后性空灵。家富人宁，终有个，家亡人散各奔腾。枉费了意悬悬半世心，好一似荡悠悠三更梦。忽喇喇似大厦倾，昏惨惨似灯将尽。呀！一场欢喜忽悲辛。叹人世，终难定！”从受到重用管家起，她叱咤风云，历经那一场场“欢喜”之福，到“悲辛”之祸突如其来，祸福无常，王熙凤的命运着实可悲可叹。由此告诫世人：一个人也不能太聪明，太锋芒毕露。若求得幸福，理应从一个大智若愚的女子做起。王熙凤为建立稳固的享福基础而进行的一系列不惜损人利己的惨淡经营，显得十分荒谬。

“由祸而福”，变数较大的当数李纨。身为寡妇，李纨老来显赫一时，迎来了“凤冠霞帔”的幸福晚景，却是大半生的代价换来的。李纨二十几岁即守寡，痛苦孤寂的熬煎使得她提前告别了青春年华，“竟如槁木死灰一般”，自己也自称“稻香老农”。她日日在茅屋纸窗下做些针凿女红，课子成人，以慰百无聊赖之情。然而，李纨毕竟还年轻，她的生活情调还不时地流露出来。她喜欢栊翠庵的红梅，要宝玉替他折一枝来插瓶。探春起海棠诗社，李纨不会作诗，却自荐作了社长，并把稻香村作为社址。可见李纨是多么热爱生活，不甘寂寞。稻香村黄泥院墙中，“有几百株杏花，如喷火蒸霞一般”，真叫“满园春色关不住”。李纨就是这难以关得住的红杏。现实的严酷与李纨的心性定然会不时地发生碰撞，周围几乎没人关心她的性情，她好没福气啊！幸好，李纨能够守住，

红楼梦与中国传统文化

甘心做一个贤妻良母。在“寿怡红群芳开夜宴”时，李纨抽到了预示个人性格及后来命运的梅花签，上有“竹篱茅舍自甘心”之句。李纨处事低调，人情练达。除了对王夫人感情有点疏离外，其他上下以及平辈关系大致不差。在下人眼里，她心善面软，是一个活菩萨。在众姊妹眼里，她是一个能作诗、能吃酒、能和大家玩到一块去的好姐姐、好嫂子。在贾母眼里，她“带着兰儿静静地过日子”，是一个好孙媳妇。贾母除了认为她好，还觉得她身为“寡妇”很可怜，时常给她一些特殊关照，给她的生活费也高些，此外还给她园子让她收租子。因此，如果不考虑李纨孤衾冷枕的寡妇寂寞因素，她的日子过得还算是蛮滋润的。她把整个心思和希望都寄托在儿子贾兰身上。最后，儿子如愿以偿地考中了功名。母因子贵，李纨也终于扬眉吐气了一把，被封为诰命夫人。人们经常会拿刘禹锡的“莫道桑榆晚，为霞尚满天”两句诗描述她的人生，宽慰她毕生的付出和代价。尽管李纨似乎最终实现了转祸为福，但作者对她的毕生努力并不买账，说她守寡一辈子是“枉与他人作笑谈”，“也只是虚名儿与后人钦敬”。

这种“祸福”观念告诉世人，祸福扑朔迷离，难以固定。进一步讲，地位高低、聪明度与幸福指数不仅难以成正比，而且因为“高处不胜寒”，“聪明反被聪明误”，有权有势反而可能会成为一个人幸福之累。

第三节 《红楼梦》中的“福祸”宿命

俗话说，天有不测风云，人有旦夕祸福；福无双至，祸不单行；运去金成土，时来土做金；屋漏偏逢连阴雨，船漏又遇顶头风……“祸福”既带有偶然性，又常常让人误认为人生“祸福”是一场身不由己的宿命。

读过《红楼梦》的人，都会感到贾母最有福，也最会享福。贾母一生始终生活在社会上层。她生在“阿房宫，三百里，住不下金陵一个史”的“世勋史侯”之家，出身高贵优裕。成人后又嫁给了“贾不假，白玉为堂金作马”的荣府，不仅衣食无忧，而且又儿孙满堂，尽享天伦之乐，自然是福上添福。小说第三十八回里曾写贾母回忆自己小时候一段趣事说，她有一天在“枕霞阁”亭上游玩，不慎失了脚掉在水里，差一点被淹死，幸得被人救上岸，但头被木钉子碰破，导致鬓角上留下指头顶大的一块窝儿伤痕。这时，一贯善于逢迎的王熙凤就笑着借题发挥说：“那时要活不得，如今这大福可叫谁享呢！可知老祖宗从小儿的福寿就不小，神差鬼使碰出那个窝儿来，好盛寿的。寿星老儿头上原是一个窝儿，因为万寿盛满了，所以倒凸高出来了。”王熙凤虽然是在奉承贾母，但却为解释贾母福寿兼备提出了一道神话逻辑。贾母的物质生活水平极高，且不说日常的衣食住行都很上档次，特殊活动更是富于排场，其人生主旋律是“热闹”。凭实说，小说写贾母服饰之处远远赶不上写宝玉、王熙凤服饰处多，第四十二回只提到贾母穿着“青绉绸一斗珠的羊皮褂子”，足见其雍容华贵；关于贾母住处，小说附带交代的是荣国府正房大院的“雕梁画栋，两边穿山游廊厢房”的上房。每当行动起来都是众人簇拥着，前呼后拥。贾母带领众女眷们出游打醮看戏，“荣国府门前车辆纷纷，人马簇簇。……乌压压占了一街的车”。不料早惊动了京城的贵戚世家，他们闻讯都来送礼。贾母感叹说：“我们不过闲逛逛，就想不到这礼上，没有惊动了人。”贾母未必希望如此兴师动众，但结果却是如此。这物质生活方面的“福”，且不说刘姥姥等平民百姓难以望其项背，就是贾府其他贵妇人也是难以企及的。相对而言，为渲染贾母生活的“热闹”，小说在写贾母饮食上用墨尤多。通过其饮食品种的多元化足以令人看出贾母的“口福”。第六十一回记下了柳嫂子讲过的这样几句话：“大厨房里预备老太太的饭，把天下所有的菜蔬用水牌写了，天天转着吃，吃到一个月现算倒好。”可见，贾母的食品菜品花样之繁多。这表明她的口味自然并不单一。她在“饫甘餍美”之余，也喜欢吃些新鲜瓜蔬。她对刘姥姥二进荣府所带来的“豇豆、扁豆、茄子”有过这样的夸赞：“我正想个地里现撷的瓜儿菜儿吃。外头买的，不像你们田地里的好吃。”同时，贾母也喜欢吃些野味，什么“野鸡崽子汤”、“野鸡爪子”，都曾经引起她的口腹之欲。贾母吃螃蟹更是特别讲究，吃完还要用“菊花叶儿桂花蕊熏的绿豆面子来洗手”。当然，作为贾府内外一个最有资格享福的人，贾母的享福追求并非停留在“衣食住行”等低俗层次上，更重要的是她注重品位高雅的精神享受。她除了喜欢看戏，还爱听琴。除了单纯孤立地听音赏乐，还讲究音乐审美的氛围和特效，提出“如此好月，不可不闻笛”、“铺排在藕香榭的水亭子上，借着水音更好听”等合理建议。她的艺术造诣和审美水平还突出表现为指导惜春作画，教宝钗布置居室以及在潇湘馆发表窗纱配色理论等方面。最后，需要强调的是，贾母既爱热闹，也喜欢清静。她平常喜欢和年轻人一起乐呵。她不仅积极组织或参与王熙凤、薛宝钗等人的生日活动，而且自己的八十寿辰也搞得特别隆重；而逢年过节亲戚来访，他一概不去应酬，自有邢夫人、王夫人、凤姐儿三人料理，不在意这些繁文缛节，虚名浮华。如此随心所欲，实在会享福。当然，贾母的福气也是修来的，她不仅关心孙子孙女外孙女等亲人，还善待刘姥姥，并关心一个挨打的小道士。如此说来，在温柔富贵乡里，贾母最为“有福”，也最会“享福”。

在《红楼梦》中，有几个苦命人，屡屡遭祸殃，似乎冥冥中注定没有福。若论苦命人之最苦者，恐怕非香菱莫属。早年名“英莲”，的确“应怜”，让人同情。他的命苦是从元宵节丢失开始的。三岁那年的元宵，在看社火花灯时被拐子抱走。在人贩子手中先是卖给冯渊，后被“呆霸王”薛蟠夺去做妾，改名“香菱”。后随薛家进京，一直住在荣府的梨香院。平日她要照料薛蟠，难得有闲暇时间。有一次因薛蟠外出经商，薛宝钗便把她带进了大观园与自己做伴。环境的变化还唤起了香菱学写诗的情调，她主动向林黛玉拜师学诗。拥有了一段幸福的时光。可是后来，由于她生得袅娜纤巧，做人行事又温柔安静，遭到薛蟠新纳的夏金桂嫉妒。香菱备受夏金桂的折磨，不仅名字被改为秋菱，还险遭谋害。再次时来运转是，金桂弄巧成拙，误吞自己设计的毒药中毒而死。香菱方得解除了禁忌，而且被扶为正室。不久，她又为薛家怀上了一个胎儿，眼看一切恶运就要过去，转祸为福的时刻即将来临。然而，香菱的身体已经大势已去，她的劫难、坎坷、舛苦、不幸，特别是当年被从薛蟠房中移出，对月伤悲，挑灯自叹，气怒伤肝，内外拆挫已酿成干血之症。最后，香菱生下一个“粉妆玉琢，乖觉可喜”的宁馨儿，而自己却因难产而离开人世。她终于没能来得及享受那份迟到的福。如此悲惨命运常令人扼腕叹息。

纵观“红楼”世界，最“有福”的事未必一定发生在烈火烹油、鲜花着锦的钟鸣鼎食之家，也未必出现在有赖天恩祖德、窗明几净的书香门第，因为大多生活在里面的人都不自由，无法享受自己应然的幸福。唯独孤岛式的大观园才堪称是幸福的伊甸园。是福不是祸，是祸躲不过，《红楼梦》中的幸福仿佛一场白日梦。

第四节 《红楼梦》中的“祸福”辨证

既然《红楼梦》中饱含着“福祸”观念，那么大家不免要问：什么是“福”？什么是“祸”？“祸福”的标准是什么？说来说去，这些看似简单的问题尚需细思量。

首先看，宝玉是个有福之人吗？从外在的物质生活到精神生活，宝玉都是有福之人。他外号“怡红公子”、“绛洞花王”、“富贵闲人”。第十九回写他“近来仗着祖母的溺爱，父母亦不能十分严紧拘管，更觉放荡驰纵，任性恣情，最不喜务正”。一切坐享其成，凡事无所顾忌，也就应了那几句嘲讽宝玉的话了：“富贵不知乐业”、“可怜辜负好韶光”。他很任情，温柔的是他，缠绵的是他，多情的是他，痴呆的是他，飞扬跋扈的也是他。贾宝玉有博爱情怀，作为多情好男人，他爱着许多女子；作为小姐们的梦中情人，又被许多女子爱着，其幸福指数达到了极致。他对大观园里的丫鬟感情也亲近，与袭人“初试”云雨情。不过，他的情感既博爱，也专一。在那样一个大观园里，只有黛玉才是宝玉的知己，他爱着林妹妹，因她“从不说那些混账话”、因她有“咏絮才”，能为他提供一个“有福”的港湾。他纵然挨打，也还是“有福”的表现。挨父母揍并非不幸福，至少表明有人管教。挨打后，更证明宝玉处在幸福之中。贾母带来了更深的溺爱，王夫人拿出切肤的疼爱，袭人强忍悲伤，悉心服侍。宝钗探伤时“手里托着一丸药走进来”，表示“心疼”，借机规劝了宝玉。黛玉将深情表现在她的无声之泣及简单的言辞里。有了这么多关心照顾，宝玉能不感到幸福吗？当然，宝玉还拥有“享福”的多个光景。“补裘”是宝玉与晴雯幸福生活的关键。与众不同的是，宝玉的有福不低俗，不仰仗富贵家庭。当然也可以说，宝玉最有福，也最没福。谓其“有福”，是因为他曾经拥有大观园中一点一滴、一草一木的感情以及与黛玉的缠绵；谓其“无福”，是因为他多受管教，没有自由，且最终没能与心上人黛玉走到一起。

黛玉人生历程的“福祸”情境也要具体分析。不要认为她红颜薄命、痴情寸断就否定了她在贾府生活的那段快乐时光。林黛玉虽然寄人篱下，但生活水平不低：吃的是山珍海味，穿的是绫罗绸缎，一步一行都有丫鬟伺候，还有一个爱她如掌上明珠的老祖宗，活得很优裕。有这样的生活条件，为什么总是哭哭啼啼？总让人觉得她有点“身在福中不知福”。其实，哭哭啼啼并非是不幸福的表征，因为“幸福也是需要泪水的”。岂不闻，有一种眼泪叫“幸福的眼泪”。有人说，这个世上最幸福的事，便是一群人中的一个痴人遇到了一群人中的另一个痴人。纵是弱水三千，我只取一瓢饮。黛玉的幸福在于遇到了一个体贴自己的贾宝玉。一个为她哭、为她操心、为她惹了一身的病的贾宝玉。一个和她一样痴、一样傻的贾宝玉。在她葬花落泪时，有个懂她的人躲在石头后同样潸然泪下；当她在潇湘馆临风洒泪时，有个人在怡红楼对月长吁；当宝玉雨夜离去时，有个人会为他递一盏灯；当他病得不省人事时，有个人会为他以泪洗面，坐立不安……彼此之间爱到随心所欲，宝玉当着姐妹们的面，公开讲：“林妹妹才不说这混账话，不然我早就和她生分了。”黛玉一度给宝玉捎去三块旧帕，题诗三绝诉衷情。彼此产生误会时，他会气得脸都黄了，眼眉都变了，流着泪一冲动砸了玉；黛玉会气得又咳又吐，脸红头涨，流着泪一冲动把亲手做的玉穗子剪碎。只要细加阅读，我们不难发现这样一个事实：黛玉的哭泣和闹情绪多是因宝玉而起，主要是宝玉、宝钗、湘云三人之间出现，这是幸福爱情的排他性造成的。在其他姊妹特别是长辈面前，黛玉几乎从未有过公开的弄性子。二人的吵吵闹闹是幸福爱情的调料，“三日恼了，两日好了”，这就是幸福爱情的本真。世间有一道爱情哲学：不是冤家不聚头。小说第二十一回结尾诗曰：“淑女从来多抱怨，娇妻自古便含酸。”淑女的抱怨与娇妻的寒酸都是营造有福瞬间的秘器。男女之间离了撒娇，幸福就像白开水，无滋无味。宝黛间幸福的爱情虽然被扼杀了，但我们却“借此知道它曾经存活过”。

横看成岭侧成峰，“祸福”问题具有复杂的多面性，需要具体问题具体分析。幸福感可以通过对照“过去的不足”、“别人的不如”来实现。从另一个角度看，幸福又没有可比性，就拿贾母与刘姥姥两位老人来说，她们的幸福指数难分高低。

第七章 《红楼梦》中的“治家”

俞平伯论及《红楼梦》作者的态度指出，除了“自叹身世”、“情场忏悔”外，还要“为十二钗作本传”①，心怀忧患却又对男性世界深深失望，转而将“补天”心愿寄托于女性身上，赞颂红妆、为闺阁立传。第一回作者自述：“忽念及当日所有之女子，一一细考较去，觉其行止见识，皆出于我之上。何我堂堂须眉，诚不若彼裙钗哉？”农耕经济环境蕴育了儒家文化，而“修齐治平”就是儒家文化在人生价值上的具体实现。虽然男性与女性在分工上有内外之别，但人生价值的考量标准却有共性，齐家、治家也是女性的社会价值所在。家国同构是中国传统文化的特点，《红楼梦》描述贾府这样繁衍近百年的世家贵族已经是危机潜在、暗流汹涌了，小说借王熙凤、贾探春、薛宝钗三个女性形象写出应对家族潜在危机的三种治家才干，从而引发深入思考，无论困境还是变革，治家若此，治国亦如是。

第一节 王熙凤的“草根”才干

贾府自第一代“水”字辈初创家业，繁衍生息至“草”字辈，“赫赫扬扬，

① 见俞平伯：《红楼梦研究》，复旦大学出版社 2004 年版，第 105-106 页。

已将百载”（第十三回）。主持贾氏家业的是二房荣府的贾政夫妇，内外操持的一干事宜实际是交给琏、凤夫妻的，琏凤夫妻身份归属是长房贾赦夫妇的儿子、媳妇，但实际上这对小夫妻在情感上、接触上与贾政夫妇更亲近。就内政来说，“如今太太竟不大管事，都是琏二奶奶管家了。你道这琏二奶奶是谁？就是太太的内侄女”（第六回）。简单地说，贾府实际的内当家是琏二奶奶王熙凤。“凡鸟偏从末世来，都知爱慕此生才”（凤姐判词），第十三回秦可卿评价王熙凤说：“婶婶，你是个脂粉队里的英雄，连那些束带顶冠的男子也不能过你。”王熙凤无疑是能干的，后文写贾芸、刘姥姥的奉承倒也属实。

王熙凤“少说有一万个心眼子”，她治家的理念是“人治”，充分借助不同位置的人形成一个高效运行的管理圈。贾府诸钗不乏目光雪亮、头脑冷静、长于观察者，但“素日最喜揽事办，好卖弄才干”（第十三回）、本性恃强好胜、愿意借操持家事而享受掌控感的却是王熙凤为首，如贾珍所述“从小儿大妹妹玩笑着就有杀伐决断”。这种高调、掌控的个性从她的形貌就可以看出，第三回王熙凤亮相：“彩绣辉煌，恍若神妃仙子。头上戴着金丝八宝攒珠髻，绾着朝阳五凤挂珠钗；项上戴着赤金盘螭璎珞圈；裙边系着豆绿宫绦双衡比目玫瑰佩；身上穿着缕金百蝶穿花大红洋缎窄裉袄，外罩五彩刻丝石青银鼠褂；下着翡翠撒花洋绉裙。一双丹凤三角眼，两弯柳叶吊梢眉，身量苗条，体格风骚。粉面含春威不露，丹唇未启笑先闻。”服饰多用金色系，兼杂红色、绿色，龙凤图案，组合一处极其夺目、张扬，兼之先声夺人、笑语朗朗，立时成为人丛的焦点，“她的形象，她的神态，她的地位，她的气势，她的性格乃至灵魂，一刹那间全显露出来了”[①]，震慑的气场油然而生。

① 见李希凡、李萌：《“都知爱慕此生才”——王熙凤认论》，《红楼梦学刊》2011年第4辑，第4页。

人治的表现之一即对上负责。王熙凤首先借贾母的至尊地位树立自己的威势。贾府上下诸人都知道王熙凤这个管家位置在家庭伦理序列中是尴尬的，从伦理构架来看，她是王夫人的“内侄女”，是长房名正言顺的儿媳妇，两相对比，在贾府里显然第二个身份才是“自家人”，但在嫡长子继承制的宗法制度中她却听命于荣府二房的贾政夫妇，“名不正，则言不顺”，这一尴尬是有目共睹之事实。故对她来说，确立威权位置是她治家的基础。儒家文化以“忠”治国，以“孝”治家，“孝”的理念确立了贾母的至尊地位，因此取得贾母的支持是王熙凤建立自我威权的基础。文本有极为丰富的细节写她费尽心机取悦贾母，她关于家族财政的规划亦是以贾母喜好为中心。比如，同样庆生，因贾母喜爱宝钗，凤姐便比照黛玉庆生旧例格外丰厚些，拿着公账来奉迎贾母。第五十四回回目直书“王熙凤效戏彩斑衣”，写她甚至仿效老莱子承欢父母膝下的举止来让贾母开心，这一回回前庚辰本脂批曰：“凤姐乃太君之要紧陪堂。”① 凤姐的心机取得显著收效，第三十八回贾母一番话表明了她对凤姐的宠爱：“我喜欢他这样，况且他又不是那不知高低的孩子。家常没人，娘儿们原该这样。横竖礼体不错就罢，没的倒叫他从神儿似的作什么。”其次，凤姐依靠深得贾母倚重的王夫人来巩固威权，她利用宗法制中血缘的作用，取“筋骨相连”之势以“内侄女”的身份与王夫人齐心合力，并代其行事。

人治的表现之二即对下施威。第六回周瑞家的描述凤姐说，“只是待下人未免太严了些”。第十四回凤姐即将走马上任、协理宁府操办秦可卿丧事之际，管家来升为宁府众仆敲警钟：“那是个有名的烈货，脸酸心硬，一时恼了，不认人的。”翻脸不认人、革俸、体罚是凤姐惯用的治下手段。在协理秦可卿丧

① 见陈庆浩：《新编石头记脂砚斋评语辑校》（增订本），联经出版事业股份有限公司 2016 年版，第 650 页。

事中，王熙凤完美展示了她精确有效、恩威并施的治家才干。对贵族世家来说，婚丧嫁娶都是头等大事，要展现礼数完备、管理有序的形象，决不可失了尊严与体面，这些场合需要当家管事者具备杀伐决断的才干，尤氏显然难承重任，因此贾珍请来了王熙凤。在人家地界儿发号施令须有清楚的头脑、发现问题的眼光和解决问题的策略，如此方能服众，凤姐迎来人生中展示其才干的绝佳机遇。她先是找到症结所在，旁观宁府治家弊病有五："头一件是人口混杂，遗失东西；第二件，事无专执，临期推委；第三件，需用过费，滥支冒领；第四件，任无大小，苦乐不均；第五件，家人豪纵，有脸者不服钤束，无脸者不能上进。此五件实是宁国府中风俗。"（第十三回）事实上，非但宁国府，"旧族后辈受此五病者颇多"。[①]同回王府本脂评感叹："五件事若能如法整理得当，岂独家庭，国家天下治之不难。"[②]接下来，凤姐管家确立了链式管理的理念[③]，链式管理中极为重要的一环是收服仆从首领，以免仆首因经验丰富而欺新主。第十四回写凤姐告诉来升媳妇："再不要说你们'这府里原是这样'的话，如今可要依着我行，错我半点儿，管不得谁是有脸的，谁是没脸的，一例现清白处治。""来升家的每日揽总查看"，查处"偷懒的，赌钱吃酒的，打架拌嘴的"，她本人则直接受凤姐监管："你有徇情，经我查出，三四辈子的老脸就顾不成了。"

① 第十三回甲戌本眉批。见陈庆浩：《新编石头记脂砚斋评语辑校》（增订本），联经出版事业股份有限公司 2016 年版，第 252 页。

② 同上，第 253 页。

③ 李廷海《〈红楼梦〉管理方式浅析》："这种管理方式基本上分了三个层次：贾珍是最高决策人，王熙凤是全权管理人，并且有根据贾珍所交给的目标进行再决策的权力，奴仆（婢）则是按照王熙凤的意志行事的执行者。这三个层次是单链关系，贾珍只与王熙凤发生关系，而不直接插手其管理奴仆的事项。奴仆也只服从王熙凤的指挥，而不需要去听贾珍的召唤。作为最高决策人即目标决策人与管理决策人之间的唯一要求就是要有一个目标，要相信下级，使管理决策者有职有权，可以见机而行，而管理决策者则必须为最高决策者负责。"见《江汉论坛》1987 年第 10 期，第 63 页。

对于一般仆从，凤姐重在分工明确、落实责权，“按名一个一个的唤进来看视”。先识别与筛选，剔除充数或咬群之辈，然后落实分工，或“单管人客来往倒茶”，或“每日单管本家亲戚茶饭”，或“单在灵前上香添油，挂幔守灵，供饭供茶，随起举哀”。有人“单在内茶房收管杯碟茶器”、“酒饭器皿”，有人“监收祭礼”，有人分管“各处灯油，蜡烛，纸札”，有人“每日轮流各处上夜，照管门户，监察火烛，打扫地方”。所有仆从都职责自负，“某处所有桌椅古董起，至于痰盒掸帚，一草一苗，或丢或坏，就和守这处的人算帐描赔”。此外，确立规则，事无巨细均依规行事，守时守序：“如今都有定规，以后那一行乱了，只和那一行说话。素日跟我的人，随身自有钟表，不论大小事，我是皆有一定的时辰。横竖你们上房里也有时辰钟。卯正二刻我来点卯，巳正吃早饭，凡有领牌回事的，只在午初刻。戌初烧过黄昏纸，我亲到各处查一遍，回来上夜的交明钥匙。第二日仍是卯正二刻过来。”软硬兼施是凤姐管理人事的精明，立威不忘许以恩惠，以利服人：“说不得咱们大家辛苦这几日罢，事完了，你们家大爷自然赏你们。”凤姐的治家理念与规则立见实效，“众人领了去，也都有了投奔”，“各房中也不能趁乱失迷东西。便是人来客往，也都安静了”，“无头绪、荒乱、推托、偷闲、窃取等弊，次日一概都蠲了”（第十四回）。责权细化也令众心慑服：“众人都道：‘有理。’又有一个笑道：‘论理，我们里面也须得他来整治整治，都忒不像了。’”身为管理者，凤姐自己也以身作则，端肃齐整，起到榜样作用：“不畏勤劳，天天于卯正二刻就过来点卯理事，独在抱厦内起坐，不与众妯娌合群，便有堂客来往，也不迎会。”虽然忙得茶饭无暇、坐卧不宁，“心中倒十分欢喜，并不偷安推托，恐落人褒贬，因此日夜不暇，筹画得十分的整肃。于是合族上下无不称叹者”。第十四回回末庚辰本批语曰：“写秦死之盛，贾珍之奢，实是却写得一个凤姐。”王府本批语曰：“大抵事之不理，法之不行，多因偏于爱恶，幽柔不断的。请看凤姐无私，犹能整齐丧事。况丈夫辈受职于庙堂之上，倘能奉公守法，一毫不苟，承上率下，何有不行。”[①]凤姐治家所展示出来的英气、心机与决断令那些居庙堂之高、戴冠束发的男子汗颜。

然而“凡鸟偏从末世来”，凤姐治家囿于人治而没有文化高度，才智终非一流。她幼时虽效仿男孩教养且取学名“熙凤”，但并未真正上过学，缺少文化滋养，泼辣有余，开化不足，视野有限，终是“凡鸟”。“不信阴司地狱报应”的浅陋和“骄大”也使她被欲望绑缚，不能“克己”，最终在人性恶中沉沦。生逢贵族世家的末世，其才干能勉强维持家族的运转，却不能克化家族危机，有术而无远见。薛宝钗说“凤丫头凭他怎么巧，再巧不过老太太去”（第三十五回）是事实，李纨讽刺她“无赖泥腿市俗专会打细算盘分斤拨两”（第四十五回）也没有冤枉她，与贾母这个家族主心骨相比，她终是“泼皮破落户”，她的才干充满草根气息。第二回写贾家“如今生齿日繁，事务日盛，主仆上下，安富尊荣者尽多，运筹谋画者无一，其日用排场费用，又不能将就省俭，如今外面的架子虽未甚倒，内囊却也尽上来了。这还是小事。更有一件大事：谁知这样钟鸣鼎食之家，翰墨诗书之族，如今的儿孙，竟一代不如一代了！”世胄显贵如贾府困境有二：一是财政告急，二是人才匮乏。凤姐对经济窘境是知晓的，“日用出的多，进的少”，她的解决方案是放账，“这几年拿着这一项银子，翻出有几百来了。他的公费月例又使不着，十两八两零碎攒了放出去，只他这梯己利钱，一年不到，上千的银子呢”（第三十九回），“倒落了一个放帐破落户的名儿”（第七十二回）。对于“无材可用”的困境凤姐也是清楚的：

① 见陈庆浩：《新编石头记脂砚斋评语辑校》（增订本），联经出版事业股份有限公司 2016 年版，第 263 页。

“我正愁没个膀臂。虽有个宝玉，他又不是这里头的货，纵收伏了他也不中用。大奶奶是个佛爷，也不中用。二姑娘更不中用，亦且不是这屋里的人。四姑娘小呢。兰小子更小。环儿更是个燎毛的小冻猫子，只等有热灶火坑让他钻去罢。真真一个娘肚子里跑出这样天悬地隔的两个人来，我想到这里就不服。再者林丫头和宝姑娘他两个倒好，偏又都是亲戚，又不好管咱家务事。况且一个是美人灯儿，风吹吹就坏了；一个是拿定了主意，‘不干己事不张口，一问摇头三不知’，也难十分去问他。”（第五十五回）她的用人策略就是树立威权的“人治”，终难久持，她生病退出，贾府便连中秋赏月的片刻热闹都难以为继了。①草根气息使凤姐虽有瞬间清醒，终究没有长足的预警与防范。第十三回秦氏托梦以“月满则亏，水满则溢”、“登高必跌重”的古训提醒凤姐“赫赫扬扬，已将百载”之贾府须防“树倒猢狲散”，凤姐凛然、求问应对之策，秦氏冷笑道：“婶子好痴也。否极泰来，荣辱自古周而复始，岂人力能可保常的。”在人生变化、世事运转的规律面前，凤姐显得视野局促、缺少深思。缺乏远见必难筹划眼前，所谓鼠目寸光、夏虫不可以语冰也是必然的了。秦氏提醒她“但如今能于荣时筹画下将来衰时的世业，亦可谓常保永全了”。秦氏秘授凤姐的策略一是在祖茔附近置地，二是兴立家学。其核心是儒家文化“耕读传家”生存理念，以土地为依托，四时守序，依天行事，温饱有余，可保子孙不流散；教化育人，积蓄力量，取蛰居之势以待天时，“穷则独善其身，达则兼济天下”，这恰恰是农耕文化赖以绵延生息的方式。“便是有了罪，凡物可入官，这祭祀产业连官也不入的。便败落下来，子孙回家读书务农，也有个退步，祭祀又可永继。”

① 梅新林评凤姐治家是“典型的专制式的‘人治’。因而当她一旦离开宁府之后，便不可避免地一切都恢复旧样”，“也只能是一种短暂的临时性的除弊行为，而不可能从根本上挽救贾府的颓势”。见梅新林：《红楼梦哲学精神》，学林出版社1995年版，第81页。

但这番见识和思考不是凤姐这个“泼波破落户”的素养所能参透其详的，因此王夫人固然仰仗血缘的凝聚力，拿凤姐当个“细心人”，终究还是落了空，“我天天坐在井里，拿你当个细心人，所以我才偷个空儿。谁知你也和我一样”（第七十四回）。“凡鸟”才干偏逢“末世”危局，凤姐与王夫人一样终陷坐井观天之困境，“哭向金陵事更哀”。

第二节　贾探春“理性”的治家才干

王昆仑曾说《红楼梦》作者和他笔下的人物一样，“不甘心贾府之一败涂地地走向灭亡，即使不能出现什么‘中兴盛世’，也要抓住机会写一点‘振奋人心’的‘兴利除弊’的记录，使读者在万马齐喑、江河日下的消沉空气中，居然也看到腐朽无能的统治阶级里还出了一位奋臂而起敢于改革的少女。”[①] 这便是有玫瑰花之称的贾探春，她是贾政的女儿，生母是赵姨娘，但实际上由王夫人负责她的日常生活与教养。从能力上来看，她也是具有治家才干的女性；从身份来看，她虽为庶出却是名正言顺的贾家女儿，为家族分忧，责无旁贷。

贾探春“才自精明志自高”，更兼“文彩精华，见之忘俗”（第三回）。她为人精明，教育良好，秀外慧中，从其私密空间布局陈设的风格就可看出她蕴藏于内的高远和智慧。第四十回描述秋爽斋的环境：“探春素喜阔朗，这三间屋子并不曾隔断。当地放着一张花梨大理石大案，案上磊着各种名人法帖，并数十方宝砚，各色笔筒，笔海内插的笔如树林一般。那一边设着斗大的一个

① 见王昆仑：《红楼梦人物论》，北京出版社2004年版，第72页。

汝窑花囊，插着满满的一囊水晶球儿的白菊。西墙上当中挂着一大幅米襄阳《烟雨图》，左右挂着一副对联，乃是颜鲁公墨迹，其词云：‘烟霞闲骨格 泉石野生涯’。案上设着大鼎。左边紫檀架上放着一个大观窑的大盘，盘内盛着数十个娇黄玲珑大佛手。右边洋漆架上悬着一个白玉比目磬，旁边挂着小锤。”探春的秋爽斋仅有三间屋子，但她一反中国传统居室的曲折迂回，并不做空间分隔，使观者视线从进门一直通透到底，显得开阔，一应起居用品的特点均不脱一个“大”字：“大案”、“斗大”的花囊、“大幅”的画轴、“大鼎”、“大盘”、“大佛手”瓜果，连续六个“大”字描述室内陈设，室内的“阔朗”和“大气”与“秋爽斋”命名相符，凸显了主人高远的视野、脱俗的胸襟。此外，厚厚的名人法帖、数十方的珍贵砚台、各色笔筒及树林一样密集的笔说明探春有良好的文化教育。她喜爱米芾的《烟雨图》，画轴两侧的对联却是颜真卿墨迹，“其词云：烟霞闲骨格 泉石野生涯”。米芾这位北宋画家天资高迈、个性怪异，被称为“米颠”，这与探春追求平等、独立、不畏俗规的个性暗合。而唐代书家颜真卿则以忠贞著称于世，其字端方敦厚，颇有儒家美学风范。入宋以来，颜体字一直成为官方出版物的首选，取其字形之端方更取其人品之忠贞。米襄阳《烟雨图》的画境、颜真卿对联的文意均有阔朗、旷达，贾探春与之为伴，足见其个性与此二人相近，蔑视俗规，中正端方。而这种个性在探春治家时体现为追求公正、勇于革新。比之诸钗，唯探春的秋爽斋有晓翠堂这一公共活动空间，这是大观园开诗社的地方，而探春就是诗社的发起人，她领袖群伦的资质已经初露端倪①，后面代理家事证明她的治家理念也是深谋远虑的。

第五十五回凤姐儿因年内年外操劳太过而小产，不能理事，王夫人命探春、

① 第三十七回己卯本批语：“起社出自探春意，作者已伏下回‘兴利除弊’之文也。”见陈庆浩：《新编石头记脂砚斋评语辑校》（增订本），联经出版事业股份有限公司 2016 年版，第 575 页。

李纨、宝钗三人代替凤姐协理家事。“李纨本是个尚德不尚才的，未免逞纵了下人”，宝钗虽深得王夫人信任委托，碍于外人的身份，终不能公然发号施令，如此，这份事关贵族世家内部安稳、外在体面的理家重任就落在贾府三小姐——探春的肩上。三姑娘不负所托，“只三四日后，几件事过手，渐觉探春精细处不让凤姐，只不过是言语安静，性情和顺而已”。“敏”与“刺”都是她与众不同之处，小说第五十六回回目以“敏”字记探春兴利除宿弊之事，文末脂批总评曰：“探春看得透，拿得定，说得出，办得来，是有才干者，故赠以‘敏’字。”①

代理家事过程中展示了探春深刻的洞察力。作为临时代理的当家人，探春首要的是收服众心。然而贾府办事老到的仆从们不易驾驭，对此凤姐深有体会：“咱们家所有的这些管家奶奶，那一个是好缠的？错一点儿他们就笑话打趣，偏一点儿他们就指桑说槐的抱怨，‘坐山看虎斗’，‘借剑杀人’，‘引风吹火’，‘站干岸儿’，‘推倒油瓶儿不扶’，都是全挂子的武艺。”（第十六回）第五十五回回目直书“欺幼主刁奴蓄险心”便是明证，众仆看探春“不过是个未出闺阁的年轻小姐，且素日也最平和恬淡，因此都不在意，比凤姐儿前便懈怠了许多”。第一个来挑战探春的就是吴新登家的，她阅历丰富，欺探春没经验，准备看笑话，“也不查清楚了就来混我们”（探春语），面对探春的质询，“他竟有脸说‘忘了’”，探春看清其用心并锐利地拆穿她：“你办事办老了的，还不记得，倒来难我们。你素日回你二奶奶也现查去？若有这道理，

① 见陈庆浩:《新编石头记脂砚斋评语辑校》(增订本)，联经出版事业股份有限公司2016年版，第655页。另，孙逊、孙菊园编著《红楼梦鉴赏辞典》：“探春是大观园中首屈一指的有才干、有胆识的少女，她不仅有着一副可以挑得起重担的双肩，而且还有着一双明于察物的眼睛。无论是在平时还是关键时刻，她都有着相当精细的察人和处理问题的能力。”上海辞书出版社2011年版，第447页。

凤姐姐还不算利害，也就算是宽厚了。”“吴新登家的满面通红，忙转身出来。众媳妇们都伸舌头。”在这一回合的较量中，探春的精明弥补了自身经验不足的缺陷，站稳了阵脚。第七十三回见迎春竟被刁仆欺负，主奴颠倒，探春明察秋毫，发现了主仆地位混乱、礼制失序的弊端，即刻叫来平儿，毫不客气地质问：“你奶奶可好些了？真是病糊涂了，事事都不在心上，叫我们受这样的委曲。”在古代社会伦理结构中，未嫁小姑地位尊宠，有权向嫂子问责，探春摆正身份，表明态度，指出金凤事件的深层危害，借助凤姐和平儿的力量处置了欺主恶仆，尽力维持贾府的稳定，这正是她“看得透”、为人精明却又一心为家的体现。

探春虽是庶出，行事却公正、有决断，其识见颇有现代性。如果说凤姐治家理念是人治，那么探春的治家理念却是秉公处断，行事、决策均着眼于大局即家族利益。处理赵国基丧葬费时，尽管赵姨娘来争过名分、李纨找出了可施恩的理由，凤姐也差平儿来放权，探春不为所动：“又好好的添什么，谁又是二十四个月养下来的？不然也是那出兵放马背着主子逃出命来过的人不成？你主子真个倒巧，叫我开了例，他做好人，拿着太太不心疼的钱乐的做人情。”（第五十五回）在这件事上，探春头脑非常清楚，做事有法理可依。施恩须有理由，而不唯亲论，要看是否于家族的根本利益有关，若是有功于家族存亡的，自然施恩，决不因人而滥用职权。她裁减贾宝玉和贾兰的点心费，原因也很明确：“凡爷们的使用，都是各屋里领了月钱的。环哥的是姨娘领二两，宝玉的是老太太屋里袭人领二两，兰哥儿是大奶奶屋里领。怎么学里每人多这八两？原来上学去的是为这八两银子！从今日起，把这一项蠲了。平儿回去，告诉你奶奶，说我的话，把这一条务必免了。”涉事的核心人物是贾府的凤凰——宝玉、青春守寡且现下参与治家的李纨的独子。探春看事不看人，站在家族利益的角度来裁度银钱支出的合理性，果断裁处，并报备凤姐知晓，整个事情的处理极为缜密、有理据，体现了她“拿得定”的行事作风。

探春虽是“未出阁的年轻小姐”，在关键时刻却敢于直言不讳，直击问题要害。她头脑清醒，判断准确，深知贵族世家的衰败不是亡于外忧而是亡于内患，她是“对大家族所面临的危机看得最透的一个人”，“真正看到问题的实质和严重性”。[①]抄检大观园这样的家丑，在她看来是“犯了大忌，是一种自虐自残的昏聩之举，她的秋爽斋决不容忍这种侮辱”[②]，她用理性和果敢来表达对“自杀自灭”这种丑态的痛恨，“遂命众丫鬟秉烛开门而待”，她则以主动迎击之势坐镇视线阔朗的秋爽斋。接下来无论是在凤姐面前展现“嘴里都有三言两语的”，还是掌掴奉太太之命而来的王善保家的，都是探春对危害家族生存利益者的反击，她明确告诉众人：“可知这样大族人家，若从外头杀来，一时是杀不死的，这是古人曾说的‘百足之虫，死而不僵’，必须先从家里自杀自灭起来，才能一败涂地！”（第七十四回）在第七十五回中，探春更是在众人面前尖锐地指出贾家的弊病：“咱们倒是一家子亲骨肉呢，一个个不象乌眼鸡，恨不得你吃了我，我吃了你！”可见探春不但能看得透，更敢于“说得出”。

在代理家事中，探春也充分展示了她的理性和实干能力。同样长于观察，与凤姐“看人下菜碟”的观察不同，探春并不在察言观色上损耗精力而是以实干兴家，维持家族的良性运转。第五十六回探春自述游赏赖大家的园子时，“我因和他家女儿说闲话儿，谁知那么个园子，除他们带的花、吃的笋菜鱼虾之外，一年还有人包了去，年终足有二百两银子剩。从那日我才知道一个破荷叶，一根枯草根子，都是值钱的”。这次游览、这番闲谈让探春留了心：“咱们这园

① 见孙逊、孙菊园编著：《红楼梦鉴赏辞典》，上海辞书出版社 2011 年版，第 449 页。

② 见李希凡、李萌：《“孰谓莲杜之雄才，独许须眉”——贾探春论》，《红楼梦学刊》2006 年第 2 辑，第 109 页。

子只算比他们的多一半，加一倍算起来，一年就有四百银子的利息。”探春的游园不止步于“春色如许”，而是留心生计，这次游园后她开始着手开发大观园的经济。相比之下，凤姐放账收息的经济措施终不脱泥腿子行径，而探春却要生财有道，大观园当然可以像赖大家花园一样成为生计着落之处，但侯门体面却不能因此而失，故大观园不走外包路线，“若此时也出脱生发银子，自然小器，不是咱们这样人家的事”。此外，大观园中各阶层人都有，只有让园中人都在利益链上有份才能避免意外生事。“若派出两个一定的人来，既有许多值钱之物，一味任人作践，也似乎暴殄天物。不如在园子里所有的老妈妈中，拣出几个本分老诚能知园圃的事的，派准他们收拾料理，也不必要他们交租纳税，只问他们一年可以孝敬些什么。一则园子有专定之人修理，花木自又一年好似一年的，也不用临时忙乱；二则也不至作践，白辜负了东西；三则老妈妈们也可借此小补，不枉年日在园中辛苦；四则也可以省了这些花儿匠山子匠打扫人等的工费。将此有馀，以补不足，未为不可。”（第五十六回）如此一来，园内仆从每人都在承包中获得了利益，也就杜绝了彼此拆台行径。大观园成为自产自销、自负营亏、自我管理的所在，不给公账添麻烦，甚至还可以给公账提供部分需要。“一年通共算了，也省的下四百多银子”，正如宝钗所说，不可小视一年四百两的节余，“一年四百，二年八百两，取租的钱房子也能看得了几间，薄地也可以添几亩”。从小农经济结构来看，几亩沙地、数间漏屋已经构成耕读传家、绵延生息的基础，这恰恰是秦氏托梦凤姐的保全之策，可惜凤姐短视，而探春与宝钗却谋略深远。这正是探春“办得来”之处。

除了“看得透，拿得定，说得出，办得来”之外，探春的“敏”还表现在经济上的自律。较之于凤姐拿着月钱放账私收利息的放纵，代理家事的探春即使偶然“要吃个油盐炒枸杞芽儿来”，不过是“三二十个钱的事”，却要“现打发个姐儿拿着五百钱”（第六十一回）交给厨房主管柳家的，决不在经济账上落人口实、授人以柄。

在处理与前任治家者凤姐的关系上，探春也是相当“机敏”。她很清楚自己代掌家事的身份，凡有增减举措和处理决定统统报备凤姐周知，却并不为其意志所影响。第五十六回探春让平儿把大观园经济开发的措施告诉凤姐：“虽如此说，也须得回你奶奶一声。我们这里搜剔小利，已经不当，皆因你奶奶是个明白人，我才这样行，若是糊涂多蛊多妒的，我也不肯，倒象抓他乖一般。岂可不商议了行。”

要而言之，“探春面对着的自己家庭形势是黑暗腐朽，明争暗斗，危机四伏，败在旦夕。她既不是同流合污，也不是熟视无睹，更不和宝玉黛玉那样对这种现实只是唾弃与反抗，而是自己经常保持清醒，把是非得失看在眼里，记在心里，有所感慨，也有所盘算，遇到机会，就要拿出力量进行一番改革。”[①]总的来看，探春的治家能力远在凤姐“泼皮破落户”、“泥腿子”层次之上。一是她有超越寻常女性的识见和心志：“我但凡是个男人，可以出得去，我必早走了，立一番事业，那时自有我一番道理。”二是她有由知识转化而来的力量。凤姐非常了解探春的潜在资质：“他虽是姑娘家，心里却事事明白，不过是言语谨慎；他又比我知书识字，更利害一层了。”（第五十五回）脂砚斋也曾感慨地说：“使此人不远去，将来事败，诸子孙不至流散也，悲哉伤哉！”[②]足见独有探春在十二钗中既具备高远的识见，也有长足的实干能力，是勇于实践的人文主义者。

① 见王昆仑：《红楼梦人物论》，北京出版社 2004 年版，第 71 页。

② 见陈庆浩：《新编石头记脂砚斋评语辑校》（增订本），联经出版事业股份有限公司 2016 年版，第 448 页。

第三节　薛宝钗“文化”的治家才干

如果说探春治家的理念具有人文主义的理想色彩，那么薛宝钗的治家理念与措施则体现了儒家文化务实、理性的光芒。第五十六回回目直接以“时”字评定宝钗的治家理念。何为“时”？朱淡文先生引证文献亦对“时”字有很恰切的解释[①]，“时”即是“随时俯仰”[②]，有审时度势、识时务、随分从时之意。诸钗当中唯宝钗既有治家理念、又有治家经验，且在实践中证明她是堪承大任的，她不但是薛家的主心骨，也是危机潜在的贾府所要寻觅的掌家人，“一把金锁把她锁住”，“最后贾府要靠宝钗撑大局”。[③]

脂批释“冷香丸”得名时曾提到“历看炎凉，知看甘苦，虽离别亦能自安”[④]，《红楼梦》第四回述薛父在时“酷爱此女，令其读书识字，较之乃兄竟高过十倍”。父亡，宝钗“见哥哥不能依贴母怀，他便不以书字为事，只留心针黹家计等事，好为母亲分忧解劳”。父亲早逝、门户无主、家道衰落使宝钗过早“历看炎凉”，经历了家运盛衰转变，可谓少年识忧患。她的才华、识见与家族责任感都远在兄长薛蟠之上，这使她自觉收敛起小儿女情态，回归修身齐家的传统道路，为母分忧，从而成为薛家真正的当家人，令薛姨妈有了依靠，“有了正经事，就

① 朱淡文认为：“曹雪芹此‘时’字典出《孟子·万章下》：‘伯夷，圣之清者也；伊尹，圣之任者也；柳下惠，圣之和者也；孔子，圣之时者也。’越歧注：孔子时行则行，时止则止。孔疏：‘孔子之圣，则以时也’，‘时然则然，无可无不可’。朱熹《四书集注》：‘孔子仕、止、久、速，各当其可。’各家均解为孔子圣人，能因时而通权达变，亦即脂评所谓‘随时俯仰’，第五回正文作者介绍薛宝钗‘行为豁达，随分从时’，也是这个意思。”见朱淡文：《薛宝钗形象探源》，《红楼梦学刊》1997年第3辑，第11页。

② 己卯本批语：“宝钗此等非与凤姐一样，此是随时俯仰，彼则逸才踰蹈也。”见陈庆浩：《新编石头记脂砚斋评语辑校》（增订本），联经出版事业股份有限公司2016年版，第654页。

③ 见白先勇著：《白先勇细说红楼梦》，广西师范大学出版社2017年版，第106页。

④ 见陈庆浩：《新编石头记脂砚斋评语辑校》（增订本），联经出版事业股份有限公司2016年版，第161页。

和他商量，没了事，幸亏他开开我的心。我见了他这样，有多少愁不散的。”（第五十七回）

当家人的经历使薛宝钗积累了很多治家的实践经验。相对诸钗那尚且停留在头脑中的、理念化的治家意识来说，宝钗已经具备了成熟、务实、可行的治家能力。她懂得调教人手，发现、累积可利用的力量，同时尽量化解阻碍。香菱与邢岫烟都是嫁进薛家的人，她们都欣赏薛大姑娘的品性，香菱对宝钗唯命是从，而邢岫烟甚至“先取中宝钗，然后方取薛蝌”。她们二人也成为薛宝钗治家的好帮手。邢岫烟尚未正式进门，宝钗就对她言传身教，让她明白节省对于家族存亡的意义：“如今一时比不得一时了，所以我都自己该省的就省了。……咱们如今比不得他们了，总要一色从实守分为主，不比他们才是。”（第五十七回）她以身作则、亲为表率，放下书本而以女红为己业，一针一线练就操持家事的能力，“知看甘苦”。第八回“宝玉掀帘一迈步进去，先就看见薛宝钗坐在炕上作针线”。第四十五回“宝钗因见天气凉爽，夜复渐长，遂至母亲房中商议打点些针线来。……每夜灯下女工必至三更方寝”。受其影响，香菱、邢岫烟皆自愿自觉以女工、持家为本分。第六十二回香菱弄脏了新做的裙子，很是担心薛姨妈责怪她不爱惜物件。虽富为皇商、有百万之资，但薛家一门女眷均认同宝钗的“节省”、“爱惜”观念，并亲力亲为操持家事，这正是农耕社会和儒家文化赋予女性“主内”的使命。居家度日恪守严谨、节省，自食其力，即使日后遇困境亦能“自安”。“齐家”如此，“治国”亦同此理。她调教已经嫁入薛家的香菱和邢岫烟是出于寻觅治家帮手的目的，而暗中考察袭人也是如此，为未来做打算。第二十一回袭人抱怨宝玉终日混迹姊妹们堆儿中，“凭人怎么劝，都是耳旁风”。宝钗听了，心中暗忖道：“倒别看错了这个丫头，听他说话，倒有些识见”，“便在炕上坐了，慢慢的闲言中套问他年纪家乡等语，留神窥察，其言语志量深可敬爱。”虽未见宝钗待袭人如何亲厚，但她心中已经取中了袭人的为人和识见。对于不能调教成为治家帮手的人，那就尽量改造，降低对方对家族利益的损害，薛宝钗对薛蟠的改造便是如此。第四十八回薛蟠以做生意为名打算暂离薛姨妈的拘管，薛姨妈犹豫不决，宝钗是清醒和理性的，她当然不确信薛蟠能洗心革面，但却敢于放手一搏：“哥哥果然要经历正事，正是好的了。只是他在家时说着好听，到了外头，旧病复犯，越发难拘束他了。但也愁不得许多。他若是真改了，是他一生的福。若不改，妈也不能又有别的法子。一半尽人力，一半听天命罢了。这么大人了，若只管怕他不知世路，出不得门，干不得事，今年关在家里，明年还是这个样儿。他既说的名正言顺，妈就打谅着丢了八百一千银子，竟交与他试一试。”宝钗虽然要“搏”，却非“蛮勇”，她既有预备，又有冷静思考，是经过权衡后才做出的决定：“横竖有伙计们帮着，也未必好意思哄骗他的。二则他出去了，左右没有助兴的人，又没了倚仗的人，到了外头，谁还怕谁，有了的吃，没了的饿着，举眼无靠，他见这样，只怕比在家里省了事也未可知。”宝钗又为薛蟠安排了帮手确保他不吃大亏，并借外出做生意的机会将薛蟠与身边酒肉朋友隔离，同时让现实环境教训一下薛蟠，对于薛家来说并不亏损什么，故薛姨妈听了，心服口服：“倒是你说的是。花两个钱，叫他学些乖来也值了。”

为家人着想、保全薛家、远祸存身始终是宝钗心头紧要之事，为此她“珍重芳姿昼掩门”。第五十九回之后，大观园风波渐起，山雨欲来，“玫瑰露”、“茯苓霜”、“虾须镯”，一连串偷盗案发，“窝里发炮，先吵的合府皆知”（第六十一回）。为了不让薛家人卷入是非，宝钗先是提出关闭角门，“小心没过逾的”，保得薛家一门远离口舌是非，降低祸患。第六十二回宝钗笑道：“你瞧你们那边，这几日七事八事，竟没有我们这边的人，可知是这门关的有功效了。

若是开着，保不住那起人图顺脚，抄近路从这里走，拦谁的是？不如锁了，连妈和我也禁着些，大家别走。纵有了事，就赖不着这边的人了。”后来干脆借故搬离了大观园，从此不返，彻底回避了大观园内的是非风波，使薛家“自安”。

在经营生意上，宝钗虽是闺中少女，却懂行情、有学识、有历练，对家中铺子的生意来往一清二楚，是真正意义上的内当家。她甚至对自家铺子中伙计们的家境来路都很了解，而这些素日的留心都在关键时刻派上了用场。第三十七回并不富有的湘云为做东犯愁，宝钗记得“当铺里有个伙计，他家田上出的很好的肥螃蟹”，遂及时为湘云出谋划策、解其困境，“要几篓极肥极大的螃蟹来，再往铺子里取上几坛好酒，再备上四五桌果碟，岂不又省事又大家热闹了”。第七十七回王夫人急求人参救治凤姐而不得，又是宝钗利用自家的生意合作伙伴关系解了燃眉之急，她先是很细致地向王夫人介绍市面上人参买不得的原因：“如今外头卖的人参都没好的。虽有一枝全的，他们也必截做两三段，镶嵌上芦泡须枝，掺匀了好卖，看不得粗细。”然后找出自家生意伙伴资源，利用生意合作关系，为王夫人提供了解决方案：“我们铺子里常和参行交易，如今我去和妈说了，叫哥哥去托个伙计过去和参行商议说明，叫他把未作的原枝好参兑二两来。不妨咱们多使几两银子，也得了好的。”王夫人心头难题立解，笑道：“倒是你明白。就难为你亲自走一趟更好。”于是宝钗亲自办理此事，半日回来说：“已遣人去，赶晚就有回信的。明日一早去配也不迟。”令贾府上下犯难的人参之急就这样被宝钗化解了。第四十五回她差人送给黛玉“一大包上等燕窝来，还有一包子洁粉梅片雪花洋糖”，同时捎来一句话：“这比买的强。”文本没有明说燕窝和洋糖来源何处，但市面上的货色如何她却极其清楚，足见其平素在生意往来方面事事留心、经验丰富。亲自打理生意也使宝钗累积了极为实用的账务管理知识。第五十七回叙诸钗不谙世事，都不认识当票，甚至不知道薛家当铺也是有当票的，唯有宝钗识得，“忙一把接了，看时，就是岫烟才说的当票，忙折了起来。”见薛姨妈问起，为了保护邢岫烟，宝钗忙说：“是一张死了没用的，不知那年勾了帐的，香菱拿着哄他们顽的。”从当铺到当票再到勾了账的死票，宝钗对这些生意账务上的术语和称谓极为熟悉，信手拈来，其历练老到非青年小姐所能比。在协理家事上，宝钗的态度是务实和解决问题的。第六十七回薛蟠从江南贩货回来听说柳湘莲出家便沉浸于伤感，而宝钗提醒薛姨妈要尽快落实同行伙计当得的酬谢事宜，以资鼓励，以期后续：“那同伴去的伙计们辛辛苦苦的，回来几个月了，妈妈和哥哥商议商议，也该请一请，酬谢酬谢才是。别叫人家看着无礼似的。”同样，在处理金钏后事时，宝钗认为与其哀伤逝者，不如考虑生者，她劝王夫人“不必念念于兹，十分过不去，不过多赏他几两银子发送他，也就尽主仆之情了”（第三十二回）。在宝钗看来，办好金钏的葬礼，存其家人体面远比伤感更能解决问题，这正是儒家文化讲求务实、理性的特点。第五十六回当探春提出让莺儿娘管理大观园花草种植时，为了避嫌，宝钗断然拒绝了，但她却要帮助探春解决问题：“我倒替你们想出一个人来：怡红院有个老叶妈，他就是茗烟的娘。那是个诚实老人家，他又和我们莺儿的娘极好，不如把这事交与叶妈。他有不知的，不必咱们说，他就找莺儿的娘去商议了。那怕叶妈全不管，竟交与那一个，那是他们私情儿，有人说闲话，也就怨不到咱们身上了。如此一行，你们办的又至公，于事又甚妥。”利用茗烟妈与莺儿妈的私交，发挥莺儿妈的长处，却不让她直接参与其中，既帮到探春，又不让薛家人落入闲言碎语之中，宝钗解决问题的思路相当周全。

最能展现宝钗治家理念与智慧的莫过于协助探春理家。在王夫人眼中，薛宝钗是个“妥当人”，遂被委以协理重任。“这时候让她来管管家，也为选媳妇埋下伏笔。”[①]可以说，协助探春理家是王夫人为心中未来的宝二奶奶提供的热身机会，是宝二奶奶正式掌家的预演，也是对宝二奶奶人选的考量。“在‘探春理家’期间产生的大观园兴利除弊的‘改革’方案中，也融入了宝钗治家管理的才干和慧眼，因为有了她虑事周全的补充建议，才具备了‘公私兼顾’、‘小惠全大体’的‘可操作性。’”[②]第五十六回宝钗笑道：

妈妈们也别推辞了，这原是分内应当的。你们只要日夜辛苦些，别躲懒纵放人吃酒赌钱就是了。不然，我也不该管这事；你们一般听见，姨娘亲口嘱托我三五回，说大奶奶如今又不得闲，别的姑娘又小，托我照看照看。我若不依，分明是叫姨娘操心。你们奶奶又多病多痛，家务也忙，我原是个闲人，便是个街坊邻舍，也要帮着些，何况是亲姨娘托我？我免不得去小就大，讲不起众人嫌我。倘或我只顾了小分沽名钓誉，那时酒醉赌博生出事来，我怎么见姨娘？你们那时后悔也迟了，就连你们素昔的老脸也都丢了。这些姑娘小姐们，这么一所大花园，都是你们照看，皆因看得你们是三四代的老妈妈，最是循规遵矩的，原该大家齐心，顾些体统。你们反纵放别人任意吃酒赌博，姨娘听见了，教训一场犹可，倘若被那几个管家娘子听见了，他们也不用回姨娘，竟教导你们一番。你们这年老的反受了年小的教训，虽是他们是管家，管的着你们，何如自己存些体统，他们如何得来作践。所以我如今替你们想出这个额外的进益来，也为大家齐心把这园里周全的谨谨慎慎，使那些有权执事的看见这般严肃谨慎，且不用他们操心，他们心里岂不敬服。也不枉替你们筹画些进益，既能夺他们之权，生你们之利，岂不能行无为之治，分他们之忧。你们去细想想这话。

① 见白先勇：《白先勇细说红楼梦》，广西师范大学出版社 2017 年版，第 427 页。

② 见李希凡、李萌：《“可叹停机德”——薛宝钗论》，《红楼梦学刊》2005 年第 2 辑，第 206 页。

这一大段任职演讲体现出宝钗的智慧，名正则言顺。她先要正名，明确自己介入理家议事的身份；其次，出示尚方宝剑，即王夫人的治家地位和威势；然后，怀柔体下，收服众人之心。由第五十六回可知，宝钗的财务知识和人力调动能力在协理探春治家中发挥了有力的支持作用：

宝钗笑道："依我说，里头也不用归帐，这个多了那个少了，倒多了事。不如问他们谁领这一分的，他就揽一宗事去。不过是园里的人的动用。我替你们算出来了，有限的几宗事：不过是头油，胭粉，香，纸，每一位姑娘几个丫头，都是有定例的；再者，各处笤帚，撮簸，掸子并大小禽鸟、鹿、兔吃的粮食。不过这几样，都是他们包了去，不用帐房去领钱。你算算，就省下多少来？"……"一年四百，二年八百两，取租的钱房子也能看得了几间，薄地也可添几亩。"

虽是旁观者的身份，宝钗却对大观园常规消费非常清楚，她完善了探春的承包制，让大观园在自给自足的基础上，还能节约生财，而承包人也有净赚，一举多得。为了调动园内人的积极性，构建和谐的利益共同体，宝钗提出了恩惠均沾、人人有份的共享原则：

"虽然还有富馀的，但他们既辛苦闹一年，也要叫他们剩些，贴补贴补自家。虽是兴利节用为纲，然亦不可太啬。纵再省上二三百银子，失了大体统也不像。所以如此一行，外头帐房里一年少出四五百银子，也不觉得很艰啬了，他们里头却也得些小补。这些没营生的妈妈们也宽裕了，园子里花木，也可以每年滋长蕃盛，你们也得了可使之物。这庶几不失大体。若一味要省时，那里不搜寻出几个钱来。凡有些馀利的，一概入了官中，那时里外怨声载道，岂不失了你们这样人家的大体？如今这园里几十个老妈妈们，若只给了这几个，那剩的也必抱怨不公。我才说的，他们只供给这个几样，也未免太宽裕了。一年竟除了这个之外，他每人不论有馀无馀，只叫他拿出若干贯钱来，大家凑齐，单散与园中这些妈妈们。他们虽不料理这些，却日夜也是在园中照看当差之人，关门闭户，起早睡晚，大雨大雪，姑娘们出入，抬轿子，撑船，拉冰床，一应粗糙活计，都是他们的差使。一年在园里辛苦到头，这园内既有出息，也是分内该沾带些的。还有一句至小的话，越发说破了：你们只管了自己宽裕，不分与他们些，他们虽不敢明怨，心里却都不服，只用假公济私的多摘你们几个果子，多掐几枝花儿，你们有冤还没处诉。他们也沾带了些利息，你们有照顾不到，他们就替你照顾了。”

依照宝钗的建议，园内各个经济项目承包人会尽心尽力侍弄、保护大观园，辛苦劳动的果实除了满足园内必备的开销外，其余都可以用来贴补自己，而没有承包项目的仆人们也从中受益，人人得利，这样一来杜绝了抱怨和损害，可以说是阳光普照、泽被众生的良策。有学者指出宝钗治家是兼顾各方利益，且无为而治，虽是理家，却已经有治国之德了。①

如果说良好的文化教育让探春治家超越了凤姐，那么薛宝钗治家的理念是“拿学问提着”。第五十六回宝钗引朱熹《不自弃文》教导探春：“天下没有不可用的东西；既可用，便值钱。难为你是个聪明人，这些正事大节目事竟没经历，也可惜迟了。”宝钗赞同朱熹的观点，一切物事都有可利用、可开发的价值，没有无用之物，只有思虑不周，真正的聪敏就在于懂得实用。李纨笑她二人“不说正事，你们且对讲学问”。宝钗却认为“学问中便是正事。此刻于

① 徐子余认为：“薛宝钗是以治国的德能来理家的。按她的愿望，能照顾到各方面的利益，而且像她所晓喻的那样，各方面的人又都是明理的，那么，就有可能实现‘国泰民安’，垂拱而治。‘无为之治’是薛宝钗的社会政治理想。”见《美的毁灭和封建文明的衰落——论作为审美对象的薛宝钗》，《红楼梦学刊》1986年第2辑，第77页。

小事上用学问一提，那小事越发作高一层了。不拿学问提着，便都流入市俗去了”。宝钗所重视的学问就是程朱理学。她所赞赏的《不自弃文》不仅提出于物不自弃，而且于自身也要有不弃的精神：“则于身不弃，于人无愧，祖父不失其贻谋，子孙不沦于困辱，永保其身，不亦宜乎！”人生若能以“不自弃”的积极精神自勉，就能保守祖上开创的基业，免于困辱。可见，“存理灭欲”的理学就成为指导宝钗务实解决问题的能量来源。所以第四十二回她说“男人们读书明理，辅国治民，这便好了。只是如今并不听见有这样的人”。有学者评价薛宝钗是“智力结构、意志结构、审美结构相对健全”的人[①]，这种健全也反映着在薛宝钗身上体现着商人行事特征与儒学伦理道理相融合的文化性格。[②]学问使宝钗有充盈的内心世界，就如她蘅芜苑的内饰，雪洞一般简约，正是丰富的内心使得宝钗对外物无所求，也正是学识给了她高瞻远瞩的治家理念。

总的来说，《红楼梦》以治家为缩影，将补天理想寄予女子，表达了“金紫万千谁治国，裙钗一二可齐家”的赞叹之情，诸钗中尤以凤姐、探春、宝钗为突出。受文化水准影响，三人的治家智慧有高下之别。张竹坡批《金瓶梅》时说：“而后知‘不甚读书’四字误尽西门一生，且误尽月娘一生也。”[③]凤姐亦被“不甚读书”所误，故其识见在探春之下，探春以“敏”示人，公正果断，有深刻的洞察力和现代意识，她身上闪烁着理想的光芒，而宝钗则有审时度势的韬略，思虑周全、冷静务实，“之子于归，宜其室家”（《诗经·周南·桃夭》），对于根植农耕文化的世家贵族来说，宝钗是执掌内政的不二人选。

① 刘敬圻：“薛宝钗的出现，从另一个侧面展示了智力结构、意志结构、审美结构相对健全的人比平庸脆弱紊乱无奈嫉妒专横之辈的卓异卓绝之处。”见《薛宝钗一面观及五种困惑》，《红楼梦学刊》1991 年第 1 辑，第 28 页。

② 见马建华：《从商人文化看薛宝钗》，《红楼梦学刊》2000 年第 4 辑，第 98–116 页。

③ 见黄霖：《金瓶梅资料汇编》，中华书局 1987 年版，第 72 页。

妙玉

第八章 《红楼梦》中的“茶事”

“在特定情况下，茶几乎是水的同义词了。人们日常生活如何能离得开‘水’呢？《红楼梦》是反映其时代现实生活的作品，现实生活是怎样的，作品中也是怎样写的。”[①]《红楼梦》有关茶的描写非常丰富，粗略统计，前八十回中有一百多处提到了茶，足见作者深爱茶文化，“信手拈来无不是”[②]，用茶表达时间，如“两盏茶时”，连宝玉贴身服侍的小厮取名也与茶有关，如“焙茗”、“引泉”。[③]红楼茶事具有文学与文化的双重意义，既通过茶事刻划人物形象、提示故事情节、铺写人物关系，也借红楼人与茶书写中国悠久的茶文化，《红楼梦》里的茶事与人事也颇受学界关注，常说常新。

第一节 红楼茶事的文学作用

人物、情节、环境是小说三大要素。《红楼梦》中的茶事在刻划人物形象、

① 见邓云乡：《红楼风俗名物谭：邓云乡论红楼梦》，文化艺术出版社 2006 年版，第 251 页。

② 见陈庆浩:《新编石头记脂砚斋评语辑校》(增订本)，联经出版事业股份有限公司 2016 年版，第 341 页。

③ 胡文彬指出，宝玉贴身小厮“茗烟”一度更名为“焙茗”，即烘焙茶饼之意。见《红楼梦与中国文化论稿》，第 500-502 页。笔者以为宝玉另一个小厮“引泉”的得名大概亦和茶文化有关。(明)张岱《陶庵梦忆》卷三“闵老子茶”载闵汶水烹茶，“其取惠水，必淘井，静夜候新泉至，旋汲之”。见《陶庵梦忆·西湖梦寻》，第 48 页。

补充叙事、交待人物关系、描写环境上具有极为重要的文学作用，一段茶事烘托一片旖旎风光，其间自有作者用意。

从文学角度来看，红楼茶事的作用之一就是刻划人物形象。比如，第三回林黛玉初进贾府第一餐饭就发现外祖母家规矩与自家不同：“寂然饭毕，各有丫鬟用小茶盘捧上茶来。当日林如海教女以惜福养身，云饭后务待饭粒咽尽，过一时再吃茶，方不伤脾胃。今黛玉见了这里许多事情不合家中之式，不得不随的，少不得一一改过来，因而接了茶。早见人又捧过漱盂来，黛玉也照样漱了口。盥手毕，又捧上茶来，这方是吃的茶。”贾府生活精致讲究，就餐后先以茶漱口去味儿，然后再上饮用茶细品。黛玉留心观察，默然接受并仿效，绝无异议。饮茶一节尽写其个性之冰雪聪明又敏感自尊、思虑细密，外祖母虽呼她为“心肝儿肉”，黛玉则“惟恐被人耻笑了他去”，故“步步留心，时时在意”。脂批于此回亦屡次提醒“写黛玉自幼之心机”，于不得已情境中能够“行权达变”，“观此则知黛玉平生之心思过人”。[①]又如，第七十七回宝玉探望被赶出贾府陷入危病的晴雯，晴雯见到他的第一句话却是：“阿弥陀佛，你来的好，且把那茶倒半碗我喝。渴了这半日，叫半个人也叫不着。”“宝玉听说，忙拭泪问：‘茶在那里？’晴雯道：‘那炉台上就是。’宝玉看时，虽有个黑沙吊子，却不像个茶壶。只得桌上去拿了一个碗，也甚大甚粗，不像个茶碗，未到手内，先就闻得油膻之气。宝玉只得拿了来，先拿些水洗了两次，复又用水汕过，方提起沙壶斟了半碗。看时，绛红的，也太不成茶。晴雯扶枕道：‘快给我喝一口罢！这就是茶了。那里比得咱们的茶！’宝玉听说，先自己尝了一

① 见陈庆浩：《新编石头记脂砚斋评语辑校》（增订本），联经出版事业股份有限公司 2016 年版，第 60 页、第 80 页。

尝，并无清香，且无茶味，只一味苦涩，略有茶意而已。尝毕，方递与晴雯。只见晴雯如得了甘露一般，一气都灌下去了。宝玉心下暗道：‘往常那样好茶，他尚有不如意之处；今日这样。看来，可知古人说的‘饱饫烹宰，饥餍糟糠’，又道是‘饭饱弄粥’，可见都不错了。’”文本于此极其细致地写茶碗、茶壶、茶汤、茶味，并非展示茶道，而是反衬、补足晴雯昔日贾府丰衣足食生活的信息，宝玉服侍晴雯喝茶时，反复清洗茶碗、亲尝茶汤，看到“晴雯如得了甘露一般，一气都灌下去了”，流下泪来。回末总评王府本批语：“看宝玉给晴雯斟茶，又真是阿公子。”“阿”也作“呆”[①]，写宝玉一片挚诚，对晴雯充满怜惜。白先勇认为宝玉对晴雯的怜香惜玉之心与《卖油郎独占花魁》的秦重一样。[②]他自己也从晴雯的这碗茶里看到“饱饫烹宰，饥餍糟糠”的人性特点，悲悯之情不止于晴雯，而别有提升。而同样是一碗茶，贾环却暴露出不识时务的粗愚个性，让自己落入遭人厌弃的环境。第二十五回写贾环奉王夫人命为其抄写《金刚咒》，他坐在王夫人炕上，“命人点灯，拿腔作势的抄写。一时又叫彩云倒杯茶来，一时又叫玉钏儿来剪剪蜡花，一时又说金钏儿挡了灯影。众丫鬟们素日厌恶他，都不答理”。贾环虽与探春同母，但其猥琐、愚蠢于此毕现。

从文学角度来看，红楼茶事另一作用是用来交待小说的人物关系及其变化，这类描写在文本中极为丰富。第六回写已走出门的贾蓉闻听凤姐招唤，“忙复身转来，垂手侍立，听阿凤指示。那凤姐只管慢慢的吃茶，出了半日的神，又笑道：‘罢了，你且去罢。晚饭后你来再说罢。这会子有人，我也没精神了。’”并没有什么具体要交待的事情，“慢慢的吃茶”、“出神”，暧昧悄生。年纪

① 陈庆浩：《新编石头记脂砚斋评语辑校》(增订本)，联经出版事业股份有限公司2016年版，第712页。
② 见白先勇：《白先勇细说红楼梦》，广西师范大学出版社2017年版，第670页。

相差不大的婶子和侄子如此静默在时间里，伦理身份之外多了男女嫌疑，而焦大醉骂“养小叔子的养小叔子”显然有所指，贾琏抱怨凤姐“他不论小叔子侄儿，大的小的，说说笑笑”恐怕也非空穴来风。再如第十五回叙智能见了秦钟“心眼俱开，走去倒了茶来。秦钟笑道：‘给我。’宝玉叫：‘给我！’智能儿抿嘴笑道：‘一碗茶也争，我难道手里有蜜！’”宝玉虽是贾府的凤凰，但在智能面前未必比秦钟更得偏爱，这是因为智能爱慕秦钟，情之所钟，见之忘形。秦钟亦知其心意，遂有占宝玉之先的自信，一杯茶暗示了秦钟与智能的关系。又如第二十五回凤姐私下送了黛玉两瓶茶叶，得知她爱吃遂表示：“我那里还有呢。”黛玉笑话凤姐给人一点儿礼物就要附上使唤人的目的，而凤姐则打趣黛玉：“你既吃了我们家的茶，怎么还不给我们家作媳妇？”凤姐之威重、黛玉之自尊于文本中时时可见，由茶引出的一段玩笑却偏发生在这二人之间，彼此也的确说中了对方内心，却没有产生“大暑天吃生姜”的辣味儿，足见她们关系亲近，深知自己与对方距离之远近。同样，第四十一回宝黛钗品茶栊翠庵，心性高洁如妙玉竟然把“自己常日吃茶的那只绿玉斗来斟与宝玉”，妙玉心性高傲，待宝玉却不同别个，而她偏又要正色分说清楚：“你这遭吃的茶是托他两个福，独你来了，我是不给你吃的。”一只茶盏、一番声明，女儿心事似有若无，其“僧不僧，俗不俗”的尴尬身份屡屡在宝玉事情上显现，白先勇以为妙玉与宝玉之间不是低俗的尼姑思春，“应该是一种很特殊的缘分”。[①]

一杯茶不仅看出人物之间的关系，还能品出微妙的变化。第二十六回宝玉至潇湘馆闲话，笑命紫鹃倒好茶来，黛玉则让紫鹃先给自己舀水梳洗。紫鹃以为宝玉是客，“自然先倒了茶来再舀水去”。宝玉笑道：“好丫头，‘若共你

① 见白先勇：《白先勇细说红楼梦》，广西师范大学出版社 2017 年版，第 316–317 页。

多情小姐同鸳帐，怎舍得叠被铺床？’”宝玉对紫鹃说的这句戏语出自《西厢记》张生，他看红娘样貌举止，“好个女子也呵！”[①]赞叹之余，不免有几分陇蜀兼望的轻狂。宝玉对黛玉幼时亲厚，长成渐生爱慕，屡以戏文通款曲，此时忘情，借与紫鹃戏语再次说出心事，这一场试探由茶而起，尽写宝黛之间欲近还远的关系及渐渐生出的小儿女情怀。第六十二回袭人给黛玉端来一钟茶，恰遇钗黛玉在一处，茶却只有一钟，“袭人便说：‘那位渴了那位先接了，我再倒去。’宝钗笑道：‘我却不渴，只要一口漱一漱就够了。’说着先拿起来喝了一口，剩下半杯递在黛玉手内。袭人笑道：‘我再倒去。’黛玉笑道：‘你知道我这病，大夫不许我多吃茶，这半钟尽够了，难为你想的到。’说毕，饮干，将杯放下。”袭人行事一向周全，她深知黛玉个性敏感，“别人不挑剩下的也不给我”（第七回），当年送宫花的抱怨她也是知晓的，故袭人不等吩咐就要再去换新茶。然而，现在的钗黛关系已另有境界，“蘅芜君兰言解疑癖”、“金兰契互剖金兰语”，几番交心，“谁知他竟真是个好人，我素日只当他藏奸”。（第四十九回）残茶半盏昭示黛玉心路历程变化，芥蒂消弭，温暖更生，再无生分，代之以全身心的接纳。不独袭人不知，连宝玉也蒙在鼓里。而第八十回也是借茶写出薛蟠与宝蟾关系的改变：“这日薛蟠晚间微醺，又命宝蟾倒茶来吃。薛蟠接碗时，故意捏他的手。宝蟾又乔装躲闪，连忙缩手。两下失误，豁啷一声，茶碗落地，泼了一身一地的茶。薛蟠不好意思，佯说宝蟾不好生拿着。宝蟾说：‘姑爷不好生接。’”一杯茶写出宝蟾地位的提升，暗示香菱地位的下降，她与薛蟠之间不仅有夏金桂，还将有宝蟾，其岌岌可危之势近在眼前。

① 见（元）王实甫《西厢记》第一本第二折［幺篇］：“若共他多情的小姐同鸳帐，怎舍得他叠被铺床。我将小姐央，夫人央，他不令许放，我亲自写与从良。”第 18 页。

从文学角度来看，红楼茶事也有补充叙事、丰富情节的作用。第六回刘姥姥初进荣国府拜见凤姐：“平儿站在炕沿边，捧着小小的一个填漆茶盘，盘内一个小盖钟。凤姐也不接茶，也不抬头，只管拨手炉内的灰。”在以《红楼梦》为题材的绘画中，这是一个很受艺术家喜爱的场景：平儿奉茶。“不接茶”、“不抬头”，这个细节营造了一份屏声敛气的安静，甚至有些漫长，烘托出凤姐作为贾府实际内当家的矜持身份，也写出凤姐对“投亲靠友”、打秋风而来的刘姥姥心存蔑视，同时也为刘姥姥“借贷亲疏触眼酸”[①]、不得不忍耻趋奉做了铺垫。文本也通过一杯茶叙述了不同人物的命运。第八回宝玉对茜雪发怒就是因为她把宝玉的枫露茶送给李奶娘吃了，“宝玉听了，将手中的茶杯只顺手往地下一掷，豁啷一声，打了个粉碎，泼了茜雪一裙子的茶”。茜雪因此而被逐。同样的例子还有怡红院三等丫鬟小红，她的命运转换也是从一杯茶开始的。贾府仆从无论男女都是有序列等级的，怡红院丫鬟们也是如此。在宝玉面前“递茶递水，拿东拿西”是“巧宗”，能做这样“眼见的事”，日后便可以“一里一里的”上来了，因此都由一二等丫鬟如袭人、晴雯、麝月、绮霰、秋纹、碧痕等人包揽，小红这样的三等仆从只做洒扫庭院、打水喂鸟的粗活，难见主人，赏识和递升都无从谈起。小红“素昔眼空心大”，“心内着实妄想痴心的往上攀高”，而其个性也是心思周密、颇有成算，更兼头脑反应快、口齿伶俐，容貌与才智绝不在晴雯、绮霰之下，她所缺的只是一个从幕后走到台前的机会，而这机会就在一碗茶里。第二十四回宝玉房内无人倒茶，宝玉“只得自己下来，拿了碗向茶壶去倒茶。只听背后说道：‘二爷仔细烫了手，让我们来倒。’一面说，一面走上来，早接了碗过去”。“宝玉一面吃茶，一面仔细打量那丫头”，觉得“俏

① 见陈庆浩：《新编石头记脂砚斋评语辑校》（增订本）第六回回前总批，联经出版事业股份有限公司 2016 年版，第 138 页。

丽干净”。短短一碗茶的功夫，小红表现出冷静、节制、聪明、长于观察的个性。脂批亦在此回中称赞小红“有眼色”。[①]她当然是时时留心寻找崭露头角的机会，并在合适的时间出现，显然她也很了解宝玉怜惜众芳惟恐薄了哪一个的性情，故此言语不多，却击中宝玉内心，有节制地表达“下情不能上达”的幽怨[②]，却并不中伤他人。发乎情止乎礼的机智、恰到好处的应对，兼之“俏丽干净”的外表，足以让小红在宝玉心中留下深刻的印象，以至于宝玉第二天留心寻找小红，“隔着纱屉子”、“出了房门，只装着看花儿，这里瞧瞧，那里望望”。这一杯茶既补充了怡红院丫头等级细事，也展开了小红的人生故事，不仅如此，学界依据脂批线索认为小红与落难后的宝玉还有重要交集。[③]第五十四回叙宝玉如厕，秋纹拦下送给贾母泡茶的热水并对婆子说：“凭你是谁的，你不给？我管把老太太茶吊子倒了洗手。”“那婆子回头见是秋纹，忙提起壶来就倒。秋纹道：‘够了。你这么大年纪也没个见识，谁不知是老太太的水！要不着的人就敢要了。’婆子笑道：‘我眼花了，没认出这姑娘来。’”这段对话写出了宝玉在贾府的地位，至尊如贾母也会舍了茶水给孙子洗手的，故此第四十三回玉钏看到宝玉回来便说：“凤凰来了。”第七十七回写宝玉探视晴雯之后，辗转反侧勉强睡去，“没半盏茶时，只听宝玉叫‘晴雯’。袭人忙睁开眼连声

① 见陈庆浩：《新编石头记脂砚斋评语辑校》（增订本），联经出版事业股份有限公司 2016 年版，第 474 页。

② 庚辰夹批：“这是下情不能上达意语也。”同上。

③ 第二十六回甲戌眉批：“‘狱神庙’红玉茜雪一大回文字，惜迷失无稿。”同回庚辰本眉批：“‘狱神庙’回有茜雪红玉一大回文字，惜迷失无稿。叹叹。丁亥夏，畸笏叟。”第二十七回甲戌本侧批：“且系本心本意，‘狱神庙’回内（方见）。”同回庚辰本眉批：“奸邪婢岂是怡红应答者，故即逐之。前良儿，后篆（坠）儿，便是却（确）证。作者又不得可也。己卯冬夜。”这条批语下又被下面一条署名畸笏的批语指正：“此系未见‘抄没’、‘狱神庙’诸事，故有是批。丁亥夏，畸笏。”同回回后甲戌本总评：“凤姐用小红，可知晴雯等理（埋）没其人久矣，无怪有私心私情。且红玉后有宝玉大得力处，此于千里外伏线也。”同上，第 499 页、第 525 页、第 526 页、第 531 页。

答应，问作什么。宝玉因要吃茶。袭人忙下去向盆内蘸过手，从暖壶内倒了半盏茶来吃过。宝玉乃笑道：‘我近来叫惯了他，却忘了是你。’”此段情节与第五十一回形成对照，袭人回家奔丧，宝玉夜来要茶吃，“睡梦之中，便叫袭人。叫了两声”。脂评曰：“前文叙袭人奔丧时，宝玉夜来吃茶先呼袭人，此又夜来吃茶先呼晴雯。字字龙跳天门，虎卧凤阙；语语婴儿恋母，稚鸟寻巢。”[①]夜里吃茶的习惯没变，口里呼唤的名字却不同，宝玉与晴雯的感情日渐亲厚已是不写之写，两相对照，触目惊心。

从文学角度来看，红楼茶事也即人事。以茶写人、以茶叙事成为文本展开的一个途径。淡淡写来的三杯两盏却蕴藏深意，因此不可轻易放过。

第二节　红楼茶事与世家

元明杂剧和诗歌中都有“柴米油盐酱醋茶”的记录[②]，这是百姓人家开门生活的基础，故也有“开门七件事”之称，茶乃其中之一，也是生活从基本形态转向优质形态的标志之一。红楼茶事既有文学上的作用，也有文化上的意义。相对来看，传统文化的保留和传承较多地是由世家大族来完成的，红楼茶事展示了贵族世家生活的一部分，茶文化依托故事文本而有了鲜活的呈现，可感可视。

从文化角度看，红楼茶事烘托了世家环境描写。第三回从黛玉眼中观察王

① 见陈庆浩：《新编石头记脂砚斋评语辑校》（增订本），联经出版事业股份有限公司 2016 年版，第 712 页。

② 元人杂剧《刘行首》二折：“教你当家不当家，及至当家乱如麻；早起开门七件事，柴米油盐酱醋茶。”（明）唐伯虎《除夕口占》：“柴米油盐酱醋茶，般般都在别人家；岁暮清淡无一事，竹堂寺里看梅花。”见刘继尧：《‘柴米油盐酱醋茶’入诗录》，《茶叶通讯》2012 年 9 月第 39 卷第 3 期。

夫人起居室内的陈设："椅之两边，也有一对高几，几上茗碗瓶花俱备。""正房炕上横设一张炕桌，桌上磊着书籍茶具，靠东壁面西设着半旧的青缎靠背引枕。"第五十三回贾母花厅设元宵家宴，作者以一个全知视角细细打量室内的陈设："贾母花厅之上共摆了十来席。每一席旁边设一几，几上设炉瓶三事，焚着御赐百合宫香。又有八寸来长四五寸宽二三寸高的点着山石布满青苔的小盆景，俱是新鲜花卉。又有小洋漆茶盘，内放着旧窑茶杯并十锦小茶吊，里面泡着上等名茶。"对于贾府这样的贵族世家来说，茶具不仅是日用品，也是陈设布局的一部分，室内有典雅的茶具，富贵之家更添风雅。

"开门七件事"的其他六项为生活基本需求品，用以解决温饱，茶则是提升生活滋味的，因此茶的实用功能中带有礼仪特点，以茶迎客、待客是最常见的，也是小说中描写最多的。贾府这样的世家凡有亲旧登门、迎来送往都少不了待客茶，体现着簪缨之族的诗礼风范。即使像刘姥姥这样的乡间老妪上门亦待之以茶礼。第六回为了等候凤姐，"于是让刘姥姥和板儿上了炕，平儿和周瑞家的对面坐在炕沿上，小丫头子斟了茶来吃茶"。受此影响，世家大族中的仆从家庭也形成了茶礼待客的习惯。刘姥姥来找周瑞家求门路，"周瑞家的命雇的小丫头倒上茶来吃着"。周瑞夫妇是荣府的管家和陪房，较一般仆从有些身份，家里雇了下人，对刘姥姥也是茶礼相待，显得见过世面、懂得礼数。第七十七回写晴雯病卧兄嫂家，同为奴仆身份，多浑虫夫妻地位和家境是比不得周瑞夫妻的，茶具粗陋，茶品质劣。沙吊为壶、饭碗为盏，绛红的茶汤"也太不成茶"，"并无清香，且无茶味，只一味苦涩，略有茶意而已。"但从生活方式上，也是有备茶习惯的，既可待客，也解决自家日用。

喝茶也常常用来传达某些信息、改善人际关系、实现某种目的，这也是茶的礼仪特点。第三十五回薛蟠因宝玉挨打之事与薛姨妈和妹妹发生口角，事后懊悔，“忙收了泪”，“罢，罢，罢，丢下这个别提了。叫香菱来倒茶妹妹吃。”在此，薛蟠身为长兄用敬茶的方式向宝钗致歉，兄妹和解。第四十七回“邢夫人不便就走，只得倒了一碗茶来，放在贾母跟前”。邢夫人已经知道贾赦强纳鸳鸯之事惹怒了贾母，这一碗已经向贾母表示了愧悔畏惧之意。第六十七回凤姐与平儿商量处置尤二姐之事，为了防止泄密，“凤姐便叫倒茶。小丫头子们会意，都出去了”。此处的“倒茶”是一种暗示方式，下人们知道主人意图都迅速离开了。第七十二回琏凤夫妻打算谋求鸳鸯配合将贾母的值钱家伙偷运出来典当应付经济困境，贾琏亲自出面央求鸳鸯：“‘好姐姐，再坐一坐，兄弟还有事相求。’说着便骂小丫头：‘怎么不沏好茶来！快拿干净盖碗，把昨儿进上的新茶沏一碗来。’”明知鸳鸯早已喝过待客茶了，此时更换茶品再敬茶是为了向鸳鸯示好以求托付。第二十五回凤姐打发丫头将暹罗进贡来的茶叶送了两瓶给黛玉，得知黛玉喜欢便说：“你要爱吃，我那里还有呢。”宝玉也表示：“你果然爱吃，把我这个也拿了去吃罢。”一段赠茶闲文写来却暗示出身为荣府的内当家，凤姐当然知道宝黛都是贾母的心头肉，以暹罗贡茶做礼物分赠宝玉、黛玉，茶淡如水，意义却深远。

茶是世家大族日常生活的必需品，喝茶有很多讲究，这成为精致的世家生活的一部分。养生保健是世家茶用之一。第三回写黛玉自幼体弱：“当日林如海教女以惜福养身，云饭后务待饭粒咽尽，过一时再吃茶，方不伤脾胃。”甲戌本夹批曰：“夹写如海一派书气，最妙。”①林家亦是有诗礼风范的宦族，故林如海学养丰富，教女以茶养生。黛玉自幼得父亲教诲，亦懂茶的保健功效。第六十二回黛玉告诉袭人：“你知道我这病，大夫不许我多吃茶，这半钟尽够

① 见陈庆浩：《新编石头记脂砚斋评语辑校》（增订本），联经出版事业股份有限公司 2016 年版，第 79 页。

了，难为你想的到。”第六十三回林之孝家的寻夜至怡红院问宝玉为何晚睡，宝玉回说“因吃了面，怕停住食，所以多顽一会子”。“林之孝家的又向袭人等笑说：‘该沏些个普洱茶吃。’袭人晴雯二人忙笑说：‘沏了一盄子女儿茶，已经吃过两碗了。……’”据《本草纲目拾遗·木部》载：“普洱茶膏黑如漆，醒酒第一；绿色者更佳，消食化痰，清胃生津，功力尤大也。”[①]“女儿茶”属于普洱茶的一种，也具有消食化积的作用。[②]宝玉生日难免吃的多，普洱茶、女儿茶都是助消化的饭后茶上选。

比之于林家，像贾府这样的世家喝茶的讲究更加精细。他们有专门的茶房，每天轮值料理茶事，供阖府老少主子们用茶，大观园内各门户也有丫头排班备茶。第二十七回晴雯与碧痕两人责备红玉无心备茶，红玉回答：“今儿不该我㸑的班儿，有茶没茶别问我。”第五十四回众婆子“见宝玉回房，便不跟去，只坐在园门里茶房里烤火，和管茶的女人偷空饮酒斗牌”。其次，随气温变化，茶的预备方式也有专用方法，冬夜茶要取暖，夏季茶用冰。第五十一回冬夜宝玉醒来要茶喝，麝月“取了茶碗，先用温水涮了一涮，向暖壶中倒了半碗茶，递与宝玉吃了”。暖壶是一种专门用来暖茶的工具。[③]第六十四回天气炎热，芳官便为宝玉“托了一杯凉水内新湃的茶来。因宝玉素昔秉赋柔脆，虽暑月不

① 见《红楼梦》第六十三回注释。人民文学出版社 1982 年版，第 887 页。

② 邓云乡认为“女儿茶”就是贡品中的“普洱女茶”，他引（清）张泓《滇南新语》：“普洱珍品，则有毛尖、芽茶、女儿之号。……女儿茶亦芽茶之类，取于谷雨前后，以一斤至十斤为一团，皆夷女所采治，货银以积为奁资，故名。”见《红楼风俗名物谭：邓云乡论红楼梦》，文化艺术出版社 2006 年版，第 257 页。彭琛《看红楼品茶韵——〈红楼梦〉茶文化探析》认为“女儿茶”即“女儿红”，是普洱茶的一个种类，“取材于茶树的细嫩毛尖，形态娇嫩可人，在清代是皇室贡品，在上层贵族中也很流行。”见《农业考古》2014 年第 5 期，第 152 页。

③ 邓云乡认为这个暖壶“是老式藤壳、棉花套包着瓷壶的暖壶。滚开的水沏上茶，渥在里面，在气温十度左右的冬夜，三更天饮用，倒出还有热气”。见《红楼风俗名物谭：邓云乡论红楼梦》，文化艺术出版社 2006 年版，第 255 页。

敢用冰，只以新汲井水将茶连壶浸在盆内，不时更换，取其凉意而已”。

贾府有世家的茶仪。黛玉早就从母亲那里知道“他外祖母家与别家不同”，第三回初入贾府她便细心观察贾母等如何用茶：“寂然饭毕，各有丫鬟用小茶盘捧上茶来……早见人又捧过漱盂来，黛玉也照样漱了口。盥手毕，又捧上茶来，这方是吃的茶。”在正式喝茶前，要先上漱口茶，去除嘴里杂味，然后品茶才得其味。即使着急，漱口后喝茶的步骤也不能减少。第二十八回宝玉急于去找黛玉，吃过饭后，“忙忙的要茶漱口。探春惜春都笑道：‘二哥哥，你成日家忙些什么？吃饭吃茶也是这么忙碌碌的。’……宝玉吃了茶，便出来，一直往西院来”。第五十五回负责临时理家的探春、李纨、宝钗饭毕，“茶房内早有三个丫头捧着三沐盆水，见饭桌已出，三人便进去了，一回又捧出沐盆并漱盂来，方有待书、素云、莺儿三个，每人用茶盘捧了三盖碗茶进去”。第五十一回宝玉夜里醒来要茶吃，麝月“先倒了一钟温水，拿了大漱盂，宝玉漱了一口”，然后才“向暖壶中倒了半碗茶，递与宝玉吃了”；她自己“也漱了一漱，吃了半碗”。晴雯讨茶，麝月“只得也伏侍他漱了口，倒了半碗茶与他吃过”。王府本第五十一回回末总评曰：“文有数千言写一琐事者，如一吃茶，偏能于未吃以前既吃以后，细细描写。”[①]文本如此反复写三人吃茶的相同步骤，与黛玉初进府的观察一致：以茶漱口，再品茶，无论环境如何，茶仪都不可省略，连下人都受其影响形成了习惯，外人不知，就会闹笑话。[②]前人笔记中有以茶漱口的记载，其功效既可去除油腻，又有益于牙齿保养，以贾府这样的诗礼簪

① 见陈庆浩：《新编石头记脂砚斋评语辑校》（增订本），联经出版事业股份有限公司2016年版，第643页。

② 《红楼梦》第三回述黛玉和贾府诸人一样漱口、盥洗，然后吃茶。脂批云：“今黛玉若不漱此茶，或饮一口，不无（有正作‘为’）荣婢所诮乎？”见陈庆浩：《新编石头记脂砚斋评语辑校》（增订本），联经出版事业股份有限公司2016年版，第80页。

缨之族自然熟知，沿习成仪。[1]

世家大族的茶仪还有鲜明的伦理特点。第三回林黛玉初进贾府与大家见礼，“说话时，已摆了茶果上来，熙凤亲为捧茶捧果”。凤姐虽长于黛玉又是荣府内当家，别人闻其声息均“敛声屏气”，但林黛玉既是客人又是小姑辈分，在中国传统家庭伦理结构中，未嫁的小姑身份娇贵，在嫂子面前可以享受优遇，唐诗即有“三日入厨下，洗手作羹汤。未谙姑食性，先遣小姑尝”的描述（王建《新嫁娘词》）。凤姐亲为黛玉“捧茶捧果”，既显亲热又体现出世家的伦理。第五十三回元宵节祭祖完毕，女眷们回到尤氏上房吃茶：“请贾母上去坐了。两边又铺皮褥，让贾母一辈的两三个妯娌坐了。这边横头排插之后小炕上，也铺了皮褥，让邢夫人等坐了。地下两面相对十二张雕漆椅上，都是一色灰鼠椅搭小褥，每一张椅下一个大铜脚炉，让宝琴等姊妹坐了。尤氏用茶盘亲捧茶与贾母，蓉妻捧与众老祖母，然后尤氏又捧与邢夫人等，蓉妻又捧与众姊妹。凤姐李纨等只在地下伺候。茶毕，邢夫人等便先起身来侍贾母。贾母吃茶，与老妯娌闲话了两三句，便命看轿。”这段奉茶描写有着鲜明的诗礼世家伦理秩序，坐等上茶的除了贾母和其同辈人及邢夫人以外，还有宝琴姊妹们因小姑待嫁而身份娇贵。站着奉茶、侍候的是尤氏、蓉妻、凤姐、李纨，她们都是已婚媳妇，在婆婆和太婆婆面前是无座的。蓉妻辈分最低，尤氏既是东道主也是婆婆，但还是孙媳妇，她必须和自己的儿媳妇一起服侍太婆婆用茶。第一轮茶毕，邢夫人立刻起身服侍贾母，因她也是儿媳妇。

①（宋）赵令畤《侯鲭录》：“东坡论茶云：……吾有一法，常自修之，每食已，辄以浓茶漱口，郏腻既去而脾胃不知，凡肉之在齿间者，得茶漱浸，乃不觉脱去，不烦刺挑也。”见《侯鲭录》（唐宋史料笔记丛刊），中华书局 2002 年版，第 104 页。另，（明）徐渭《煎茶七类》：“茶入口，先须灌漱，次复徐啜，俟甘津潮舌，乃得真味。”见（清）陆廷灿：《续茶经》，三秦出版社 2005 年版，第 205 页。

贵族世家人多事杂，在千头万绪中形成维系大族生活的礼仪规矩，构成世家文化。一盏清茶往往折射出丰富的世家文化信息。透过“递茶递水”的瞬间，读者可以穿越时空的阻隔置身于那个时代的世家环境中认识文化的具体映像。

第三节　红楼茶事与茶文化

“茶者，生人之所日用也。其急甚于酒。”①茶因可药用、食用、饮用而和柴米油盐酱醋一起被列入生活必需品。品茶应起于东晋，韩𬟽《谢赐茶启》：“晋人爱客，才有分茶。”②至唐陆羽《茶经》出而茶文化正式形成，此后，茶便脱离柴米油盐酱醋跃升为帝王文人士大夫阶层的雅好，后市井细民亦染其习，所谓“缙绅之士，韦布之流，沐浴膏泽，薰陶德化，盛以雅尚相推，从事茗饮”。③《红楼梦》也记录了茶文化的多元信息，而栊翠庵品茶堪称茶道表演，借故事以说茶经。有学者指出，小说叙写博物知识与博物馆陈列知识不同，借助文本的还原作用，读者可以对文化知识有真切的体会。④红楼茶事与中国传统茶文化之间也是这样一种再现关系，通过再现让读者看到茶文化的前世与今生。

红楼文本介绍了茶俗，有的传承至今。比如定亲茶，第二十五回黛玉笑凤

① （清）陆廷灿：《续茶经》引（宋）胡致堂语，见（清）陆廷灿《续茶经》，三秦出版社 2005 年版，第 72 页。

② （清）陆廷灿：《续茶经》，第 75 页；另，（唐）裴汶《茶述》：“茶，起于东晋，盛于今朝。”同上，第 66 页。

③ （宋）赵佶：《大观茶论》，见《茶经》/（唐）陆羽等原典，中国纺织出版社 2006 年版，第 64 页。

④ 詹丹教授认为：“像《红楼梦》这类的白话小说，物品在这类小说中依然保留着、呈现在它们原本所在的生活语境。”读这一类小说时，“我们似乎进入到了古人的生活世界里，在生活场景的描写中，我们与物就有一种比较具体的相遇”。见詹丹：《跟着詹老师从头读〈红楼梦〉》微信平台课程，第五十三讲。

姐送点儿茶叶就要使唤人，凤姐亦打趣她道：“倒求你，你倒说这些闲话，吃茶吃水的。你既吃了我们家的茶，怎么还不给我们家作媳妇？”婚仪须用茶见载于明人史料，王象晋《茶谱小序》：“茶，嘉木也。一植不再移，故婚礼用茶从一之义也。”《天中记》亦载：“凡种茶树必下子，移植则不复生。故俗聘妇，必以茶为礼，义固有所取也。”[①]世人因茶树不能复移而取其性贞，纳入婚仪以嘉新妇。茶事关乎聘嫁屡现于《红楼梦》之前的明清小说戏曲中，[②]今浙江一带还保有“定亲茶”习俗。再如奠茶，第十四回凤姐操持秦可卿丧礼时，便将四十个仆人分作两班，“单在灵前上香添油，挂幔守灵，供饭供茶”。第十五回秦氏之灵停在铁槛寺，“和尚工课已完，奠过茶饭”。第五十八回宝玉在和芳官讨论藕官烧纸祭奠药官，他以为“只要心诚意洁”，“随便有清茶便供一钟茶，有新水就供一盏水，或有鲜花，或有鲜果”，“只在敬不在虚名”。第七十八回宝玉祭奠晴雯时，“谨以群花之蕊、冰鲛之縠、沁芳之泉、枫露之茗，四者虽微，聊以达诚申信，乃致祭于白帝宫中抚司秋艳芙蓉女儿之前”。《红楼梦》多次出现奠茶供奉亡灵的描写亦有所本，《周礼》载：“掌荼以供丧事，取其苦也。”[③]“荼”即“茶”。[④]魏晋六朝时期小说如《神异记》和《异苑》

① 见（清）陆廷灿：《续茶经》，三秦出版社 2005 年版，第 101 页、第 104 页。另据（明）陈诗教《灌园史》：“予尝闻之山僧言，茶子数颗落地，一茎而生，有似连理，故婚嫁用茶，盖取一本之义。旧传茶树不可移，竟有移之而生者，乃知晁采寄茶徒袭影响耳。”同前，第 105 页。

② 《金瓶梅词话》第七回、第九十一回写孟玉楼初嫁西门庆、再嫁李衙内，男方都行茶礼下聘。见（明）兰陵笑笑生著、戴鸿森校点：《金瓶梅词话》，人民文学出版社 1985 年版，第 78 页、第 1359 页。《桃花扇·媚座》阮大铖怂恿马士英派人登门为田仰强娶李香君：“【前腔】不须月老几番催，一霎红丝联喜。花花彩轿门前挤，不少欠分毫茶礼。”见（清）孔尚任：《桃花扇》，人民文学出版社 1959 年版，第 144 页。

③ 见（清）陆廷灿：《续茶经》，第 71 页。

④ 许慎《说文解字》：“茗，荼芽也。”见（汉）许慎：《说文解字》，中华书局 1963 年版，第 27 页。另，（明）徐光启《农政全书》：“六经中无茶，荼即茶也。”（明）杨慎《丹铅总录》：“茶，即古荼字也。”见（清）陆廷灿：《续茶经》，第 75 页、第 78 页。

都有以茶祭祀的故事。[①]南齐世祖武皇帝有《遗诏》曰："我灵座上慎勿以牲为祭，但设饼果、茶饮、干饭、酒脯而已。"[②]茶最初以其味苦而用于祭祀，而贾宝玉以茶设祭恐还有取其品性清洁之义。又如体己茶，第七回宝玉与秦钟初次见面，便彼此中意："一时摆上茶果，宝玉便说：'我两个又不吃酒，把果子摆在里间小炕上，我们那里坐去，省得闹你们。'于是二人进里间来吃茶。"宝玉以不打扰他人为由，实则想和秦钟二人品茗深谈。第四十一回妙玉避开众人独请钗、黛品茶于耳房，宝玉进来笑道："偏你们吃梯己茶呢。"钗、黛笑道："你又赶了来餮茶吃。这里并没你的。"深谙茶道者知品茶最忌人多语杂，故《黄山谷集》载："品茶一人得神，二人得趣，三人得味，六七人是名施茶。"[③]张源《茶录》亦云："饮茶以客少为贵，众则喧，喧则雅趣乏矣。独啜曰幽，二客曰胜，三四曰趣，五六曰泛，七八曰施。"[④]独饮可以心游万仞、情寄八荒，两人对坐而品可以深谈，三四人已是极限，仅在打趣了。再多就是开茶铺子舍大碗茶，与意趣无关。宝玉的介入使得"体己茶"的雅兴变为四人之间的打趣茶了，因此妙玉"寻出一只九曲十环一百二十节蟠虬整雕竹根的一个大盒出来"，笑问"你可吃的了这一海？""宝玉喜的忙道：'吃的了。'妙玉笑道：'你虽吃的了，也没这些茶糟踏。岂不闻'一杯为品，二杯即是解渴的蠢物，三杯便是饮牛饮骡了'。你吃这一海便成什么？''"历代茶书述茶之煮都强调水过多则茶味寡淡，故妙玉取笑宝玉若真吃一海则是糟蹋茶了。此外，年茶也是红

① 《神异记》"余姚人虞洪"条、《异苑》"剡县陈务妻"条都记录以茶供奉祭事。见《茶经》/（唐）陆羽等原典，中国纺织出版社 2006 年版，第 23 页、第 24 页。

② 同上，第 24 页。

③ 见（清）陆廷灿：《续茶经》，三秦出版社 2005 年版，第 204 页。

④ 同上，第 207 页。

楼茶俗之一。第十九回袭人的母亲为袭人向贾母告假一天，“接袭人家去吃年茶”。同回写跟宝玉的小厮们趁宝玉闲逛也各寻乐处，“因此偷空也有去会赌的，也有往亲友家去吃年茶的，更有或嫖或饮的，都私散了”。可知年茶是专于过年期间为走亲访友所设的茶会，意在团圆、拜年。

历代茶书有关茶文化的记录大都包括“茶之出”、“茶之煮”、“茶之饮”、“茶之器”、“茶之贮”等知识，这在《红楼梦》中亦有记述，借故事以叙茶经，展示了翰墨诗书世家的茶文化修养和生活背景。红楼之茶和红楼茶器有可考与不可考的，于文本皆有意义。可考者体现了文化性，不可考者寄托了写作者的寓意。首先看“茶之出”。《红楼梦》所写的茶包括六安茶、老君眉、普洱茶、女儿茶、暹罗贡茶、杏仁茶、茶面子、枫露茶、千红一窟茶。除后二者不可考外，其他均可证之以史料，有的是国内贡茶，有的是国外贡茶。第四十一回栊翠庵品茶，贾母对妙玉说：“我不吃六安茶。”妙玉笑说：“知道。这是老君眉。”六安、霍山并产名茶，“六安州有小岘山出茶，名小岘春，为六安极品”。[①]（明）李日华《紫桃轩杂缀》述其“生平慕六安茶，适一门生作彼中守，寄书托求数两，竟不可得，殆绝意乎”。[②]六安当地官员都弄不到，可见六安茶难求，到了清代，六安茶已经是贡茶了。[③]也有人因其味苦而嫌弃之。熊明遇《岕山茶记》：“茶之色重、味重、香重者，俱非上品。松萝香重；六安味苦，而香与松萝同。”[④]他认为六安茶味苦、香重，故不喜。贾母所喝的老君眉当为

① 见（清）陆廷灿：《续茶经》，三秦出版社 2005 年版，第 270 页。

② 同上，第 270 页。

③ 邓云乡：“清代六安茶也是重要贡品。”见《红楼风俗名物谭：邓云乡论红楼梦》，文化艺术出版社 2006 年版，第 259 页。

④（清）陆廷灿：《续茶经》，第 208 页。

茶书所载的“寿星眉”。据《随见录》载：“凡茶见日则味夺，惟武夷茶喜日晒。武夷造茶，其岩茶以僧家所制者最为得法。至洲茶中采回时，逐片择其背上有白毛者，另炒另焙，谓之白毫，又名寿星眉。”[①]贾府大多喜欢“出色儿”、“酽酽的”茶（第八回），和老君眉一样都是红茶，第六十三回提到有消食功效的普洱茶和女儿茶也如此，即使虚构的仙茶也取“红”意，如“枫露”、“千红一窟”。贾母舍六安而取君眉，邓云乡据此认为《红楼梦》写贾府不爱绿茶而爱红茶的习惯是源自北人茶习，因其居北京天冷且饮食油腻所致。[②]第五十四回庆元宵，贾母因“夜长，觉的有些饿了”，凤姐预备了杏仁茶，贾母欣然接受。《云林遗事》记载：“倪元镇素好饮茶，在惠山中，用核桃松子肉和真粉成小块如石状，置于茶中饮之，名曰清泉白石茶。”[③]由此来看，杏仁入茶大概与此同。另据（清）朱彝尊《食宪鸿秘》“杏酪”：“京师甜杏仁，用热水泡，加炉灰一撮，入水，候冷，即捏去皮，用清水漂净，再量入清水，如磨豆腐法带水磨碎。用绢袋榨汁去渣，以汁入锅煮熟，加白糖霜热啾。或量加牛乳亦可。”[④]凤姐告诉贾母说杏仁茶“只怕也甜”。可见杏仁茶应是杏仁酪或杏酪，不仅润肺，也如核桃松子一样提供能量，缓解饥饿感。现在韩国传统茶饮中还有以松子仁入茶的习惯。第七十五回李纨安慰尤氏：“‘昨日他姨娘家送来的好茶面子，倒是对碗来你喝罢。’说毕，便吩咐人去对茶。……一时尤氏盥沐已毕，大家

① （清）陆廷灿：《续茶经》，三秦出版社 2005 年版，第 149–150 页。

② 《红楼风俗名物谭：邓云乡论红楼》，文化艺术出版社 2006 年版，第 252–259 页。

③ （明）顾元庆：《云林遗事》，见（明）陶宗仪：《说郛三种》，上海古籍出版社 1988 版，第 1011 页。另，《金瓶梅》第三回写潘金莲至王婆家，王婆“便浓浓点一盏胡桃松子泡茶”。见（明）兰陵笑笑生著、戴鸿森校点：《金瓶梅词话》，第 38 页。

④ （清）朱彝尊：《食宪鸿秘》，见《中国烹饪古籍丛刊》，中国商业出版社 1985 年版，第 14 页。

吃面茶。”第七十七回王夫人房里的丫头来传话给宝玉，叫他即刻去见贾政，“老爷在上房里还等他吃面茶呢”。这两回文本提到了“茶面子”、“面茶”这种特殊的茶品，应该是用面粉、茶粉、糖和水炒制而成的，类似于现在京津一带传统食品“油茶面”，饮用须以热水调和，因浓稠而适合用碗。历代茶经大都不赞同茶内有添加物，有夺味之嫌，由此来看，凤姐孝敬贾母的那盏杏仁茶已经算不得茶了。而李纨为尤氏对的那碗“茶面子”就更像茶点。贾府南人北居，北地不以茶闻名，习俗混杂，相比于饮茶考究的南方人来说，贾府的茶品也带有环境、身世的印迹。以上均为文本中可考的茶品。

第八回与第七十八回提到了枫露茶，在文本中仅为怡红院用茶。枫露茶不见载于历代茶书。有学者以为“用枫树的嫩叶制成的饮材，浸泡后就成了一杯色泽鲜艳的枫露茶”[①]，笔者以为枫露茶的文学意义更为重要。在文本中两次出现均与离别有关。第八回茜雪将枫露茶给李奶娘吃了引得宝玉大发脾气，茜雪被逐，脂评说明这个丫头在贾府被抄、宝玉落难时还有作用。[②]第七十八回宝玉摆上四样祭礼以悼晴雯，其中之一就是“枫露之茗”，此茶须三四次才“出色”，茶汤颜色恰与晴雯临终前宝玉照顾她喝下的那碗劣质茶色泽相似，呈“绛红色”。“晓来谁染霜林醉？总是离人泪。”[③]枫露形色更似离人泪，似与怡红公子空牵念有关。无独有偶，第五回警幻仙姑为宝玉奉上的那杯“千红一窟”

① 原所贤、暴连英：《试考枫露茶》，见《红楼梦学刊》2012年第4辑。另，除茶树外，别的植物叶片也有茶用。（明）李日华《紫桃轩杂缀》：“泰山无茶茗，山中人摘青桐芽点饮，号女儿茶。又有松苔，极饶奇韵。”见《茶经》/（唐）陆羽等原典，中国纺织出版社2006年版，第262页。

② 见本书第163页注释③。

③《西厢记》第四本第三折：“【正宫·端正好】碧云天，黄花地，西风紧，北雁南飞。晓来谁染霜林醉？总是离人泪。”见王实甫：《西厢记》，第151页。

仙茶也是如此。“宝玉自觉清香异味，纯美非常，因又问何名。警幻道：‘此茶出在放春山遣香洞，又以仙花灵叶上所带之宿露而烹，此茶名曰‘千红一窟’。”仙茶无考，但以含露花草入茶却有载。[①]与枫露茶一样，“千红一窟”亦取形似眼泪的露入茶，“窟”即“哭”，以花代表十二钗也是学界共识[②]，因此，“千红一窟”茶是有寓意的。

论茶离不开水。《茶史》引陶穀语曰：“汤者，茶之司命”，又：“茶者水之神，水者茶之体。”[③]饮茶必问水。第四十一回妙玉奉茶，“贾母接了，又问是什么水。妙玉笑回‘是旧年蠲的雨水’”。黛玉喝了体己茶因问妙玉：“这也是旧年的雨水？”“妙玉冷笑道：‘你这么个人，竟是大俗人，连水也尝不出来。这是五年前我在玄墓蟠香寺住着，收的梅花上的雪，共得了那一鬼脸青的花瓮一瓮，总舍不得吃，埋在地下，今年夏天才开了。我只吃过一回，这是第二回了。你怎么尝不出来？隔年蠲的雨水那有这样轻浮，如何吃得。’”以黛玉之超逸出尘尚被妙玉笑为“大俗人”，足见知水方能论茶才算会喝茶，“然非真正契道之士，茶之韵味，亦未易评量。”[④]不知不论，藏拙为上。《红

① 《煎茶诀》：“有莲花茶者，就花半开者，实茶其内，丝匝拥之一宿。乘晓含露摘出，直投热汤，香味俱发。如兰茶，摘花杂茶，亦经宿而拣去其花片用之；并皆不用焙干。或以蒸露罐取梅露、菊露类，投一滴碗中，并佳。”见郑培凯、朱自振：《中国历代茶书汇编》（校注本），商务印书馆2016年版，第855页。

② 台湾大学欧丽娟在台湾大学开放式课程平台主讲的《红楼梦》课程中曾提到十二钗与代表花的观点；另中央民族大学曹立波《十二钗评传》亦有此说，清华大学出版社2007年版。

③ （清）刘源长辑《茶史》，见郑培凯、朱自振：《中国历代茶书汇编》（校注本），商务印书馆2016年版，第643页。另，（明）张大复《梅花笔谈》：茶性必发于水，八分之茶遇十分之水，茶亦十分矣。八分之水试十分之茶，茶只八分耳。”见（清）陆廷灿：《续茶经》，三秦出版社2005年版，第194页。

④ （清）佚名《茶史》，见郑培凯、朱自振：《中国历代茶书汇编》（校注本），商务印书馆2016年版，第1033页。

楼梦》述茶提到了三种水，分别是露水、雨水、雪水，都属于“上天自降之泽，实灵水也”，古称“上池之水”，“皆仙饮也”。[①]以其烹茶，露水“清香异味，纯美非常”，雪水“轻浮无比”，至于雨水，村妪不识茶，刘姥姥觉得“好是好，就是淡些”。贾母那杯老君眉用的是“旧年蠲的雨水”，而雨水尤以秋雨入茶为最佳。[②]妙玉收得梅花上的雪，取其清香，所谓“香中别有韵，清极不知寒”（[唐]崔道融《梅花》），用来与钗、黛喝体己茶，她颇引以为傲，然陆羽品水之高下列了二十种，雪水排在最后，究其根源乃“以煎茶滞而太冷也”。[③]水之源须甄别，水之贮也很有讲究。妙玉说她五年前“收的梅花上的雪，共得了那一鬼脸青的花瓮一瓮”，“埋在地下，今年夏天才开了”。贮水须用瓷缸或瓮，置于阴凉处，开缸取水则须晴天。[④]

食精还须器美乃古人生活之传统，饮茶亦如此。好茶好水好器具。第

① （明）田艺蘅《煮泉小品》第六“灵水”：“露者，阳气胜而所散也。色浓为甘露，凝如脂，美如饴，一名膏露，一名天酒。《十洲记》：‘黄帝宝露。’《洞冥记》：‘五色露。’皆灵露也。”“《庄子》曰：‘姑射山神人，不食五谷，吸风饮露。’《山海经》：‘仙丘绛露，仙人常饮之。’《博物志》：‘沃潜之野，民饮甘露。’《拾遗记》：‘含明之国，承露而饮。’《楚辞》：‘朝饮木兰之坠露。’是露可饮也。”“雪者，天地之积寒也。《氾胜书》：‘雪为五谷之精。’《拾遗记》：‘穆王东至大挝之谷，西王母来进嵰州甜雪。’是灵雪也。陶谷取雪水烹团茶。而丁谓《煎茶》诗：‘痛惜藏书箧，坚留待雪天。’……是雪尤宜茶饮也。”“雨者，阴阳之和，天地之施，水从云下，辅时生养者也。和风顺雨，明云甘雨。《拾遗记》：‘香云遍润，则成香雨。’皆灵雨也，团可食。”见《茶经》/（唐）陆羽等原典，中国纺织出版社2006年版，第116–117页。又，“罗廪《茶解》：梅雨如膏，万物赖以滋养，其味独甘。”见（清）陆廷灿：《续茶经》，三秦出版社2005年版，第190页。

② （明）高元濬《茶乘》：“秋水白而冽，梅水白而甘。甘则茶味稍夺，冽则茶味独全，故秋水较胜春、冬二水。”见郑培凯、朱自振：《中国历代茶书汇编》（校注本），商务印书馆2016年版，第286页。

③ 《海录》：“陆羽品水，以雪水第二十，以煎茶滞而太冷也。”见（清）陆廷灿：《续茶经》，第171页。

④ （明）乐纯《雪庵清史》：“贮水瓮须置于阴庭，覆以纱帛，使昼挹天光，夜承星露，则英华不散，灵气常存。”又，（明）朱国祯《涌幢小品》：“自以意取寻常水煮滚，入大磁缸，置庭中避日色。俟夜天色皎洁，开缸受露，凡三夕，其清澈底。积垢二三寸，亟取出，以坛盛之，烹茶与惠泉无异。”同上，第191页、195页。

三十八回藕香榭的竹案上“设着茶筅茶盂各色茶具。那边有两三个丫头煽风炉煮茶”。陆羽《茶经》收茶之器二十四件，其中便有风炉和茶盂，风炉形似古鼎；茶盂用来贮热水。宋徽宗赵佶《大观茶论》收有“筅”，南宋时期，“茶筅”又被拟人化称作“竺副帅”①。第五十一回麝月半夜为宝玉倒茶从暖壶取水，“向茶槅上取了茶碗”。茶槅专用来放置清洗好的茶盏，令其自然风干，不可拭，以免染上气味。②最能集中展示红楼茶具的场景是“栊翠庵品茶”。“妙玉亲自捧了一个海棠花式雕漆填金云龙献寿的小茶盘，里面放一个成窑五彩小盖钟，捧与贾母”，“众人都是一色官窑脱胎填白盖碗”。贾母面前这个只托一钟茶的小茶盘器型为“海棠花式”，制作工艺为“雕漆填金”，纹饰是“云龙献寿”，寓尊贵、长寿之意，器型别致、工艺考究、设计嘉美。③那只成窑五彩小盖钟亦是珍品，成窑指的是明代成化年间官窑，以烧制彩瓷名传于世，小件尤佳，一时间甚至有超唐宋窑器之誉。④众人手中那清一色的官窑脱胎填白盖碗也是上乘之物。“填白”瓷也作“甜白”瓷，是明代永乐年间景德镇的著名瓷器，

① 竹筅被称作“竺副帅”。（宋）审安老人《茶具图赞》附录二：“制茶必有其具，锡具姓而系名，宠以爵，加以号，季宋之弥文。”见郑培凯、朱自振：《中国历代茶书汇编》（校注本），商务印书馆2016年版，第154–155页。

② （明）闻龙《茶笺》：“茶具涤毕，覆于竹架，俟其自干为佳。其拭巾只宜拭外，切忌拭内。盖布帨虽洁，一经人手极易作气。纵器不干，亦无大害。”见（清）陆廷灿：《续茶经》，三秦出版社2005年版，第115页。

③ 何颖释“雕漆填金”：“雕填是雕漆和填漆的合称。雕漆始于唐代，高峰在元、明、清三代。具体工艺是在漆底胎上髹涂数十道甚至上百道的色漆，达到所需厚度后，用特制的雕刀雕镂出花纹，呈现如浅雕般的立体效果。待镂出花纹后再用金粉填入，磨平，即为填金。雕填是明清两代繁复工艺的典型代表。”见《红楼梦学刊》2015年第6期，第321页。

④ （明）高谦《茶笺》：“茶盏惟宣窑坛盏为最，质厚白莹，样式古雅有等。宣窑印花白瓯，式样得中，而莹然如玉。”《茶说》：“今时姑苏之锡注，时大彬之沙壶，汴梁之锡铫，湘妃竹之茶灶，宣、成窑之茶盏，高人词客，贤士大夫，莫不为之珍重。即唐宋以来，茶具之精，未必有如斯之雅致。”见郑培凯、朱自振：《中国历代茶书汇编》（校注本），商务印书馆2016年版，第245页、第777页。（明）沈德符《敝帚轩剩语·瓷器》：“近日又重成窑，出宣窑之上。”

料精、胎薄、通透，釉色洁白甜静，故名“甜白”，瓷上可填以彩绘，又名“填白”。“品茶用瓯，白瓷为良，所谓‘素瓷传静夜，芳气满闲轩’也。”[①]

与宝钗及二玉喝体己茶时：

又见妙玉另拿出两只杯来。一个旁边有一耳，杯上镌着“瓟斝”三个隶字，后有一行小真字是“晋王恺珍玩”，又有“宋元丰五年四月眉山苏轼见于秘府”一行小字。妙玉便斟了一斝，递与宝钗。那一只形似钵而小，也有三个垂珠篆字，镌着“点犀䀉”。妙玉斟了一䀉与黛玉。仍将前番自己常日吃茶的那只绿玉斗来斟与宝玉。宝玉笑道：“常言‘世法平等’，他两个就用那样古玩奇珍，我就是个俗器了。”妙玉道：“这是俗器？不是我说狂话，只怕你家里未必找的出这么一个俗器来呢。”

描述如此细腻，但学界普遍以为这三件瓷器不可考，与前述“枫露茶”、“千红一窟茶”一样，文学意义为主。文本写这三件茶具的目的在于写妙玉的家世与个性，以贾府之尊尚且找不出绿玉斗这样的“俗器”，妙玉身世当在贾府之上。她已出家为尼，以“槛内人”自诩，身边却带着稀世珍品，只因刘姥姥喝过，她便要将昂贵的成窑五彩盖钟扔掉，可知从生活方式到内心境界，妙玉都是“僧不僧，俗不俗”，而体己茶的另外两件茶具似也有寓意。[②]

“茶之饮”是历代茶书关注的一个内容，即饮茶的方式，《红楼梦》于此

① （清）王晫、张潮编纂《檀几丛书》，见（清）陆廷灿：《续茶经》，三秦出版社 2005 年版，第 155 页。

② 刘梦溪总结：沈从文引证俗语“假不假？班包假。真不真？肉挨心”提出“瓟斝”谐音“班包假”，隐喻妙玉做作、势利、虚假。至于点犀䀉，沈从文说宋明以来，官僚贵族有用犀角做成的酒器，足甚高，中间有白线直透到角顶，故“点犀䀉”象征妙玉“透底假”。而周汝昌则认为“瓟斝”给宝钗，暗含这位姑娘的性情是“班包假”，与书中“罕言寡语，人谓藏愚，安分随时，自云守拙”的描写正合；而“点犀䀉”，周汝昌赞同庚辰本、戚序本“杏犀䀉”的写法，用之于黛玉，则是“性蹊跷”的隐语，与书中写黛玉“怪僻”、“多疑”、“小性”、“心重”的性格相符。见刘梦溪：《〈红楼梦〉与百年中国》，河北教育出版社 1999 年版，第 350–351 页。

也有描述。第四十一回贾母将自己吃了半盏的老君眉，“递与刘姥姥说：‘你尝尝这个茶。’刘姥姥便一口吃尽”。乡下老妪不知茶仪也在情理之中，“茶入口徐啜，则得真味”。[①]“饮之者一吸而尽，不暇辨味，俗莫甚焉。”[②]文本述红楼人饮茶常见佐之以茶点、茶果。如第八回宝黛都来探望宝钗，“这里薛姨妈已摆了几样细茶果来留他们吃茶”。又如第十五回，“只见智善来叫智能去摆茶碟子，一时来请他两个去吃茶果点心”。再如第十九回宝玉去了袭人家，“花自芳母子两个百般怕宝玉冷，又让他上炕，又忙另摆果桌，又忙倒好茶”，“齐齐整整摆上一桌子果品来”，凡此，不胜枚举。然历代茶书所录品茶经验对茶点、茶果都是拒绝的。“今人荐茶，类下茶果，此尤近俗。是纵佳者能损茶味，亦宜去之。”[③]如果一定要有所搭配，“所宜则惟核桃、榛子、瓜仁、杏仁、榄仁、栗子、鸡头、银杏之类，或可用也。”[④]因此，宝玉来访，袭人“便拈了几个松子穰，吹去细皮，用手帕托着送与宝玉”。《红楼梦》还出现了茶泡饭这种混合吃法。第六十二回“大家依序坐下吃饭。宝玉只用茶泡了半碗饭，应景而已”。唐前就有以茶做食的记载，“自晋、宋已降，吴人采叶煮之，名为‘茗粥。’”[⑤]唐人储光羲亦有《吃茗粥歌》[⑥]，“茗粥”与“茶泡饭”接近。

以茶入诗也是茶文化的表征之一。唐宋以降，茶诗靡多，历代茶书均有收

① （明）华淑《品茶八要》，见郑培凯、朱自振：《中国历代茶书汇编》（校注本），商务印书馆2016年版，第510页。

② （明）田艺蘅《煮泉小品》，见（清）陆廷灿：《续茶经》，三秦出版社2005年版，第206页。

③ 同上。

④ （明）高濂《遵生八笺》，见（清）陆廷灿：《续茶经》，三秦出版社2005年版，第205页。

⑤ 《茶录》，同上，第72页。

⑥ （唐）储光羲：“当昼暑气盛，鸟雀静不飞。念君高梧阴，复解山中衣。数片远云度，曾不蔽炎晖。淹留膳茶粥，共我饭蕨薇。敝庐既不远，日暮徐徐归。”见郑培凯、朱自振：《中国历代茶书汇编》（校注本），商务印书馆2016年版，第295页。

录。题咏广泛，茶器、茶具、饮茶、制茶等等，凡此不一。《红楼梦》叙茶事亦追前代风雅，以茶入诗颇多。第二回回前诗："一局输赢料不真，香销茶尽尚逡巡。欲知目下兴衰兆，须问旁观冷眼人。"第十七回宝玉为潇湘馆题楹联："宝鼎茶闲烟尚绿，幽窗棋罢指犹凉。"第二十三回宝玉"四时即事诗"有三首提到了茶事："倦绣佳人幽梦长，金笼鹦鹉唤茶汤。窗明麝月开宫镜，室霭檀云品御香。琥珀杯倾荷露滑，玻璃槛纳柳风凉。水亭处处齐纨动，帘卷朱楼罢晚妆。"（夏夜即事）"绛芸轩里绝喧哗，桂魄流光浸茜纱。苔锁石纹容睡鹤，井飘桐露湿栖鸦。抱衾婢至舒金凤，倚槛人归落翠花。静夜不眠因酒渴，沉烟重拨索烹茶。"（秋夜即事）"梅魂竹梦已三更，锦罽鹴衾睡未成。松影一庭惟见鹤，梨花满地不闻莺。女儿翠袖诗怀冷，公子金貂酒力轻。却喜侍儿知试茗，扫将新雪及时烹。"（冬夜即事）上述诗句中提到了"香销茶尽"、"宝鼎茶闲"、"鹦鹉唤茶"、"侍儿试茗"、"扫雪烹茶"，皆诗礼世家文化品味之征。"虽不算好，却倒是真情真景"，"再有一等轻浮子弟，爱上那风骚妖艳之句，也写在扇头壁上，不时吟哦赏赞。""茶以芳洌洗神，非读书谈道，不宜亵用。"[①]第五十回"芦雪庵争联即景诗"时，茶与诗互映，为人物形象增色："只听宝琴联道：'林斧不闻樵。伏象千峰凸，'湘云忙联道：'盘蛇一径遥。花缘经冷聚，'宝钗与众人又忙赞好。探春又联道：'色岂畏霜凋。深院惊寒雀，'湘云正渴了，忙忙的吃茶，已被岫烟道：'空山泣老鸮。阶墀随上下，'湘云忙丢了茶杯，忙联道：'池水任浮漂。照耀临清晓，'……宝琴也不容情，也忙道：'烹茶冰渐沸，'湘云见这般，自为得趣，又是笑，

① （明）李日华《六研斋笔记》，见（清）陆廷灿：《续茶经》，三秦出版社 2005 年版，第 209 页。

又忙联道：‘煮酒叶难烧。’……”湘云手中的茶不仅解渴，亦“芳冽洗神”助她力敌群钗，饶生趣味。第七十六回妙玉与黛、湘回到栊翠庵，“只见龛焰犹青，炉香未烬。几个老嬷嬷也都睡了，只有小丫鬟在蒲团上垂头打盹。妙玉唤他起来，现去烹茶”，三人论诗，由妙玉收束：“彻旦休云倦，烹茶更细论。后书：《右中秋夜大观园即景联句三十五韵》。黛玉湘云二人皆赞赏不已，说：‘可见我们天天是舍近而求远。现有这样诗仙在此，却天天去纸上谈兵。’”文本到了第七十六回已是过了大半，此时，“凉台静室，明窗曲几，僧寮道院，松风竹月，宴坐行吟，清谈把卷”，[①]而品笛感凄清，联诗悲寂寞，这一场品茶论诗是大观园最后的雅集，妙玉的出场让红楼茶文化长卷徐徐收起。

综上所述，《红楼梦》有着丰富的茶事描写，就其文学意义来看，写人叙事因此而深刻、细腻，寄托作者寓意。就其文化意义来看，文本再现了历史上茶文化的生活场景，将抽象的经验具象化。虽有学人以为《红楼梦》中的茶饮水准与明人张岱等相比，还显稍逊。[②]但借一斑而窥全豹，小说文本于茶文化的传播亦有功焉。

① （明）华淑《品茶八要》，郑培凯、朱自振：《中国历代茶书汇编》（校注本），商务印书馆2016年版，第510页。

② 邓云乡：“以品茶论，比之张岱，曹雪芹不能不说是外行了。”见《红楼风俗名物谭：邓云乡论红楼梦》，文化艺术出版社2006年版，第260页。

第九章 《红楼梦》中的“书画”

在中国，相对于琴棋等娱品而言，书画艺术品通常被视为雅物，几乎人见人爱，不仅备受文人墨客、豪门贵族等有闲阶层珍爱，而且也深得那些附庸风雅的有钱阶层青睐。《红楼梦》的作者曹雪芹是一位书画艺术爱好者、精通者，无论是从现存相关史料，还是从文本本身来看，都可见出他不仅善画、熟稔画史，而且精通画论、精于鉴赏，不愧为书画艺术的行家里手。除了薛宝钗论画、黛玉赏画等长篇大段的故事，《红楼梦》中还有不少关于书画艺术的琐屑片段。贾宝玉刚搬进大观园，即“每日只和姊妹丫头们一处，或读书，或写字，或弹琴下棋，作画吟诗，以至描鸾刺凤，斗草簪花，低吟悄唱，拆字猜枚，无所不至”，“写字”、“作画”是小说人物日常生活的重要内容。另外，从作者给元春、迎春、探春、惜春四位小姐的贴身丫头取名为抱琴、司棋、侍书、入画也可以看出，中华书画文化对这部小说影响之深重、渗透之深入。

第一节 《红楼梦》文本的书画植入

在《红楼梦》中，曹雪芹通过人物的所见所闻信笔述及了许多形形色色的书画艺术品。书法方面，有匾额、对联、手札、单条等形式；有篆书、楷书、行书等书体；有椽笔榜书（以大字题署的宫殿匾额），也有蝇头小楷；还有篆刻，似乎应有尽有。绘画方面，有多幅历代名人的名画。此外，小说还相应地提到王羲之、钟繇、颜真卿、苏轼、秦观、米襄阳、李公麟、唐伯虎、仇英等书画史上的名家，多次提到笔墨纸砚等文房用具，还对书画装裱等工艺有所涉笔。根据前人研究，《红楼梦》所叙及的书画家大多历史上实有其人，颇具托古以自重的意味；而所叙书画品则大多出于杜撰、假托，几乎均非传世之物。这说明，作者遵循的创作原则是因人因事而设。

在《红楼梦》中，随处可见到匾额、对联。第三回写黛玉进贾府："进入堂屋中，抬头迎面先看见一个赤金九龙青地大匾，匾上写着斗大的三个大字，是'荣禧堂'，后有一行小字'某年月日，书赐荣国公贾源'，又有'万几宸翰之宝'。大紫檀雕螭案上，设着三尺来高青绿古铜鼎，悬着待漏随朝墨龙大画，一边是金蜼彝，一边是玻璃盒。地下两溜十六张楠木交椅。又有一副对联，乃乌木联牌，镶着錾银的字迹，道是：座上珠玑昭日月，堂前黼黻焕烟霞。下面一行小字，道是：'同乡世教弟勋袭东安郡王穆莳拜手书。'"对这样一幕幕图景，初来乍到的黛玉仿佛看得非常仔细，映入她眼帘的主要是这样几件东西：皇帝题写的"荣禧堂"三个大字，东安郡王所撰的对联，以及隐含官宦之家早朝面圣的"待漏随朝墨龙大画"。小小年纪的黛玉姑娘是否能看出其中的暗示和玄机？"荣禧堂"匾额炫耀的是贾府的荣华富贵是仗着皇帝的恩宠，地位非常显赫；而那副对联则似乎暗含着贾府末世即将到来的危机，有人论证其书写者"穆莳拜"乃谐音"末世败"，意味着贾府气数正在败落。[①]第五十三回写宝琴眼睛看到的是"星辉辅弼"匾额、"勋业有光昭日月，功名无间及儿孙"

① 陈洪茂：《"穆莳拜"即"末世败"》，《语文知识》2000年第4期。

对联；“慎终追远”的匾额和“已后儿孙承福德，至今黎庶念荣宁”对联，而且这些都是御笔。“慎终追远”还是先皇御笔。与第三回黛玉所见相比，这里的匾额和对联是在暗示贾府已由盛转衰，罪在不肖子孙。此外，比较有名的匾额还有第十八回所写元妃为栊翠庵题写的“苦海慈航”匾额，寓含人生苦海无边，慈悲之佛将普度众生至彼岸。

中国书法有楷、草、隶、篆、行等各种字体，不同字体既有时代性，又有不同的表达效果。从植入到《红楼梦》文本中的书法作品，我们也可领略到曹雪芹在书画艺术方面的“知识谱系”。首先，他对唐代颜真卿的书法情有独钟。第三十七回写探春喜欢书法，宝玉以当时颇见推崇的颜鲁公（颜真卿）的墨迹赠送，探春致函感谢宝玉“兼以鲜荔并真卿墨迹见赐”，并表示“爱之深哉”。第四十回写探春屋内西墙上挂的“烟霞闲骨骼，泉石野生涯”对联是颜鲁公的墨迹，想必就是宝玉所赠的那幅。其实，唐代并无对联这一形式，显然是小说家的虚构，意在表达二人雅致的情操和共同爱好。其次，从经常写临帖来看，曹雪芹谙熟各体书法。从第四十一回所写妙玉招待宝钗、黛玉、宝玉喝茶所用茶具上的隶书、真书、垂珠篆书等不同字体，我们可知曹雪芹对此了然于胸。

相对而言，《红楼梦》中的名人画作给人印象更深，这些画作往往配着对联。第五回写第一次盛大的家宴之后，正值腊尽春回，宁府梅花盛开，宝玉倦怠，欲睡中觉，便由侄儿媳妇秦可卿安置他到房间休息。先是在上房间内：“宝玉抬头看见一副画贴在上面，画的人物固好，其故事乃是《燃藜图》，也不看系何人所画，心中便有些不快。又有一幅对联，写的是：世事洞明皆学问，人情练达即文章。”据王嘉《拾遗记》卷六等文献记载可知，“燃藜图”是关于汉代刘向在黑夜里独自读书的故事，旨在劝告人们要惜时夜读或勤学励志的；[①]而与之配套的那副对联讲的又是世俗功利的为人处世方针，平时“愚顽怕读文章”的贾宝玉自然会有些不快。而后，他被带到秦可卿卧室内。刚至房门，一股细细的甜香让宝玉觉得眼饧骨软，连说：“这里好！这里好！”小说接下去写道：“入房向壁上看时，有唐伯虎画的《海棠春睡图》，两边有宋学士秦太虚写的一副对联，其联云：嫩寒锁梦因春冷，芳气笼人是酒香。”据考，世上并无“海棠春睡图”此物，但“海棠春睡”却是一个取自《明皇杂录》等史籍的香艳典故。据说当年贵妃醉卧海棠边，其韵非凡。后来，很多文人便习以为常地以海棠喻美人。[②]当然，这副对联也并非传世之物，只缘作者秦少游（字太虚）是一个向来被视为“情”的化身的风流才子，况且他又与可卿同姓秦，“秦”乃“情”谐音，再加小说中的“太虚幻境”也直接用了他的名字，便使得这段描写意味深长。总之，这里将绘画与对联附会到两位风流才子身上，借以点染卧室主人秦可卿的风流多情、香艳好淫，也契合宝玉喜欢香花美人的心境。值得注意的是，作者并没有就此一笔带过了事，后面第十一回写宝玉再见了此画。当时的情景是：宝玉跟凤姐去探望病中的秦氏，“宝玉正把眼瞅着那‘海棠春睡图’……不觉想起在这里睡晌觉时梦到‘太虚幻境’的事来”。再听秦氏说到自己“未必熬得过年去”，便“如万箭攒心，那眼泪不知不觉就流下来了”。由画里美人之香艳想到画外美人之即将香消玉殒，物是人非，宝玉不免万分伤感。第十三回写秦氏已死的消息传来，宝玉“连忙翻身爬起来，只觉心中似戳了一刀的，不觉‘哇’的一声，直喷出一口血来”。是怜香惜玉，还是亲情难舍？

① 倪亦斌：《见〈燃藜图〉宝玉心悸现紫禁城“红学”迷解》，《紫禁城》2009 年第 3 期。

② 静轩：《〈红楼梦〉中的传统绘画与书法》，《红楼梦学刊》1994 年第 4 期。

可见，宝玉内心世界里自有其情感秘密。

再看，小说第十九回也写到一幅图，大致经过是这样的：“元春省亲后，贾珍请客看戏放花灯，宝玉不堪繁华热闹，一人四处转悠，想起宁国府小书房内曾挂着一轴美人，极画的得神，便往书房里来。刚到窗前，闻得房内有呻吟之韵。宝玉倒唬了一跳：敢是美人活了不成？乃乍着胆子，舔破窗纸，向内一看，那轴美人却不曾活，却是茗烟按着个一女孩子，也干那警幻所训之事。宝玉禁不住大叫：‘了不得！’一脚踹进门去，将那两个唬开了，抖衣而颤。”这幅图到底有何名堂，作者没明确交代，也许就是明代唐寅（唐伯虎）的仕女图之类。这段文字的关键在于美人图下男欢女爱。估计曹雪芹曾有缘见到过这类的春宫画，于是便在第二十六回中讲了这么个故事：呆霸王薛蟠过生日，在酒桌上同宝玉等人提起了他看到的一幅十分令人喜爱的“春宫图”说：“昨儿我看人家一张春宫，画的着实好。上面还有许多的字，也没细看，只看落的款，是‘庚黄’画的。真真的好的了不得！’等他写出来，众人都看时，原来是‘唐寅’两个字。”春宫图，又名秘戏图、春宫画，是指以男女交接为主题的绘画，唐伯虎擅长这类画作。目不识丁的薛蟠竟然把唐寅读成“庚黄”。作者写这些，既突出了薛蟠人格和品格的低俗，也烘托出宝玉较高的风雅格调和文化程度。

且再看第四十回，在描绘探春的住所秋爽斋时，除了“桐剪秋风”匾额，又涉及一幅绘画和一副对联：“探春素喜阔朗，这三间屋子并不曾隔断，当地放着一张花梨大理石大案，案上堆着各种名人法帖，并数十方宝砚，各色笔筒，笔海内插的笔如树林一般。那一边设着斗大的一个汝窑花囊，插着满满的一囊水晶球的白菊。西墙上当中挂着一大幅米襄阳《烟雨图》。左右挂着一副对联，乃是颜鲁公墨迹。其联云：‘烟霞闲骨格，泉石野生涯。’”这里所提到的米襄阳就是宋代书法家米芾，他是湖北襄阳人，故称。据史载，米芾传世之作有书帖而鲜有画作，可见所谓“米襄阳《烟雨图》”云云，也并非世间固有的实物，小说只是借叙述他的笔墨气韵来渲染探春书房的清雅与清高之气罢了。所写的阔朗的书房里摆着字帖、笔、砚等各种书法工具；以及其他回目所写的探春的两个丫鬟，一个叫侍书，一个叫翠墨，都与书法相关联。作者写探春的书法爱好，别具匠心。

再看，第五十回有这么一段叙述：“贾母喜的忙笑道：‘你们瞧，这山坡上配上他的这个人品，又是这件衣裳，后头又是这梅花，像个什么？’众人都笑道：‘就像老太太屋里挂的仇十洲画的《艳雪图》。’”《红楼梦》的笔法真是别致，这里先写宝琴在银妆世界中披着凫裘的姿态，艳丽超群，得到贾母赞赏，众人将其说成“就像老太太屋里挂的仇十洲画的《艳雪图》”。所谓“仇十洲”就是明代著名画家仇英，他擅人物画，尤工仕女图。当然，仇英传世之作也并无此画，这也不过是借此画来夸赞薛宝琴之美。

当然，《红楼梦》还有三处写到西洋画，说明曹雪芹涉猎面广，同样具有写人功能。对此，胡晓明曾作过专门介绍，并指出作者通过叙述清代大家族中拥有油画这一事实，除了传达出中西文化交流的历史信息外，也凸显了主人公的身份，表现了人物性格。①

书画艺术品为世人耳濡目染，成为人们日常生活和重大活动的重要内容。无论如何，曹雪芹采取各种写法，将大量书法和绘画作品植入《红楼梦》文本，虽然多为捕风捉影的假托，但颇具叙事写人功能：不仅合乎情理地映现了文本外部的社会生活，而且有效地发挥了衬染人物性情和神韵的作用。

① 胡晓明：《大观园的文化旨意》，《武汉大学学报》2006 年第 5 期。

第二节 《红楼梦》所叙述的书画活动

《红楼梦》不仅善于通过叙述假托的名人书画来写人，而且善于通过叙述故事人物创作书画、谈书论画、欣赏书画等活动，以显示人物的精神情操、文化素养，同时还间接展示了作者的书画观念和渊博学识。

读《红楼梦》，我们不难发现，在贾府这样的钟鸣鼎食之家、诗礼簪缨之族，写字、绘画时常进行。在作者笔下，大观园里的少男少女们多参与过读书写字活动，要么自己写字作画，要么欣赏别人的书画。在第八回中，宝玉自书的“绛芸轩”匾额得到黛玉的赞赏；在第二十四回中，贾芸在宝玉外书房欣赏书画古玩；在第五十六回中，宝钗正在地下看壁上的字画……

通过叙述人物写字的姿势，可以传达人物神情、性情等风貌。第二十五回写贾环抄《金刚咒》不仅“拿腔作势”，令人作呕，而且“一时又叫彩霞倒杯茶来，一时又叫玉钏儿来夹蜡花，一时又说金钏儿挡了灯影”，如此摆弄了那么多人。小说通过这些描写让人对贾环望而生厌。第三十七回在“蘅芜苑夜拟菊花诗”一节中描写各人的书写状态，虽然用墨不多，但可以看出作者旨在借以显示他们才思的差异。在写了探春、宝钗和宝玉的写字状态时，大致用了“一时，探春便先有了，自提笔写出，又改抹了一会”、“宝玉见宝钗已誊写出来……也走到案前写了”等句子，都是平铺直叙，不见精神。而说到黛玉时却用了下列笔墨：“大家看了，宝玉说探春的好，李纨才要推宝钗这诗有身分，因又催黛玉。黛玉道：‘你们都有了？’说着提笔一挥而就，掷与众人。”在这里，我们分明看到了黛玉的自信、潇洒和才思之敏捷。

由于“书画同源，书画一体”，而“画为心声”，因而古人在表情达意时常常采取题字相赠或题字留念的方式。第二十六回写薛蟠问宝玉送他什么生日礼物，宝玉回答：“我可有什么可送的。若论银钱吃的穿的东西，究竟还不是我的。唯有我写一张字，画一幅画，才算是我的。”宝玉用送字的方式表达心意，对薛蟠也还真够意思。第三十四回中，宝玉送黛玉两条半新不旧的手帕，黛玉从中领略到了宝玉的一番苦心，“一时五内沸然炙起”，“由不得余意绵缠，令掌灯，也想不起嫌疑避讳等事，便向案上研墨蘸笔，便向那两块旧帕子上走笔写道……”一连写了三首小诗，书后犹意犹未尽。手帕常是古代的传情之物，“黛玉书帕”是宝黛爱情生活中颇为雅致而浪漫的一幕。黛玉非常珍重这方题字的手帕，第九十七回写黛玉听说宝玉、宝钗成亲之事，只求速死，便要丫鬟找出那块“有字的”手帕，拿到手里便狠命地撕，撕不动时，便点火把作为爱情信物的手帕连同自己的诗稿一起烧了。在六十二回中，宝玉过生日时，姊妹中也有给宝玉送字画的，可谓投其所好。

练得一手好字是一个人文化素养达到一定高度的标志。贾政教导宝玉特别重视练字。第七十回通过叙述贾政任满即将回京，要检查宝玉写字情况。小说所叙众人帮助宝玉补书法作业的情景，有效地发挥了写人作用。先是袭人不仅用心收藏了宝玉以前写的字，并清点了大概的张数，而且不失时机地规劝宝玉尽早补写，以完成贾政布置的写字任务，且提出来一大套的具体要求，诸如“书是第一件，字是第二件”等等。由此可以看出她的稳重、尽责和富有心计。宝玉已经意识到自己写的字太少了，实在不能搪塞过去，也不得不每天补写二三百字。然而，后来当听说贾政更改了回来的日期，遂又把字搁在一边。由此可以看出他能拖则拖的应付态度和贪玩性格，呼应了小说此前对他的评判：“愚顽怕读文章。”当听到宝玉功课落下，贾母、王夫人首先担心宝玉赶作业赶出病来，表明她们对宝玉的溺爱。探春、宝钗见此情况，想出来这样一套应对方案：“每人每日临一篇给他，搪塞过这一步就完了。”这样，既可省去贾母、王夫人的担心，又能够使“老爷到家不生气”，宝玉也“急不出病来”，说明她们虑事周全，处事得力。当然，在这件事上，黛玉的表现照样是最令人感动的：听说贾政要回来，没等别人提醒，黛玉就恐怕宝玉“临期吃了亏”，除了有意识地不去打搅他，以免他分心之外，还暗暗地把自己重建桃花社等重要事情放到一边，在别人毫无察觉的情况下为宝玉准备了一卷“一色老油纸上临的钟王蝇头小楷”（“钟”为钟繇、“王”为王羲之，他们都擅长小楷），而且与宝玉的字迹十分相似。应该说，宝玉的字写得还是不错的，而黛玉提供的字与宝玉的字十分相似，是非常不容易的，可知她背后一定为此不知付出了多少艰辛和努力，表明她对宝玉关爱之深。作者又通过如此小小一件事，写了多个人物。

《红楼梦》所叙述的最重大的一项绘画活动是“惜春画大观园”，以及“宝钗论画”。故事虽发生于第四十二回，但我们应从第十七回说起。贾府为隆重迎接做了贵妃的贾元春省亲建造了一座行宫别墅，贾政率众清客前来视察，一入门就看见一道翠嶂，评道：“非此一山，一进来园中所有之景悉入目中，更有何趣？”众人道：“极是。非胸中大有丘壑，焉能想到这里。”古代园林建设和绘画特别强调“胸中有丘壑”，这座省亲别墅之“美如画”，是“胸中有丘壑”创意的结果。第十八回写贾元春临幸后情不自禁地作诗赞美道：“衔山抱水建来精，多少工夫筑始成。天上人间诸景备，芳园应赐大观名。”于是此园被命名为“大观园”。“天上人间诸景备”这句赞语更是足以表明“其美如画”。因此，第四十回就写刘姥姥提议将其画下来。这位少见多怪的乡下人二进荣国府时，被邀请到大观园做客。贾母在得意之余问她：“这园子好不好？”刘姥姥嘴里一边念佛，一边回答道：“谁知我今儿进这园一瞧，竟比那画儿还强十倍。怎么得有人也照着这个园子画一张，我带了家去，给他们见见，死了也得好处。”虽然刘姥姥这番提议并非全是为了讨好贾母，但毕竟是一时兴至夸口之言，未必当真。可这番话却说到了贾母的心坎上。她老人家自然可以呼风唤雨，随即吩咐贾府四小姐惜春去画一幅大观园全景，送给刘姥姥。第四十二回写贾母吩咐惜春画大观园妥了，但仅仅凭着会画“几笔写意”的画技，惜春显然难以完成任务。作者也并非纯粹聚焦于叙述画大观园本身的成败，而是为了写人。小说先是写道：“黛玉忙拉他笑道：‘我且问你，还是单画这园子呢，还是连我们众人都画在上头呢？’惜春道：‘原说只画这园子的，昨儿老太太又说，单画了园子成个房样子了，叫连人都画上，就像行乐似的才好。我又不会这工细楼台，又不会画人物，又不好驳回，正为这个为难呢。’黛玉道：‘人物还容易，你草虫上不能。’李纨道：‘你又说不通的话了，这个上头那里又用的着草虫？或者翎毛倒要点缀一两样。’黛玉笑道：‘别的草虫不画罢了，昨儿母蝗虫不画上，岂不缺了典！’众人听了，又都笑起来。黛玉一面笑的两手捧着胸口，一面说道：‘你快画罢，我连题跋都有了，起个名字，就叫作《携蝗大嚼图》。’众人听了，越发哄然大笑，前仰后合。只听‘咕咚’一声响，不知什么倒了，急忙看时，原来是湘云伏在椅子背儿上，那椅子原不曾放稳，被他全身伏着背子大笑，他又不提防，两下里错了劲，向东一歪，连人带椅都歪倒了，幸有板壁挡住，不曾落地。众人一见，越发笑个不住。宝玉忙赶上去扶了起来，方渐渐止了笑。”这段以写黛玉发言为主，提出了“人在画中”的绘画方案，待讲到把刘姥姥母蝗虫画到画中时，惹得众人笑，特别是湘云都笑得歪倒了。显然，作者在探讨画理的时候，没有忘记自己的目的是在写人。

随后，是宝钗的一场高论。在惜春自谦“我又不会这工细楼台，又不会画人物”之际，宝钗平素藏愚守拙，而今却滔滔不绝地提出了自己的一番建言：“宝钗道：‘我有一句公道话，你们听听。藕丫头虽会画，不过是几笔写意。如今画这园子，非离了肚子里头有几幅丘壑的才能成画。这园子却是像画儿一般，山石树木，楼阁房屋，远近疏密，也不多，也不少，恰恰的是这样。你就照样儿往纸上一画，是必不能讨好的。这要看纸的地步远近，该多该少，分主分宾，该添的要添，该减的要减，该藏的要藏，该露的要露。这一起了稿子，再端详斟酌，方成一幅图样。第二件，这些楼台房舍，是必要用界划的。一点不留神，栏杆也歪了，柱子也塌了，门窗也倒竖过来，阶矶也离了缝，甚至于桌子挤到墙里去，花盆放在帘子上来，岂不倒成了一张笑话儿了。第三，要插人物，也要有疏密，有高低。衣折裙带，手指足步，最是要紧，一笔不细，不是肿了手就是跏了腿，染脸撕发倒是小事。依我看来竟难的很。’”这就是那段颇具影响力的“宝钗论画”故事。对宝钗论画的观点，许多红学研究者都曾行为有加地予以阐发。有的说它包含三个方面的画理：一是作画重在构思，胸中有丘壑，有生活基础，且艺术形象高于生活；二是画楼台房舍时要用“界划”；三是构图要有疏密，人物要有高低。[①]有的说薛宝钗论画集中体现了“经营位置”也就是构图的主要原则。[②]还有学者指出，宝钗提出了远近、疏密、主宾、添减、藏露、高低等古代绘画章法。[③]无论如何，在此，宝钗从选景角度，到用笔疏密，到传神达意，全面分析了绘画自身的艺术规律：既要看看纸的地步远近，该多该少，分主分宾，又要做到该添的要添，该减的要减，该藏的要藏，该露的要露……在她看来，画大观园这一工作难度系数极高，不便运作。换一个角度看，意态由来画不成，画人如此，绘景亦然。盛美的大观园本身不就是一幅不可复制的图画吗？此情此理，作者心知肚明。于是便借宝钗之口把这一画理和盘托

① 胡文彬：《红楼梦与中国文化论稿》，中国书店 2005 年版，第 124–125 页。

② 胡小伟：《〈红楼梦〉艺术论》，齐鲁书社 1983 年版，第 262 页。

③ 顾平旦、曾保泉：《文学、绘画与园林——曹雪芹笔下的大观园》，见《红学散论》，文化艺术出版社 1987 年版，第 71–72 页。

出，即好的画作必须基于作者“胸中有丘壑”。

再接下去，小说还写探春因此而向凤姐提出要求：“四妹妹为画园子，用的东西这般那般不全。”凤姐果断地答应：“若少什么，照你们的单子，我叫人替你们买去就是了。”探春的能力和凤姐的精细由此一一展现。后来，小说只写惜春休了假去画画，比较笼统地说惜春在画这个大观园。第五十回有几句话提到这件事：“大家进入房中，贾母并不归坐，只问画在那里。惜春因笑问：‘天气寒冷了，胶性皆凝涩不润，画了恐不好看，故此收起来。’贾母笑道：‘我年下就要的。你别拖懒儿，快拿出来给我快画。’”至于惜春具体怎么画的，画到了哪里，一直没有一个明确的交代。估计惜春还没有来得及画好，贾府就出事了，当然出事前惜春就已带发出家修行，画画这件事也随着她的修行而或许就不了了之了。

关于《红楼梦》所叙书画活动大致属于作者顺笔所至，而在具体叙述中又别具匠心，尤其是起到了烘衬环境气氛和写人性情的作用。

第三节 《红楼梦》蕴涵的画家笔意

根据现存为数不多的稀见资料，我们可知曹雪芹不仅善属文，而且工绘画。他的友人敦敏《题芹圃画石》云：“傲骨如君世已奇，嶙峋更见此支离。醉余奋扫如椽笔，写出胸中块磊时。”张宜泉《题芹溪居士》曰：“门外山川供绘画，堂前花鸟人吟讴。”在《伤芹溪居士》诗序中介绍说：“其人素性放达，好饮，又善诗画，年未五旬而卒。”敦敏在《赠芹圃》诗中说：“寻诗人去留僧舍，卖画钱来付酒家。”这都传达出曹雪芹善于绘画，且尤能借画石头寄托其孤傲之气节。据传曹雪芹本人也曾作过《题自画石》诗一首："爱此一拳石，玲珑出自然。溯源应太古，堕世又何年？有志归完璞，无才去补天。不求邀众赏，潇洒做顽仙。"这首诗仿佛就是一首诗歌版的《石头记》。善于绘画的曹雪芹又善于运用画理写小说，赋予小说文本以浓重的诗情画意。

曹雪芹写人绘景不事雕琢，善于使风行水上，自然成纹。园林书画可以成为用以传情达意的一种重要方式。《红楼梦》第十七回叙述了一场"大观园试才题对额"活动，贾政等人察看大观园，步入茆堂，见里面"纸窗木榻"，一洗富贵气象，贾政赞此处有"清幽气象"。宝玉却道："不及'有凤来仪'多矣。"众人见宝玉牛心，都怪他呆痴不改。今见问'天然'二字，众人忙道："别的都明白，为何连'天然'不知？'天然'者，天之自然而有，非人力之所成也。"宝玉道："却又来！此处置一田庄，分明见得人力穿凿扭捏而成。远无邻村，近不负郭，背山山无脉，临水水无源，高无隐寺之塔，下无通市之桥，峭然孤出，似非大观。争似先处有自然之理，得自然之气，虽种竹引泉，亦不伤于穿凿。古人云'天然图画'四字，正畏非其地而强为地，非其山而强为山，虽百般精而终不相宜……"由此可见，贾宝玉厌恶"人力造作"，推崇自然之趣，喜欢"天然图画"。这也体现了作者曹雪芹不事雕琢而喜好自然之美的美学观念。

《红楼梦》富含"画家笔意"，其最早评点阐发者就是与作者近距离的脂砚斋。脂评中的画论术语可一分为二分：其一是，重在评赏《红楼梦》在叙事、写人以及造境等方面所达到的逼真、生动传神的审美效果，如"画"、"如画"、"画出"、"活画"、"画工"、"活像活现"、"传神"、"行文如绘"、"比比如画"、"总是画境"、"神理如画"、"有神理，真真画出"、"直画出一美人图"、"神化之笔"等；其二是，指出作者所借用的画家笔法，如"背面傅粉法"、"千皴万染法"、"烟云模糊法"、"烘云托月法"、"云罩峰尖法”、“横云断岭法”、“横云断山法”、“横云裁岭法”、“云烟渺茫法”、“三五散聚法”、“画家三染法”、“欲画天尊先画众神法”、“画家阴阳笔法”、“画云龙法”、“颊上三毫”、“点苔法”、“烘托法”、“三染法”、“断法”、“截法”、“皴染”、“哄染”、“白描”、“点睛”等。近年，人们注意“援画论稗”，从绘画角度评论《红楼梦》者，大多都是对上述断语的阐释说明，或沿此思路探寻《红楼梦》中“如画”的描写片段，揭示“稗中有画”现象。

从脂砚斋的评语，我们可以欣赏到《红楼梦》多处文字具有绘画效果。如第七回写宝钗“同丫鬟莺儿正描花样子呢”处，甲戌本侧批曰：“一幅绣窗仕女图，亏想得周到。”第二十三回在“却是林黛玉来了，肩上担着花锄，锄上挂着花囊，手内拿着花帚”处，庚辰本侧批曰：“一幅采芝图，非葬花图也。”第二十五回“惟见花光柳影，鸟语溪声”处，庚辰本侧批为：“全用画家笔意写法。”第二十七回在“无事闷坐，不是愁眉，便是长叹”处，庚辰本侧批曰：“画美人之秘诀。”接下来在“那林黛玉倚着床栏杆，两手抱着膝，眼睛含着泪”处，侧批曰：“前批得画美人秘诀，今竟画出金闺夜坐图来了。”第三十八回正文“迎春又独在花阴下拿着花针穿茉莉花”处，庚辰本有夹批曰：“看他各人各式，亦如画家有孤耸独出，则有攒三聚五，疏疏密密，直是一幅百美图。”《红楼梦》中这类描绘俯拾即是，最突出的诸如黛玉葬花、宝钗扑蝶、晴雯撕扇、龄官画蔷，都是构图精美情韵悠长的单人仕女图。而宝玉为平儿理妆、为香菱借裙、为麝月篦头和湘云给宝玉梳头、妙玉给他献茶、玉钏为之尝羹等都不妨视为宝玉为中心的青年男女双人图。

同时，《红楼梦》又经常像是一轴轴渐次展开的画卷。第四十回写刘姥姥被凤姐儿等人戏谑出洋相一节写道：“贾母这边说声‘请’，刘姥姥便站起身来，高声说道：‘老刘，老刘，食量大似牛，吃一个老母猪不抬头。’自己却鼓着腮不语。众人先是发怔，后来一听，上上下下都哈哈的大笑起来。史湘云撑不住，一口饭都喷了出来，林黛玉笑岔了气，伏着桌子嗳哟，宝玉早滚到贾母怀里，贾母笑的搂着宝玉叫‘心肝’，王夫人笑的用手指着凤姐儿，只说不出话来，薛姨妈也撑不住，口里茶喷了探春一裙子，探春手里的饭碗都合在迎春身上，惜春离了坐位，拉着他奶母叫揉一揉肠子。地下的无一个不弯腰屈背，也有躲出去蹲着笑去的，也有忍着笑上来替他姊妹换衣裳的，独有凤姐鸳鸯二人撑着，还只管让刘姥姥。”一次平凡的小小宴会，通过曹雪芹的大手笔，被描绘得如此淋漓尽致，可谓是一幅精彩的“百笑图”。第六十二回写“憨湘云醉眠芍药茵”之后，“宝钗等吃过点心，大家也有坐的，也有立的，也有在外观花的，也有倚栏看鱼的，各自取便，说笑不一。探春便和宝琴下棋，宝钗、岫烟观局。黛玉和宝玉在一簇花下唧唧咕咕，不知说些什么”。在热闹、休闲的氛围中，大观园里的每个女孩子都自得其乐，她们焕发着美丽的青春，洋溢着青春的气息，这一切构成一幅精彩绝伦的“集艳图”。

同时，《红楼梦》还多次使用这种“绘花绘雪”的手法。清代哈斯宝《〈新译红楼梦〉回批》第三十七回有批语曰：“作画之人虽能绘花，却画不出花香，故在花旁画蝴蝶飞舞，以示花香。这不是画蝴蝶，乃是画花。虽能画雪，但画不出雪寒，所以要画个雪中烤火的人，以示其寒。这不是画火，仍就是画雪。本书多用此法暗中烘托故事，读者应细想。”第二十七回“滴翠亭杨妃戏彩蝶”可谓“绘花”手段下的名段：宝钗“刚要寻别的姊妹去，忽见面前一双玉色蝴蝶，大如团扇，一上一下，迎风翩跹，十分有趣。宝钗意欲扑了来玩耍，遂向袖中取出扇子来，向草地下来扑。只见那一双蝴蝶忽起忽落，来来往往，将欲过河去了”。此处表面写蝴蝶蹁跹飞舞，实为显示宝钗“行为豁达，随分从时”之外淳朴率真的一面。

《红楼梦》还注意变香艳为浪漫、烂漫。第六十二回“憨湘云醉眠芍药茵”可视作“海棠春睡图”画境的再现，充分显示了作者的“画花”手段：“正说着，只见一个小丫头笑嘻嘻的走来：‘姑娘们快瞧云姑娘去，吃醉了图凉快，在山子后头一块青板石凳上睡着了。’众人听说，都笑道：‘快别吵嚷。’说着，都走来看时，果见湘云卧于山石僻处一个石凳子上，业经香梦沉酣，四面芍药花飞了一身，满头脸衣襟上皆是红香散乱，手中的扇子在地下，也半被落花埋了，一群蜂蝶闹穰穰的围着他，又用鲛帕包了一包芍药花瓣枕着。众人看了，又是爱，又是笑，忙上来推唤挽扶。湘云口内犹作睡语说酒令，唧唧嘟嘟说：泉香而酒冽，玉碗盛来琥珀光，直饮到梅梢月上，醉扶归，却为宜会亲友。众人笑推他，说道：‘快醒醒儿吃饭去，这潮凳上还睡出病来呢。’湘云慢启秋波，见了众人，低头看了一看自己，方知是醉了。原是来纳凉避静的，不觉的因多罚了两杯酒，娇嚲不胜，便睡着了，心中反觉自愧。”盎然的图画，香梦成酣，落英满身，红香散乱，蜂蝶嘤嗡，好一幅浓墨重彩的美人春睡图！以湘云之豁达，哪位姐妹房中不能睡，却为何偏去睡石凳？又何必费那么多少功夫收集芍药花瓣包一个枕头？这些都不必去计较，作者之所以这样写，就是为了通过精心绘出这么一幅情境交融的画面，烘托人之美、人之俏、人之豁达风度。①

《红楼梦》善于绘雪，主要见于第四十九回“琉璃世界白雪红梅”一段，这一段完全是按画境来对人景辉映进行处理的：“一面忙起来揭起窗屉，从玻璃窗内往外一看，原来不是日光，竟是一夜大雪，下将有一尺多厚，天上仍是搓绵扯絮一般。宝玉此时欢喜非常，忙唤人起来，盥漱已毕，只穿一件茄色哆罗呢狐皮袄子，罩一件海龙皮小小鹰膀褂，束了腰，披了玉针蓑，戴上金藤笠，登上沙棠屐，忙忙的往芦雪庵来。出了院门，四顾一望，并无二色，远远的是

① 聂焱：《〈红楼梦〉中的画论与画艺》，《东岳论丛》1997 年第 2 期。

青松翠竹，自己却如装在玻璃盒内一般。于是走至山坡之下，顺着山脚刚转过去，已闻得一股寒香拂鼻。回头一看，恰是妙玉门前栊翠庵中有十数株红梅如胭脂一般，映着雪色，分外显得精神，好不有趣！宝玉便立住，细细的赏玩一回方走。”大观园内，一夜大雪，年轻人兴味浓浓地置身其中，栊翠庵的红梅如胭脂一般，映着雪色分外娇艳。这幅美景主要属于妙玉，她身在佛门，孤标傲世，身心一片洁白，可谓琉璃世界也。她美艳如红梅，她的心更如雪地红梅，但在世难容，只能生活于孤僻地带；她虽然身处佛门，可又有一个青春少女对爱的渴望和追求，恰似雪地红梅，在寒冷寂寞中绽放着。

“宝琴立雪”更是美如画。薛宝琴出现，像一丝清甜的调料融入贾府，从她出场到八十回结束，作者共用了二十几个“笑”来修饰宝琴的“清甜”：含羞带怯的笑，轻快的笑，调皮的笑，点头含笑。而她最具诗情画意的一幕就是第五十回所写的“立雪”情境：“贾母笑着，搀了凤姐的手，仍旧上轿，带着众人，说笑出了夹道。一看四面粉妆银砌，忽见宝琴披着凫靥裘站在山坡上遥等，身后一个丫环抱着一瓶红梅。”这是“宝琴立雪”场景仅有的文字，后人称这个场景为“宝琴立（踏）雪”“宝琴折梅”。“踏雪寻梅”这一场景，受到唐宋以来文人诗画相关创意的影响，是诗画经典转化为小说文本的成功范例。贾母看到这个场景，认为“宝琴”比仇十洲画里的人物还好，隔日又叮嘱惜春：“不管冷暖，你只画去，赶到年下，十分不能便罢了。第一要紧把昨日琴儿和丫头梅花，照模照样，一笔别错，快快添上。”将场景比与仇英笔下的作品，又借贾母之口重述这个场景的画味。曹雪芹非常明确地用众人的语言将“宝琴立雪”注释为一幅充满意境的画卷。另外，值得思考的是，“红”、“白”搭配的渲染恐怕不仅仅是晶莹澄澈之美好，是否尚还隐含着“红楼”美梦时过境迁之后“落了片白茫茫大地真干净”等象征？

另外，《红楼梦》中的许多场景还巧妙借用“逐物措置”画理。所谓“逐物措置”，说的是画家对画里的每一物每一处都要精心构思，然后落笔成形，不可含糊敷衍。作者在叙写某些场面时，往往不分主次，对每一个人物行动举止均作了合理的空间安排，给人拥而不挤、散而不乱的画面感。[①]如第三十八回写宝玉与众女孩子们吃螃蟹间隙动中取静的场景：“林黛玉因不大吃酒，又不吃螃蟹，自令人掇了一个绣墩倚栏杆坐着，拿着钓竿钓鱼。宝钗手里拿着一枝桂花玩了一回，俯在窗槛上掐了桂蕊掷向水面，引的游鱼浮上来唼喋。湘云出一回神，又让一回袭人等，又招呼山坡下的众人只管放量吃。探春和李纨惜春立在垂柳阴中看鸥鹭。迎春又独在花阴下拿着花针穿茉莉花。宝玉又看了一回黛玉钓鱼，一回又俯在宝钗旁边说笑两句，一回又看袭人等吃螃蟹，自己也陪他饮两口酒。袭人又剥一壳肉给他吃。黛玉放下钓竿，走至座间，拿起那乌银梅花自斟壶来，拣了一个小小的海棠冻石蕉叶杯。丫鬟看见，知他要饮酒，忙着走上来斟。”这段文字写到了黛玉倚栏钓鱼，宝钗玩花掷蕊，湘云独自出神，迎春花下穿茉莉，探春、惜春、李纨柳下看鸥鹭，可谓“绝妙一幅‘仕女图’”。前人有评曰：“描写众人情态参差错落，使阅者应接不暇，若仇十洲之《百美图》，转嫌肖形而不克肖神。”

《红楼梦》是一部充满诗情画意的小说，其中不少富有画面感的段落都把人物写得活灵活现；更有不少段落通过“绘花绘雪”、“逐物措置”等手法，使人与景相互辉映，创造出“美如画”的意境，并有效地烘托了人物的性情。曹雪芹不愧是一个深悟传统艺术之道的大家，他将运用书画艺术写人技法发挥得淋漓尽致，使得《红楼梦》在借助书画艺术原理凸显写人效果方面达到了前无古人的高度。

① 王启敏:《逐物措置 画花绘雪——从绘画角度解读〈红楼梦〉》,《河北北方学院学报》2015年第2期。

元春

第十章 《红楼梦》中的“园林”

明清之际建园之风大盛，园林也因此成为戏曲、小说书写故事的重要环境。大观园这座园林是《红楼梦》叙事最重要的环境，也体现了作者的园林美学观念，从而具有文学与文化的双重意义。关于大观园的研究可谓硕果累累，大观园究竟在哪里、到底什么样一度成为《红楼梦》研究热点，“寻梦”不断，既要还原园址，也要画出一张大观园内部线路平面图。但另一种声音则认为“意态由来画不成”，大观园实乃寄托作者理想的“空中楼阁”、“纸上园林”。①笔者引以为然，整述大观园的文学作用与大观园引发的园林美学思考是红楼游园的意义。

① 王慧《大观园研究综述》详尽描述了新旧红学时代关于大观园研究的代表性观点。见《红楼梦学刊》2005年第2辑，第278–311页。关于大观园乃“理想世界”、并非现实实有的代表观点分别是：（清）二知道人《红楼梦说梦》：“大观园之结构，即雪芹胸中邱壑也：壮年吞之于胸，老去吐之于笔耳。”见一粟编：《古典文学研究资料汇编：红楼梦卷》第一册卷三，中华书局1983年版，第85页。秦子枕《续红楼梦》“附凡例”：“前《红楼梦》书中，每每详写楼阁轩榭、树木花草、床帐铺设、衣服饮食古玩等事，正所以见荣、宁两府之富贵，使读者惊心炫目，如亲历其境，亲见其人，亲尝其味。兹本不须重赘，不过于应点染处略为点染。至于太虚幻境，与天曹地府皆渺茫冥漠之所，更不必言之确凿也。”同前，第45页。藏云《大观园源流辨》认为大观园“必是依着它的时代和环境而产生的”，“是溶和苑囿与庭院两种系统而成的一个私家园林。”见吕启祥、林东海主编：《红楼梦研究稀见资料汇编》，人民文学出版社2001年版，第590页。宋淇《论大观园》：“作者利用大观园来迁就他创造的企图，包括他的理想，并衬托主要人物的性格，配合故事主线和主题的发展，而不是用大观园来记录作者曾见到过的园林。”见《红楼梦识要：宋淇红学论集》，中国书店2000年版，第14页。

第一节　大观园缘起

余英时提出："《红楼梦》里创造了两个鲜明而对比的世界，我想分别叫它们作'乌托邦的世界'和'现实的世界'。这两个世界，落实到《红楼梦》这部书中，便是大观园的世界和大观园以外的世界。"①关于大观园的出现，第十六回庚辰本有一条夹批："大观园系玉兄与十二钗太虚幻境，岂可草率。"②作为诗礼世家，修建一座奢华的私家园林须得一个合适的理由。第十六回庚辰本有署名"畸笏"的眉批："大观园用省亲事出题，是大关键事，方见大手笔行文之立意。"③省亲不是为了衣锦还乡的炫耀，而是体恤人伦的表现。第十六回贾琏道："如今当今贴体万人之心，世上至大莫如'孝'字，想来父母儿女之性，皆是一理，不是贵贱上分别的。当今自为日夜侍奉太上皇、皇太后，尚不能略尽孝意，因见宫里嫔妃才人等皆是入宫多年，抛离父母音容，岂有不思想之理？在儿女思想父母，是分所应当。想父母在家，若只管思念女儿，竟不能见，倘因此成疾致病，甚至死亡，皆由朕躬禁锢，不能使其遂天伦之愿，亦大伤天和之事。故启奏太上皇、皇太后，每月逢二六日期，准其椒房眷属入宫请候看视。于是太上皇、皇太后大喜，深赞当今至孝纯仁，体天格物。因此二位老圣人又下旨意，说椒房眷属入宫，未免有国体仪制，母女尚不能惬怀。竟大开方便之恩，特降谕诸椒房贵戚，除二六日入宫之恩外，凡有重宇别院之家，可以驻跸关防之处，不妨启请内廷鸾舆入其私第，庶可略尽骨肉私情、天伦中之至性。"允许省亲缘起于"天伦之愿"，而允许省亲于"私第"，是因为与讲究"国体仪制"的"宫中"相比，"私第""庶可略尽骨肉私情"，享

① 见余英时：《红楼梦的两个世界》，上海社会科学院出版社 2002 年版，第 36 页。

② 见陈庆浩：《新编石头记脂砚斋评语辑校》（增订本），联经出版事业股份有限公司 2016 年版，第 294 页。

③ 同上，第 290 页。

受“天伦中之至性”。由此来看，大观园从缘起便打上了“天伦至性”的印迹，使其具有一种“母性”的庇护特征。这种“母性”的庇护功能又因元春的皇妃身份而得以充分的实现。元春眼中那为世人所热羡的深宫内院其实是“不得见人的去处”，比之“田舍之家，虽齑盐布帛，终能聚天伦之乐；今虽富贵已极，骨肉各方，然终无意趣！”（第十七至十八回）在这样的处境与心态下，元妃对天伦骨肉的慕恋转化为具有母性光辉的庇护，第二十三回写完成省亲使命的大观园如何安置，元妃想到贾府“现有几个能诗会赋的姊妹，何不命他们进去居住，也不使佳人落魄，花柳无颜”，遂命太监传谕“命宝钗等只管在园中居住，不可禁约封锢，命宝玉仍随进去读书”。从此大观园成为玉兄和十二钗的精神乐园，他们可以享受到元春渴慕而不得的骨肉亲情和性灵自由。[①]

《红楼梦》问世之前，“私订终身后花园”是戏曲、小说叙述婚恋故事的通行模式，而“花园”或有名或无名，其功能都很单一，只是青年男女一见钟情的发生地。大观园不同，其园名有着丰富的含义。《汉语大辞典》释“大观”一词出处及意义有六项：⑴谓为人所瞻仰。《易·观》：“大观在上，顺而巽。中正以观天下。”孔颖达疏：“谓大为在下所观，唯在于上。由在上既贵，故在下大观。”⑵谓宏远之观察。（汉）贾谊《鹏鸟赋》：“小智自私兮，贱彼

① 第二十三回庚辰本眉批：“大观园原系十二钗栖止之所，然工程浩大，故借元春之名而起，再用元春之命以安诸艳。”见陈庆浩：《新编石头记脂砚斋评语辑校》（增订本），联经出版事业股份有限公司 2016 年版，第 451 页。（美）夏志清《〈红楼梦〉里的爱与怜悯》指出：“当然这个园子是为元春所盖，但奉元春之命这大观园成了贾府的孩子们的住宅，她要他们能享受她在宫闱中被夺去的那种友情和温暖。”见胡文彬、周雷编：《海外红学论集》，上海古籍出版社 1982 年版，第 130 页。又，欧丽娟也说：“元春所禀赋的至高无上的皇权正是大观园之所以能够被创建的契机，也是她能够‘安诸艳’的权力所在。透过皇妃至上的尊贵身份，藉由省亲而顺理成章成为大观园的催生者，进而又主动将皇苑禁地改造为女儿乐园，直接成为女儿们无上的护卫者。”见《大观红楼·母神卷》，台湾大学出版中心 2015 年版，第 434 页。另，刘继保《大观园神话与母亲原型》认为“现实中的妃子贾元春也具有母亲原型的特征”。见《人文杂志》1992 年第 5 期，第 122 页。

贵我；达人大观兮，物无不可。”(3) 指对全貌的观察。(4)盛大壮观的景象。（宋）范仲淹《岳阳楼记》：“予观夫巴陵胜状，在洞庭一湖。衔远山，吞长江，浩浩汤汤，横无际涯，朝晖夕阴，气象万千，此则岳阳楼之大观也。”(5)形容事物的美好繁多；或谓规模宏大，内容齐备。（清）周中孚《郑堂札记》卷一：“博采群书，洋洋乎大观哉！”(6)古歌舞名。（南朝·梁）沈约有《大观舞歌》。除第 6 项外，其他五项都适用于大观园之“大观”。就修建契机来看，大观园来自皇家体恤臣民渴慕天伦骨肉之心；就其居住者来看，皇家意志的体现者贾元春又能包容性格迥异的众钗，恩惠均享；[1]就其景致来看，“园中香烟缭绕，花彩缤纷，处处灯光相映，时时细乐声喧，说不尽这太平气像，富贵风流”（第十七至十八回），所谓“天上人间诸景备”；就其规模来看，占地“三里半”，园内可行船，有皇家苑囿的宏阔[2]；就其内部来看，第四十回借刘姥姥的眼睛写缀锦阁里面的收藏：“乌压压的堆着些围屏，桌椅，大小花灯之类，虽不大认得，只见五彩炫耀，各有奇妙。”可见，“大观”一词的五个义项综合起来便是大观园“青春乐园”的特质，既具有壮阔、宏丽的外在，又有包容、亲密的内质，这才是诸芳安身之所在，众钗舒展性灵的空间。与礼序分明的园外世界相比，不仅能让游园者循四时之变换以荡涤尘心，更成为居住者适意栖身的理想王国，因此“芳园应赐大观名”。

① 欧丽娟以为“元妃之所以百般保护宽容这些特立独行的少女，其中或许存在着一种替代性的补偿心理，让元春自己幽禁于宫中饱受压抑的自由性灵，得以藉由转嫁之心理机制而间接在龄官、黛玉身上获得满足；同时也因为处身于丧失自我的皇宫内院中，而更加了解并珍惜个性的可贵，因此才尽可能地加以包容和鼓励，在最大限度内给予最多的自由”。见《大观红楼·母神卷》，台大出版中心 2015 年版，第 436 页。

② 藏云《大观园源流辨》认为大观园占地三里半，“私家园林当时恐怕少有这样大的”，“大观园的规制是近于北方苑囿的系统，它的结构，必受当时皇家园林的暗示无疑。”见吕启祥、林东海主编：《红楼梦研究稀见资料汇编》，人民文学出版社 2001 年版，第 591 页。

第二节　园与人：大观园的文学作用

（清）明义有《题红楼梦》绝句二十首，第一首就赞写大观园："佳园结构类天成，快绿怡红别样名。长槛曲栏随处有，春风秋月总关情。"①园林作为景观或者叙事背景很早就进入文学描写，但文学语境中园林书写最成功的是大观园，它并非只是展示亭林佳木、长槛曲栏之悦目的花园，"而是与人物性格、情节发展紧密联系的充满诗意的个性化舞台"。②从文学作用来看，大观园既有对前代文学中的花园功能的继承，也有超越之处，它是一个容纳爱情、艺术、自由的青春乐园。

《红楼梦》继承了前代文学有关园林功能的认识，即园林描写往往是为了叙述爱情的发生，官宦人家大多禁止未婚少女留恋园林。得益于元妃的母性庇护，宝玉和少女们得以入住大观园，而这座私家园林首先是青年男女爱情萌发的乐园，既包括园中人宝玉与黛玉，又包括有机会出入大观园的龄官与贾蔷、小红与贾芸。③但不同于前代戏曲小说"私订终身后花园"，大观园中的青春爱情书写越过"偷欢"，重在书写心灵的契合、理性的选择，有着从"欲"到"情"的洁净与提升，使关于人性的思考从本能上升到精神层面。从第十九回"意绵绵静日玉生香"、第二十三回"西厢记妙词通戏语"、第二十六回"潇湘馆春困发幽情"、第二十七回"埋香冢飞燕泣残红"、第三十二回"诉肺腑心迷

① 见一粟编：《古典文学研究资料汇编：红楼梦卷》第一册卷一，中华书局 1983 年版，第 11 页。

② 王慧：《从环境描写看大观园的文学根源》，见《红楼梦学刊》2005 年第 6 辑，第 312 页。

③ 裔锦声指出："曹雪芹把《西厢记》、《牡丹亭》和《金瓶梅》中的花园变形修饰后移植到《红楼梦》的大观园中，使大观园一方面是一座具有中国传统浪漫文学中的爱情花园——与崔莺莺、杜丽娘的花园同出一辙；另一方面又暗示大观园与中国滥情败风的小说《金瓶梅》有着一脉相承千丝万缕的关系。"见（美）裔锦声：《红楼梦：爱的寓言》，北京大学出版社 2000 年版，第 117 页。

活宝玉”中宝玉的告白，宝、黛在大观园的春风秋月中从两小无猜到心灵契合，彼此的选择日渐坚定，“素日认他是个知己，果然是个知己”，宝玉那句“你放心”的告白让木石前盟的情感发展在大观园的日月中开始了新的阶段。灵与肉的跨越也包括另外两对小儿女。贾蔷、贾芸是因监管戏班和谋求大观园后期绿化事宜而有机会进入大观园，分别遇到自己中意的女性：龄官、小红。贾蔷的爱情给小旦龄官“牢坑”般压抑的人生带来了慰藉，这位贵族后裔为这少女无处释放的痛苦而甘受折磨。这段爱情甚至启发了宝玉，“自此深悟人生情缘，各有分定”（第三十六回），这使得他的感情选择更加清晰。遇到贾芸的小红也摆脱了“婢女配小厮”的命运，同样是贵族后裔的贾芸为了吸引婢女小红的芳心也费尽了心思，这两对青年人的爱情甚至打破了他们之间的阶级分界线。

其次，大观园是一个艺术空间，使宝玉和众少女们心灵与个性得以舒展。裔锦声以为第二十三回是《红楼梦》中一个非常重要的“过渡片断”：“描写宝玉和其堂、表姐妹们从祖母的卵翼下搬入了各有其归所的大观园，从而完成他们从童年到青年的过渡。”[①]宝玉与众少女搬入大观园，便找到一方乐土，开始了属于青春的生活，这也是他们如梦人生中最美妙的一段时光。“每日只和姊妹丫头们一处，或读书，或写字，或弹琴下棋，作画吟诗，以至描鸾刺凤，斗草簪花，低吟悄唱，拆字猜枚，无所不至，倒也十分快乐。”从群像描写来看，结社作诗构成大观园主要的群体性文艺活动：“评海棠”、“题菊花”、“咏螃蟹”、“赏红梅”、“芦雪庵联诗”、“评议怀古诗”、“重建桃花社”、“偶填柳絮词”，直到“凹晶馆联诗”，既有创作，又有诗艺讨论。如此频繁描写诗社活动，是对宝玉和少女们精神世界的书写。宝玉《春夜即事》诗云：

①（美）裔锦声：《红楼梦：爱的寓言》，北京大学出版社2000年版，第118页。

“枕上轻寒窗外雨，眼前春色梦中人。”这种细腻的艺术体验和精神层面的纯净愉悦是群像式的，也只有大观园的环境才能提供。“艺术不能改变这个世界，但一个人可以在大观园的相对的宁静中为艺术而生存。”①

再次，大观园的私家园林属性为宝玉和众少女们提供了行动自由的空间，在这个空间里等级和礼序相对宽松，少了清规戒律。第四十九回做客贾府的李婶向李纨描述：“怎么一个带玉的哥儿和那一个挂金麒麟的姐儿，那样干净清秀，又不少吃的，他两个在那里商议着要吃生肉呢。”李纨等忙地找到宝玉和湘云说：“你们两个要吃生的，我送你们到老太太那里吃去。那怕吃一只生鹿，撑病了不与我相干。这么大雪，怪冷的，替我作祸呢。”“脂粉香娃割腥啖膻”这样的任性也只有在大观园才能发生。第三十八回大观园设螃蟹宴，待贾母离开后，宝玉立刻要求“把那大团圆桌就放在当中，酒菜都放着。也不必拘定坐位，有爱吃的大家去吃，大家散坐岂不便宜”。同样，六十三回“寿怡红群芳开夜宴”写的是一场关起门来偷偷享受的生日宴，在袭人的建议下，用的也是不讲位次的“花梨圆炕桌子”，一夜狂欢，就寝的秩序也放置一边，“宝玉道：‘不用叫了，咱们且胡乱歇一歇罢’”。第二天众人回味夜来情形，回归理性的袭人笑晴雯“连臊也忘了，我记得他还唱了一个”。“四儿笑道：‘姐姐忘了，连姐姐还唱了一个呢。在席的谁没唱过！’众人听了，俱红了脸，用两手握着笑个不住。”“大家取乐，不可拘泥”，这是宝玉和众少女们只能在大观园怡红院里享受到的逾越的快乐。

此外，大观园的乐园性质使个体生命有自由的呼吸。宝玉可以将四书之外的书统统烧掉，可以偷偷读《牡丹亭》、《西厢记》；黛玉可以葬花泣红而不

① 夏志清《〈红楼梦〉里的爱与怜悯》，见胡文彬、周雷编：《海外红学论集》，第130页。

必在意被人笑“痴”；妙玉可以活得“僧不僧、俗不俗”；就连宝钗也有扑蝶之忘情。大观园也是那些生命历程中有过磨难、受过惊吓的少女们自我重建与自我修复的所在。①比如香菱，薛姨妈评价从人牙子手中买回的香菱“模样儿好还是末则，其为人行事，却又比别的女孩子不同，温柔安静，差不多的主子姑娘也跟他不上呢”（第十六回）。香菱本与十二钗一样出身姑苏当地的“望族”，父亲甄士隐“神仙一流”的品格使得香菱禀赋异质、不同凡俗，被拐卖的经历使她失去受教育的机会，“可惜他这么个人竟俗了”（第四十八回）。然而，她内心对文明世界的向往以及感悟能力从未失去。第四十八回宝钗说中了她的心事：“我知道你心里羡慕这园子不是一日两日了。”香菱羡慕的当然不是园内花柳繁华，而是那些代表文明的诗会雅集。因此，一旦获准入园小住，她立刻提出要向宝钗学诗，“好姑娘，你趁着这个工夫，教给我作诗罢。”接下来在大观园的日子中，她拜黛玉为师，与湘云论诗，“拿了诗，回至蘅芜苑中，诸事不顾，只向灯下一首一首的读起来。宝钗连催他数次睡觉，他也不睡”，“如此茶饭无心，坐卧不定”（第四十八回）。大观园学诗的时光也让她潜在的艺术禀赋开始发光，她与黛玉讨论王维《塞上》说：“那一联云：‘大漠孤烟直，长河落日圆。’想来烟如何直？日自然是圆的。这‘直’字似无理，‘圆’字似太俗。合上书一想，倒像是见了这景的。若说再找两个字换这两个，竟再找不出两个字来。再还有‘日落江湖白，潮来天地青’，这‘白’‘青’两个字也似无理。想来，必得这两个字才形容得尽，念在嘴里倒像有几千斤重

① 夏志清《〈红楼梦〉里的爱与怜悯》认为：“大观园可以象征地被看做受惊恐的少年少女们的天堂。”见胡文彬、周雷编：《海外红学论集》，上海古籍出版社 1982 年版，第 130 页。另，欧丽娟《论大观园的空间文化——以屋舍、方位、席次为中心》引用巴舍拉（Gaston Bachelard）“母亲意象”与“家屋意象”合一的理论提出：“大观园中的居所有如提供安慰和凝聚私密感的柔情共同体，是一个被安全、温暖所包围的庇护轴心。”见《汉学研究》第 28 卷第 3 期，第 105 页。

的一个橄榄。还有‘渡头馀落日，墟里上孤烟’：这‘馀’字和‘上’字，难为他怎么想来！我们那年上京来，那日下晚便湾住船，岸上又没有人，只有几棵树，远远的几家人家作晚饭，那个烟竟是碧青，连云直上。谁知我昨日晚上读了这两句，倒像我又到了那个地方去了。”香菱有优秀的艺术天分，即使被拐卖而失去教育机会，心灵的艺术感悟能力还在，只是没有能力将审美的具体经验抽象至审美的理性认识，大观园学诗使得她步上教育轨道，如璞玉被琢磨，美好品格开始有了优雅的光泽，曾经遭受磨难与惊吓的内心得以修复，这段时光也是她人生最有质量的。同样，失去双亲庇护、依傍叔叔婶子生活的湘云“在家里竟一点儿作不得主”，不仅被拘管、压抑，而且累得很，“在家里做活做到三更天，若是替别人做一点半点，他家的那些奶奶太太们还不受用呢”（第三十二回），在大观园暂住的时光为她提供了最大的自由，第四十九回湘云对宝琴说：“你除了在老太太跟前，就在园里来，这两处只管顽笑吃喝。”在这里，她可以“抢命”似的联诗、可以“用鲛帕包了一包芍药花瓣枕着”，“卧于山石僻处一个石凳子上”，“香梦沉酣”，任“四面芍药花飞了一身”，“一群蜂蝶闹穰穰的围着他”，“口内犹作睡语说酒令，唧唧嘟嘟说：泉香而酒冽，玉碗盛来琥珀光，直饮到梅梢月上，醉扶归，却为宜会亲友”（第六十二回），如此畅快、张扬地回到青春女儿的身心状态。因而在被家人接出大观园时，湘云含泪叮嘱宝玉：“便是老太太想不起我来，你时常提着打发人接我去。”（第三十六回）再如迎春，“从小儿没了娘”，邢夫人对她苛责多、关爱少，搬入大观园紫菱洲居住的时光是她人生最幸福的“心净日子”，紫菱洲的蓼花苇叶、翠荇香菱曾是她安顿身心的所在。误嫁孙绍祖，“觑着那，侯门艳质同蒲柳，作践的，公府千金似下流”（第五回）。从此“不闻永昼敲棋声，燕泥点点污棋枰”，那些与姐妹们相伴的时光成了她的“眠思梦想”。第八十回王夫人边为迎春落泪边问她想住在哪里，迎春表示“还记挂着我的屋子，还得在园里旧房子里住得三五天，死也甘心了”。这是迎春唯一的一次回娘家，重返紫菱洲寻梦是她内心短暂的自我修复，也是她生命落幕之前最后的光亮。

要之，大观园对于宝玉和众少女们来说有如那避秦世之乱的武陵桃源，这座园林不是仅供暂时歇脚的所在，而是屋舍俨然，具有居住功能，“其中林壑田池，于荣府中别一天地，自宝玉率群钗来此，怡然自乐，直欲与外人间隔矣”。[①]从文学层面来看，大观园成为青春的乐园。

第三节　私人空间与人：大观园的文学作用

大观园是宝玉与诸钗的安顿身心之所在，其屋舍布局和设计具有生活与居住的实用功能。从文学作用来看，大观园中主要私人生活空间所展示的特点与其居住者的个性及身份相吻合，而私人空间的配置又暗示着人物之间的关系。[②]

大观园私人空间第一次展现是在第十七回至十八回，“园内工程俱已告竣”，

① 见《红楼梦说梦》，一粟编：《古典文学研究资料汇编：红楼梦卷》第一册卷三，中国书局 1983 年版，第 86 页。

② 宋淇认为潇湘馆、稻香村、蘅芜苑、怡红院、栊翠庵等等“不论是外面的庭院布置、花草，还是室内装置都在配合这几位主角的性格、衬托得他们更加凸出”。见《红楼识要：宋淇红学论集》，中国书店 2000 年版，第 16 页。另，黄葆芳《大观园的布置》：“大观园无疑的是《红楼梦》中许许多多主角及配角演出的大舞台，也是每个人物不同个性的生活背景，既是背景，当然要符合每个主角演出的场面，才能与情景互相吻合。”见胡文彬、周雷编：《海外红学论集》，上海古籍出版社 1982 年版，第 481 页。又，裔锦声：“《红楼梦》中的大观园还反映了中国传统作家的园林意识。在‘壶中’构建完整的宇宙境界，形成‘壶中天地’，是明清小说家极力追求的意境，‘芥子’般大小的园中能‘天人合一’。曹雪芹沿用明清园林建造的特点，用园林、房屋结构比喻其文学作品的构架，寓深意于其中。”见（美）裔锦声著：《红楼梦：爱的寓言》，北京大学出版社 2000 年版，第 122–123 页。

在省亲之前进行最后的检查，“或有不妥之处，再行改造，好题匾额对联的”，因此在贾珍引导下，贾政带领众清客及宝玉开始游园。自正门进入，第一处出现在眼前的居住空间就是后来被元妃更名的“潇湘馆”：“忽抬头看见前面一带粉垣，里面数楹修舍，有千百竿翠竹遮映。众人都道：‘好个所在！’于是大家进入，只见入门便是曲折游廊，阶下石子漫成甬路。上面小小两三间房舍，一明两暗，里面都是合着地步打就的床几椅案。从里间房内又得一小门，出去则是后院，有大株梨花兼着芭蕉。又有两间小小退步。后院墙下忽开一隙，得泉一派，开沟仅尺许，灌入墙内，绕阶缘屋至前院，盘旋竹下而出。贾政笑道：‘这一处还罢了。若能月夜坐此窗下读书，不枉虚生一世。’”此处屋舍特点一是空间“小小”的，连室内家具须“合着地步”打就，“一明两暗”的朝向无法形成空间视觉的拓展感；二是植被色彩以竹绿为主，间以梨花白，显得格外幽静，宜于读书。这两个特点在第四十回又被刘姥姥看在眼里。贾母带刘姥姥游潇湘馆时曾说“这屋里窄”，而刘姥姥却以为“如今又见了这小屋子，更比大的越发齐整了。满屋里的东西都只好看，都不知叫什么，我越看越舍不得离了这里”。因见窗下案上设着笔砚，又见书架上磊着满满的书，刘姥姥以为“‘这必定是那位哥儿的书房了”，得知是黛玉闺房时笑道：“这那像个小姐的绣房，竟比那上等的书房还好。”一方面，“小小的”、“这屋里窄”等居室描写与屋主心性似有对应，[①]第七十六回中秋月夜黛玉陷入感伤，湘云劝慰她“我也和你一样，我就不似你这样心窄”；另一方面“一明两暗”又凸显了幽暗中的光亮，映衬了黛玉“心较比干多一窍”的灵犀，而书房般的室内布置也与林黛玉的诗

① 欧丽娟以为关于潇湘馆空间窄小的描写暗示了黛玉“多心”、“心较比干多一窍”的细腻幽微，以及不免“心窄”的人格特点。见《论大观园的空间文化——以屋舍、方位、席次为中心》，《汉学研究》第28卷第3期，第113页。

人气质一致，不独贾政游此心生读书之意，连潇湘馆的鹦鹉都是会念诗的。就植被来看，这居处因千百竿翠竹而成林，连窗纱都是绿的，既与绛珠仙草来历对应，又暗合潇湘妃子的典故。大株梨花与“离”谐音，与黛玉“曾经离丧”身世相符，至于芭蕉，在古典诗词中更是不眠人夜雨离愁的意象，这些居所描写都与居住者林黛玉的特质相称，第十七回脂批评潇湘馆：“此方可为颦儿之居。”①

贾政等人游园遇到的第二处居所就是后来被元妃赐名的“稻香村”：“转过山怀中，隐隐露出一带黄泥筑就矮墙，墙头皆用稻茎掩护。有几百株杏花，如喷火蒸霞一般。里面数楹茅屋。外面却是桑，榆，槿，柘，各色树稚新条，随其曲折，编就两溜青篱。篱外山坡之下，有一土井，旁有桔槔辘轳之属。下面分畦列亩，佳蔬菜花，漫然无际。贾政笑道：‘倒是此处有些道理。固然系人力穿凿，此时一见，未免勾引起我归农之意。’”总体来看这处居所在设计上突出农家元素，黄泥、青篱的色彩和桑榆菜花之类的植被也令人清心寡欲，但这里偏又有“几百株杏花，如喷火蒸霞一般”格外夺目。屋主李纨青春丧偶，内心早已“竟如槁木死灰一般，一概无见无闻，惟知侍亲养子”。然而人性活力之顽强却远非她所料，有如那喷火杏花，以至她也有不自觉的忘情之举，第三十九回李纨夸赞平儿时不由得“揽着他”，“平儿一面和宝钗湘云等吃喝，一面回头笑道：‘奶奶，别只摸的我怪痒的。’”待说起“守得住守不住”时，李纨酒意之下感慨陡生，“说着滴下泪来”。虽然寡居多年，但李纨内心的人欲有如星火，一息尚温，故有天理人欲交战，正如贾政对稻香村设计的评价“系人力穿凿”，而宝玉竟与父亲看法一致，对稻香村的“人力穿凿”颇有微词：“此

① 见陈庆浩：《新编石头记脂砚斋评语辑校》（增订本），联经出版事业股份有限公司2016年版，第310页。

处置一田庄，分明见得人力穿凿扭捏而成。远无邻村，近不负郭，背山山无脉，临水水无源，高无隐寺之塔，下无通市之桥，峭然孤出，似非大观。争似先处有自然之理，得自然之气，虽种竹引泉，亦不伤于穿凿。古人云‘天然图画’四字，正畏非其地而强为地，非其山而强为山，虽百般精而终不相宜……”“人力穿凿”、有违自然之理、非其本性，即使精心也终究不合适，凡此岂独建筑之理如是，人生态势如李纨者亦然。

同样，栊翠庵内的植被也衬托了居住者妙玉的个性。第四十一回贾母带刘姥姥游园至栊翠庵，“至院中见花木繁盛，贾母笑道：‘到底是他们修行的人，没事常常修理，比别处越发好看。’”第四十九回宝玉“走至山坡之下，顺着山脚刚转过去，已闻得一股寒香拂鼻。回头一看，恰是妙玉门前栊翠庵中有十数株红梅如胭脂一般，映着雪色，分外显得精神，好不有趣！”妙玉身份虽是女尼，她自己也以“槛外人”自称，但她真实的心性却是“僧不僧、俗不俗”的，因此宝玉生日，她会送来贺卡遥叩芳辰；她的日常生活方式更有似隐士和名流，而非方外之人。栊翠庵里花木繁盛以求悦目赏心恰是对幻象世界的留恋，十数株映雪红梅既可视作高洁，也隐含着妙玉并未真正忘世的内心，没能参透色与空，“欲洁何曾洁，云空未必空”。

贾政一行人遇到的第三处居所是后由元妃赐名的“蘅芜苑”。石块与异草是蘅芜苑设计的主体元素，一进门，“忽迎面突出插天的大玲珑山石来，四面群绕各式石块，竟把里面所有房屋悉皆遮住，而且一株花木也无”。没有花木映衬，石块只有朴拙之姿，且遮住视线难见居舍真容，故贾政对这处建筑的初始印象是：“无味的很。”但细看来，“只见许多异草：或有牵藤的，或有引蔓的，或垂山巅，或穿石隙，甚至垂檐绕柱，萦砌盘阶，或如翠带飘飘，或如金绳盘屈，或实若丹砂，或花如金桂，味芬气馥，非花香之可比。贾政不禁笑道：

‘有趣！只是不大认识。’”第四十回贾母诸人“一同进了蘅芜苑，只觉异香扑鼻。那些奇草仙藤愈冷愈苍翠，都结了实，似珊瑚豆子一般，累垂可爱”。与花木之多姿相比，蘅芜苑的异草色泽虽无绚烂，但姿态却万千，绕石盘阶，在回转中别有异趣，因此贾政赞叹“有趣”，贾母觉得“可爱”。旁学杂收如宝玉者更知这看似单一的蔓草却是藤萝薜荔、杜若蘅芜、茝兰、清葛、金薆草、玉蕗藤、紫芸、青芷，等等，“想来《离骚》、《文选》等书上所有的那些异草”，远看无趣，近之有异香，而香草在《离骚》中更有高洁之寓意。蘅芜苑匠心所在与居住者薛宝钗的个性形成呼应。宝钗给人的初始印象便是“罕言寡语，人谓藏愚；安分随时，自云守拙”（第八回），然而相处日久，便会发现她身上那种“任是无情也动人”的理性之美，正如那看似无趣实则香气内敛、有高洁之意的异草和累垂的果实。如果说潇湘馆清华超逸，蘅芜苑自有“蘅芷清芬”。己卯本夹批赞蘅芜苑“此一处则今古书中未见之工程也”。①

贾政一行人最后进入的是后由元妃赐名的“怡红院”。就空间距离来看，怡红院与潇湘馆最近，第二十三回写宝玉听到黛玉打算选潇湘馆，“拍手笑道：‘正和我的主意一样，我也要叫你住这里呢。我就住怡红院，咱们两个又近，又都清幽。’”庚辰本夹批云：“择邻出于玉兄，所谓真知己。”②两处居所空间距离最近，这与宝、黛之间的亲密关系对应，早在第五回已有交待：“宝玉和黛玉二人之亲密友爱处，亦自较别个不同，日则同行同坐，夜则同息同止，真是言和意顺，略无参商。”但若从空间大小来看，怡红院却与蘅芜苑比肩齐大，乃整座大观园中最大的两处所在。第十七回至十八回通过贾政等人游园写蘅芜

① 见陈庆浩：《新编石头记脂砚斋评语辑校》（增订本），联经出版事业股份有限公司2016年版，第317页。

② 同上，第454页。

苑的居室结构为“上面五间清厦”，而二十六回借贾芸之眼写怡红院结构也是“小小五间抱厦”，第五十六回探春评说：“可惜，蘅芜苑和怡红院这两处大地方竟没有出利息之物。”对此，余英时先生指出“闲闲一语透露了蘅芜苑和怡红院并为大观园中最大的两所住处。木石虽近而金玉齐大，正是脂砚斋所谓‘钗颦对峙’也”。[①]

宝、黛关系在感情上最亲近，而二宝关系在地位上最重要。此外，怡红院内的植被特征则暗含“兼美”之意。第十七回写“院中点衬几块山石，一边种着数本芭蕉；那一边乃是一棵西府海棠，其势若伞，丝垂翠缕，葩吐丹砂”。在商量如何题写匾额时，宝玉说：“依我，题‘红香绿玉’四字，方两全其妙。”原因是“此处蕉棠两植，其意暗蓄‘红’‘绿’二字在内。若只说蕉，则棠无着落；若只说棠，蕉亦无着落。固有蕉无棠不可，有棠无蕉更不可”。蕉棠两植、红绿互衬，海棠之妩媚鲜妍与芭蕉之超逸出尘形成均衡，此即钗、黛之“兼美”，故此宝玉提出“怡红快绿”之命名。[②]

第四节　大观园与园林美学

“衔山抱水建来精，多少工夫始筑成”（元春《题大观园》），大观园是

① 见余英时：《红楼梦的两个世界》，上海社会科学院出版社 2002 年版，第 51 页。“钗颦对峙”语出《红楼梦》第十七回脂批：“盖钗颦对峙，有甚难写者。”见陈庆浩：《新编石头记脂砚斋评语辑校》（增订本），联经出版事业股份有限公司 2016 年版，第 317 页。

② 欧丽娟《何以为“大观”——大观园的寓意另论》从命名角度提出“怡红快绿”后由元妃更名为“怡红院”，去“绿”存“红”，形成一红独大的命名态势，乃是舍黛取钗促成“金玉良姻”之意。见《东方文化》2014 年第 47 卷第 2 期，第 25–26 页。

作者将园林美学与眼目所见相结合创造而成，虽为“纸上园林”，却有真实的园林做依据。中国古典园林的理论积累与建造技术在清代达到高峰，大观园即诞生在这样的时代背景之下，从文化层面来看，大观园阐发了古典园林的造园理论和美学观念，集中于文本第十七回至第十八回、第四十一回及第七十六回，可谓“借小说以说园，可抵一篇造园论也”。[①]

“盖园以建筑为主，树石为辅，树石为建筑之联缀物也。”[②]建筑、山石、水、植物是园林艺术的基本元素。小说通过贾政与众清客、元妃与家人、贾母与刘姥姥三次游园经历将大观园全貌勾勒出来，对其建筑名目做出交待，分别是：厅（体仁沐德厅）、堂（嘉荫堂）、楼（大观楼）、阁（缀锦阁）、亭（滴翠亭）、桥（沁芳桥）、轩（蓼风轩）、榭（藕香榭）、斋（秋爽斋）、苑（蘅芜苑）、馆（潇湘馆）、庵（栊翠庵）。建筑的名类与其功用相对应。[③]从主次来看，这些建筑分为主体建筑、次要建筑、一般建筑、建筑小品。主体建筑如大观楼；有重点建筑如怡红院、潇湘馆、蘅芜苑、稻香村；有次要建筑如秋

① 陈从周：《续说园》，见《说园》，山东画报出版社、同济大学出版社 2002 年版，第 108 页。

② 陈从周：《说园》，见《说园》，同上，第 39 页。

③（明）计成《园冶》释堂、斋、馆、楼、阁、亭、榭、轩、广如下：“古者之堂，自半已前，虚之为堂。堂者，当也。谓当正向阳之屋，以取堂堂高显之义”；“斋较堂，惟气藏而致敛，有使人肃然斋敬之义。盖藏修密处之地，故式不宜敞显”；“散寄之居，曰‘馆’，可以通别居者。今书房亦称‘馆’，客舍为‘假馆’”。“《说文》云：重屋曰‘楼’。《尔雅》云：陕而修曲为‘楼。’言窗牖虚开，诸孔慺慺然也。造式，如堂高一层者是也”；“阁者，四阿开四牖。汉有麒麟阁，唐有凌烟阁等，皆是式”。“《释名》云：‘亭者，停也。人所停集也。’司空图有休休亭，本此义。造式无定，自三角、四角、五角、梅花、六角、横圭、八角至十字，随意合宜则制，惟地图可略式也”。“《释名》云：榭者，藉也。藉景而成者也。或水边，或花畔，制亦随态”；“轩式类车，取轩轩欲举之意，宜置高敞，以助胜则称”；“古云：因岩为屋曰‘广’，盖借岩成势，不或完屋者为‘广’”。以上见（明）计成著、陈植注释《园冶注释》，中国建筑工业出版社 1988 年版，第 83–91 页。大观园有嘉荫堂、秋爽斋、潇湘馆、大观楼、缀锦阁、滴翠亭、藕香榭、蓼风轩、芦雪广（庵）等建筑名称。

爽斋、紫菱洲、藕香榭、缀锦阁、栊翠庵等；有一般建筑如凹晶馆、凸碧山庄、芦雪庵等，此外还有建筑小品如蜂腰桥、滴翠亭、沁芳桥等。[①]从功能来看，上述建筑分为居住类、仪式庆典类、宗教类、观赏类建筑。居住类建筑是怡红院、潇湘馆、蘅芜苑、稻香村、秋爽斋、紫菱洲、藕香榭，仪式庆典类建筑是体仁沐德厅、嘉荫堂、大观楼，宗教类建筑是栊翠庵，前两类建筑都有较强的实用性。还有一类则是观赏类建筑，如滴翠亭、蓼风轩、沁芳桥、缀锦阁等。

《园冶·兴造论》云："故凡造作，必先相地立基，然后定其间进，量其广狭，随曲合方，是在主者，能妙于得体合宜，未可拘率。"[②]可知园林动工之前，须选地、绘制规划图、建立整体布局，主持者的筹划能力非常重要。施工程序是建筑先行，然后引水，造山堆石，最后点缀花木。建造园林首当相地选址，"名园筑何处，仙境别红尘"（林黛玉《世外仙源》），可以是开筑新基，也可以是翻造旧园，第十六回所述吴贵妃的父亲吴天祐便是另筑新基，"往城外踏看地方去了"；而贾府则是旧园改造，议定"从东边一带，借着东府里花园起，转至北边，一共丈量准了，三里半大，可以盖造省亲别院了"。然不论新基还是旧园，"相地合宜，构园得体"才是相地选址的关键。所谓合宜，即巧于"因"、"借"[③]，因地制宜，或为亭或为榭，"借得山川秀，添来景物新"。"旧园妙于翻造，自然古木繁花"，且节省成本，故第十六回写贾琏叮嘱贾蓉："正经是这个主意才省事，盖造也容易；若采置别处地方去，那更费事，……

① 见梁敦睦：《从〈红楼梦〉写大观园看曹雪芹的园林艺术思想》，《红楼梦学刊》1987 年第 3 辑，第 171–178 页。

② 见（明）计成著、陈植注释：《园冶注释》，中国建筑工业出版社 1988 年版，第 47 页。

③ （明）计成《园冶·兴造论》："'因'者：随基势之高下，体形之端正，碍木删桠，泉流石注，互相借资；宜亭斯亭，宜榭斯榭，不妨偏径，顿置婉转，斯谓'精而合宜'者也。'借'者：园虽别内外，得景则无拘远近，晴峦耸秀，绀宇凌空，极目所至，俗则屏之，嘉则收之，不分町畽，尽为烟景，斯所谓'巧而得体'者也。"同上，第 47–48 页。

若老爷们再要改时，全仗大爷谏阻，万不可另寻地方。”便捷之一是园基天成：“先令匠人拆宁府会芳园墙垣楼阁，直接入荣府东大院中。荣府东边所有下人一带群房尽已拆去。当日宁荣二宅，虽有一小巷界断不通，然这小巷亦系私地，并非官道，故可以连属。”便捷之二是水源自有：“会芳园本是从北拐角墙下引来一股活水，今亦无烦再引。”脂批：“园中诸景，最要紧是水，亦必写明方妙。”“写出水源，要紧之极”，“又造园圃者，惟知弄莽憨顽石壅笨塚，辄谓之景，皆不知水为先着。”[①]“问渠哪得清如许，唯有源头活水来”，活水乃是园林艺术的生命，大观园中的沁芳溪便从这股活水而生。便捷之三是山石竹木以及亭榭栏杆等大半现成，皆可借入，“凑来一处，省得许多财力，纵亦不敷，所添亦有限”。相地合宜，然后方能依地制图。由第四十二回宝钗指点惜春绘制“大观园行乐图”可知，“原先盖这园子，就有一张细致图样，虽是匠人描的，那地步方向是不错的”。图成动工，赦、政等人只监管工程，规划布局及具体事宜“全亏一个老明公号山子野者，一一筹画起造”，“凡堆山凿池，起楼竖阁，种竹栽花，一应点景等事，又有山子野制度。”（第十六回）

在造景上，大观园借鉴了园林造景常用之法如借景、障景、对景、添景等。[②]借景乃林园造景最重要手法，把自然景物如声音、光影、形体、时间引入园中与竹木山石组合成景，调动视觉、听觉、嗅觉的多重感官体验，形成层次丰富的审美体验。第十七回至十八回贾政和众人进得园门，“往前一望，见白石崚嶒，或如鬼怪，或如猛兽，纵横拱立，上面苔藓成斑，藤萝掩映，其中微露羊肠小径。”山石布满“苔藓”形成苍古的视觉美感，这种美感的形成

① 见陈庆浩：《新编石头记脂砚斋评语辑校》（增订本），联经出版事业股份有限公司 2016 年版，第 297 页、第 321 页。

② 见谭巍：《大观园造景手法体现的曹雪芹艺术思维》，《红楼梦学刊》2012 年第 6 辑，第 158-167 页。

需要时间因素，因为苔藓不是短时间能养成的，己卯本批语："曾用两处旧有之园所改，故如此写方可，细极。"[①]同回写蘅芜苑之美则突出了满苑异草，"味芬气馥，非花香之可比"，这里借入花香，以嗅觉参与审美体验，故贾政不禁笑道："有趣。"同回写怡红院中蕉棠两植，红绿相映，若逢下雨，雨打芭蕉，遂可听雨，如此构成视听结合的综合审美。第三十五回"只见满地下竹影参差，苔痕浓淡"，此处造景借助了光线形成竹影与苔痕的斑驳视觉美。第四十五回黛玉等宝钗来夜话，"不想日未落时天就变了，淅淅沥沥下起雨来。秋霖脉脉，阴晴不定，那天渐渐的黄昏，且阴的沉黑，兼着那雨滴竹梢，更觉凄凉。"黄昏日色听秋雨淅沥穿林打叶，将风雨声借入与窗外竹林交融成景，秋声凄美付诸听觉，激发客旅思乡之情，才有黛玉《秋窗风雨夕》以抒怀。第七十六回写中秋夜贾母和众钗于凸碧山庄赏月，只见"月至中天，比先越发精彩可爱"，遂传家乐司笛，"正说着闲话，猛不防只听那壁厢桂花树下，呜呜咽咽，悠悠扬扬，吹出笛声来。趁着这明月清风，天空地净，真令人烦心顿解，万虑齐除，都肃然危坐，默默相赏。"将笛声、圆月、清风借入，与园内桂花树相映成景，产生摄人心魄的视觉、听觉、触觉的综合美感。由上可知，借景是园林美学中的重要手法，所谓"园外有景妙在'借'，景外有景在于'时'，花影、树影、云影、水影、风声、水声、鸟语、花香，无形之景，有形之景，交响成曲"。[②]

障景是取欲露先藏、柳暗花明之理。大观园中运用障景之法最具代表的描写在第十七回至十八回，贾政与众人打开园门，"只见迎面一带翠嶂挡在前面。众清客都道：'好山，好山！'贾政道：'非此一山，一进来园中所有之景悉

① 见陈庆浩：《新编石头记脂砚斋评语辑校》（增订本），联经出版事业股份有限公司 2016 年版，第 307 页。

② 陈从周：《说园》，山东画报出版社、同济大学出版社 2002 年版，第 19 页。

入目中，则有何趣。’”稻香村、蘅芜苑造景亦同此理，“倏尔青山斜阻。转过山怀中，隐隐露出一带黄泥筑就矮墙，墙头皆用稻茎掩护。有几百株杏花，如喷火蒸霞一般。”至蘅芜苑“步入门时，忽迎面突出插天的大玲珑山石来，四面群绕各式石块，竟把里面所有房屋悉皆遮住”。这三处造景均为障景法，在审美接受心理上形成欲扬先抑之感，待转过山石，顿觉别有景致，愈发生色，趣味大增。如陈从周说：“园林景物有仰观、俯观之别，在处理上亦应区别对待。”①

对景也是园林造景手法之一，指的是从甲观赏点观赏乙观赏点，从乙观赏点观赏甲观赏点的造景方法。大观园中的凹晶馆与凸碧山庄利用两点之间地势高低差形成了对景。第七十六回湘云以为“这山上赏月虽好，终不及近水赏月更妙”，提出和黛玉去凹晶馆赏月联诗，“山坳里近水一个所在就是凹晶馆。可知当日盖这园子时就有学问。这山之高处，就叫凸碧；山之低洼近水处，就叫作凹晶。……可知这两处一上一下，一明一暗，一高一矮，一山一水，竟是特因玩月而设此处。有爱那山高月小的，便往这里来；有爱那皓月清波的，便往那里去。”凸碧山庄是一座建在山脊上的敞厅，“因在山之高脊，故名曰凸碧山庄”。在此观月乃是俯观，视野开阔，故贾母说：“赏月在山上最好。”而凹晶馆却在山坳里，“房宇不多，且又矮小”，“只一转弯，就是池沿，沿上一带竹栏相接，直通着那边藕香榭的路径。因这几间就在此山怀抱之中，乃凸碧山庄之退居，因洼而近水，故颜其额曰‘凹晶溪馆’。”与凸碧山庄俯看圆月的开阔感不同，凹晶馆既能俯视水中月，又可仰观空中月，层次丰富，“只见天上一轮皓月，池中一轮水月，上下争辉，如置身于晶宫鲛室之内。微风一过，粼粼然池面皱碧铺纹，真令人神清气净。”

① 陈从周：《说园》，山东画报出版社、同济大学出版社 2002 年版，第 10 页。

大观园的造景方法体现了古典园林与山水绘画同构的理念，借鉴了绘画理论。比如，第四十二回宝钗指点惜春作画："这园子却是像画儿一般，山石树木，楼阁房屋，远近疏密，也不多，也不少，恰恰的是这样。你就照样儿往纸上一画，是必不能讨好的。这要看纸的地步远近，该多该少，分主分宾，该添的要添，该减的要减，该藏的要藏，该露的要露。"园林造景亦如是，"画究经营位置，造园言布局"①，多与少、主与宾、添与减、藏与露，这是绘画的讲究，也是园林造景的成败关键，"大抵一山一水，一木一石，全在人之穿插布置耳"。②第十七回至十八回写贾政等人进入石洞，"只见佳木茏葱，奇花熌灼，一带清流，从花木深处曲折泻于石隙之下。再进数步，渐向北边，平坦宽豁，两边飞楼插空，雕甍绣槛，皆隐于山坳树杪之间。"花木要露，而飞楼则要藏，吊角飞檐于山树间隐约可见，既有悦目之景又引发想象。园林美学也和绘画一样追求含蓄、意犹未尽，"观之不足由他遣"（《牡丹亭·游园》），空间有限而审美无垠，"心游万仞，情寄八荒"。大观园风景如画被刘姥姥一语道破："我们乡下人到了年下，都上城来买画儿贴。时常闲了，大家都说，怎么得也到画儿上去逛逛。想着那个画儿也不过是假的，那里有这个真地方呢。谁知我今儿进这园一瞧，竟比那画儿还强十倍。"（第四十回）画论对园林的影响还表现在素壁的设计上，"中国南方园林中的墙面总要刷白，这可巧妙衬出日月所射的竹影"③，大观园中的墙也多为素壁，第十七回至十八回贾政一行人未进园

① 见陈从周：《未尽园林情》，商务印书馆国际有限公司 2010 年版，第 627 页。

② 见陈庆浩：《新编石头记脂砚斋评语辑校》（增订本），联经出版事业股份有限公司 2016 年版，第 313 页。

③ 见童寯：《论园》，北京出版集团公司、北京出版社 2016 年版，第 7 页。另，陈从周《说园》（三）："江南园林叠山，每以粉墙衬托，盖觉山石紧凑峥嵘，此粉墙画本也。"见陈从周：《说园》，山东画报出版社、同济大学出版社 2002 年版，第 70 页。

门先看园墙，“左右一望，皆雪白粉墙”，同回写潇湘馆是“一带粉垣，里面数楹修舍，有千百竿翠竹遮映”，而怡红院亦是“粉墙环护，绿柳周垂”。墙垣皆取素壁，日月光线移墙，竹影斑驳投映，遂成素壁为纸、墨竹为画的审美效果。此外，追求自然也是园林与山水绘画共同的理据，“山贵有脉，水贵有源，脉源贯通，全园生动”。①宝玉对稻香村的田园风光设计不以为然是因为“远无邻村，近不负郭，背山山无脉，临水水无源，高无隐寺之塔，下无通市之桥，峭然孤出，似非大观”。违背自然之理，缺少自然之气，虽种竹引泉，分明见得人力穿凿扭捏而成”，终非“天然图画”。“所谓‘人力造作’，所谓‘穿凿’者，伪也。所谓‘有自然之理，得自然之趣’者，真也。”②

古典园林不仅与绘画同构，也与文学同源。“天人合一”是中国艺术的特质，题名、匾额与楹联等人文气息的参与使自然景致增加了雅致，获得升华。“园寓诗文，复再藻饰，有额有联，配以园记题咏，园与诗文合二为一”③，营造园林的诗情画意。“亭榭之额真是赏景的说明书”，启发游思，“而对联文辞之隽永，书法之美妙，更令人一唱三叹，徘徊不已”④，复添游兴；有时候人与园景“早难道好处，相逢无一言”（《牡丹亭·惊梦》，“必藉之以题辞，辞出而景生”。⑤大观园的景致动人也源于极具人文气息的题刻、联额、题咏等文字。故第十七回至十八回贾政对众门客说：“偌大景致，若干亭榭，无字标题，也觉寥落无趣，任有花柳山水，也断不能生色。”“题辞必须流连光景，

① 见陈从周：《说园》，山东画报出版社、同济大学出版社 2002 年版，第 4 页。
② 同上，第 108 页。
③ 见陈从周：《品园》，江苏凤凰文艺出版社 2016 年版，第 781 页。
④ 见陈从周：《说园》，山东画报出版社、同济大学出版社 2002 年版，第 14 页。
⑤ 同上，第 37 页。

细心揣摩，谓之‘寻景’”①，“寻景”之后还要斟酌词句贴切。小说借宝玉的评点阐述了园林题刻、联额、题咏的拟写原则：编新不如述古、写景须思人事、与景点贴合。宝玉主张“编新不如述旧”，但“述旧”是取古意而不是字句拘泥、陷入陈词滥调。第十七回贾政众人入园第一处所见“镜面白石一块，正是迎面留题处”，宝玉建议“直书‘曲径通幽处’这句旧诗在上”，意指此处并非主景，乃是“探景一进步”，提示游者好的景致更在后面，具有激发遐思作用，很是恰切。但为稻香村命名时，众人以“编新不如述旧”为由，提议定名为“杏花村”却被宝玉哂笑，“村名若用‘杏花’二字，则俗陋不堪了”，因“杏花村”已是前人用过的名词，除了重复交待已在眼前的杏花之外，不能激发游者遐思，因此俗陋，宝玉为之取名“稻香村”，令游者产生“柴门临水稻花香”的想象，既贴合田园风光又避免拾前人牙慧。入园遇到一溪流水需要题名，宝玉以为大观园乃“省亲驻跸别墅，亦当入于应制之例”，题刻用字当“蕴藉含蓄”，因此弃“泻玉”而名之为“沁芳”。为潇湘馆拟题时亦强调“这是第一处行幸之处，必须颂圣方可”，元妃省亲是皇权的象征，故名“有凤来仪”。离了稻香村，复前行，“转过山坡，穿花度柳，抚石依泉，过了荼蘼架，再入木香棚，越牡丹亭，度芍药圃，入蔷薇院，出芭蕉坞，盘旋曲折。忽闻水声潺湲，泻出石洞，上则萝薜倒垂，下则落花浮荡。众人都道：‘好景，好景！’”欲为这一处景致题名为“秦人旧舍”，取世外桃源之意，宝玉却以为大不妥，“‘秦人旧舍’说避乱之意，如何使得？”他提议用“蓼汀花溆”，雅致合景。在为“蘅芜苑”题写楹联时，众人满口“兰麝”、“明月”、“洲渚”，宝玉却以为这等词语

① 见陈从周：《说园》，山东画报出版社、同济大学出版社 2002 年版，第 37 页。

与蘅芜苑异草满庭的景致毫不相干，“匾上则莫若‘蘅芷清芬’四字。对联则是：吟成荳蔻才犹艳，睡足酴醾梦也香”。如此方能与景致贴合，同样，宝玉为怡红院题写匾额为“红香绿玉”也是因“此处蕉棠两植，其意暗蓄‘红’‘绿’二字在内。若只说蕉，则棠无着落；若只说棠，蕉亦无着落。固有蕉无棠不可，有棠无蕉更不可”，“‘红香绿玉’四字，方两全其妙”。

要而言之，大观园这座纸上园林是作者胸中丘壑与其眼目所及相结合而诞生的，借园林以写人，借园林以述审美，既有作者文学书写的匠心所在，也再现了中国古典园林与诗画一体的美学样态。

齡官

第十一章 《红楼梦》中的“戏曲”

邓云乡在《红楼风俗名物谭》中说：“《红楼梦》中写到戏剧的地方非常多，约略计之，有十一、二回中写到戏剧和戏剧有关的情节，如把所有情节中涉及的戏剧问题，都加以阐述介绍，那足够写一本《红楼梦》‘戏剧史’了。”学界关于《红楼梦》中的戏剧研究也着力甚深。[①]整理前代学人与时贤的研究可知，《红楼梦》中的戏剧分别源于元杂剧、明清传奇，以雅部昆曲剧目居多，也有一部分花部地方戏剧目，如弋阳腔。[②]从文学角度来说，戏剧在《红楼梦》中起到暗示情节发展、交待人物命运的作用，构成另一种叙事途径，同时也使人物形象更丰满，主题意蕴得以深化；从文化角度来看，《红楼梦》中的戏剧描写为读者了解传统戏曲文化提供了窗口。

① 关于《红楼梦》中戏剧研究的学术论著可参看胡文彬：《红楼梦与中国文化论稿》，中国书店 2005 年版；邓云乡：《红楼风俗名物谭》，文化艺术出版社 2006 年版；徐扶明：《〈红楼梦〉与戏曲比较研究》，上海古籍出版社 1984 年版。

② 据（清）李斗《扬州画舫录》载：“两淮盐务例蓄花雅两部，以备大戏。雅部即昆山腔，花部为京腔、秦腔、弋阳腔、梆子腔、罗罗腔、二簧调，统谓之乱弹。”一般认为，所谓“雅部”指的是“昆剧”，“雅”意为“雅正”，昆曲被视为雅乐正声，后有“百戏之祖”美誉。所谓“花部”，指的是昆剧以外的各种声腔剧种。昆山腔曾一度占有压倒性的演出优势，乾隆年间，雅部与花部的竞争变得激烈，最终雅部衰落，地方戏壮大。有关“花雅之争”的研究可参看吴新雷：《昆曲史考论》，上海古籍出版社 2015 年版；郭英德：《明清传奇史》，江苏古籍出版社 1999 年版。

第一节 《红楼梦》中的“家班”[1]

《红楼梦》提到戏班大部分是“家班”，比如贾家、史家、忠顺王府、薛家、李家（李纨婶娘家）、南安太妃等世家都有自己的“家班”。自晚明至清乾嘉年间，“缙绅家喜蓄优伶”（《啬庵随笔》卷五）以备贵族世家生活需要是极为流行的。史料记载颇多，学界亦有详尽研究。[2]贾府家班尤是小说文本浓墨重彩所描绘的一支。

《利玛窦中国札记》描述观赏戏剧、蓄养家班在中国贵族世家社交生活中的重要性：“凡盛大宴会都要雇用这些戏班，听到召唤他们就准备好上演普通剧目中的任何一出。通常是向宴会主人呈上一本戏目，他挑他喜欢的一出或几出。客人们一边吃喝一边看戏，并且十分惬意，以致宴会有时要长达十个小时，戏一出接一出也可连续演下去直到宴会结束。”[3]《红楼梦》写贾府在喜庆、节日、生辰、迎宾待客等聚会、庆祝场合都少不了戏剧演出，故需要有一支训练有素的家班以备时用。从第十七回至第十八回可知贾府原有家班的伶人们“如今皆已皤然老妪了”，难承庆祝元妃省亲这样重大的喜事，必须更新换代，补充青年优伶。于是第十六回叙贾蔷奉贾珍之命，备银三万两，“带领着来管家两个儿子，还有单聘仁、卜固修两个清客相公”，“下姑苏聘请教习，采买女孩子，

① 杨惠玲认为：“家班指的是由私人置办并主要用于娱乐消遣的戏曲演出团体。”参见杨惠玲：《戏曲班社研究——明清家班》，厦门大学出版社 2006 年版，第 4 页。

②（明）张岱在《陶庵梦忆》提到的“张氏声妓（卷四）”、“刘晖吉女戏（卷五）”都为家班优伶。参见《陶庵梦忆·西湖梦寻》，上海古籍出版社 2001 年版，第 70 页、第 89 页。（清）缪荃孙《云自在随笔》卷一《论史》亦载清康熙年间“养优班者极多”。参见缪荃孙：《云自在龛随笔》，商务印书馆 1958 年版，第 26 页。今人相关研究详参杨惠玲：《戏曲班社研究——明清家班》；徐扶明：《〈红楼梦〉与戏曲比较研究》之《〈红楼梦〉与家庭戏班》，上海古籍出版社 1984 年版。

③ 见利玛窦、金尼阁：《利玛窦中国札记》，中华书局 1983 年版，第 24 页。

置办乐器行头等事。”

新家班由十二位女伶人组成，即“红楼十二官”，分别是：（小生）文官、（小生）宝官、（小生）藕官、（正旦）玉官、（正旦）芳官、（小旦）蕊官、（小旦）药官、（小旦）龄官、（老旦）茄官、（大花面）葵官、（小花面）荳官、（老外）艾官。从优伶的行当来看，有三位小生、五位旦角，可见生旦戏在贾府家班是重头戏。昆曲演出史上的生旦戏都是爱情题材，有“传奇十部九相思”之说（李渔《怜香伴》序）；唱腔上都是“水磨腔”风格。[①]《红楼梦》写的是绵延数代的贵族世家，像贾母、薛姨妈、元妃、贾宝玉等真正懂戏的人所喜爱的剧目如《牡丹亭·游园》、《牡丹亭·寻梦》、《牡丹亭·离魂》、《西厢记·听琴》、《玉簪记·琴挑》、《长生殿·乞巧》、《西楼·楼会》等都是情爱题材的生旦戏，其中大部分是“南昆”的代表剧目，故贾府家班聘请教习、采办优伶都来自姑苏，这种偏好见于史载，今人亦有翔实考论。[②]贵族世家良好的文化积淀使得贾府在选择、训练家班伶人方面都有经验。十二官年龄基本在十一二岁，第五十三回在《西楼·楼会》剧中扮演文豹的小花脸荳官才九岁，却极其机灵讨喜，懂得察言观色，插科打诨恰到好处，“引的贾母等都笑了。薛姨妈等都说：‘好个鬼头孩子，可怜见的。’”这种年龄段的家班被称作娃娃戏班，接受力和可塑性都很好。《红楼梦》第十七回至十八回元妃点了《豪宴》、《乞巧》、《仙缘》、《离魂》四折戏，分别出自昆曲《一捧雪》、《长生殿》、《邯

① 吴新雷指出，昆山腔经革新后，“运气得法，深沉而不浮躁，转音自然柔和，悠扬悦耳，号称昆腔水磨调。”见《昆曲史考论》，上海古籍出版社 2015 年版，第 5 页。

② 明末徐树丕《识小录》：“吴中曲调起魏氏良辅，隆（隆庆）、万（万历）间精妙益出，四方歌者必宗吴门，不惜千里重赀致之，以教其伶伎。”李渔《曲话》有载：“选女乐者必自吴门。”徐扶明于此有详细考论，他还指出，贾府家班演出的生旦戏都是字少腔多的“细曲”，比较雅致。见《〈红楼梦〉与戏曲比较研究》之《〈红楼梦〉中戏曲演员生活》和《〈红楼梦〉中戏曲演出》。上海古籍出版社 1984 年版。

郸记》、《牡丹亭》，都是昆曲舞台常演的经典剧目，艺术要求相当高，有表演难度。这是贾府新一代家班首次演出亮相，“一个个歌欺裂石之音，舞有天魔之态。虽是妆演的形容，却作尽悲欢情状。”足见这十二个新采办的苏籍年轻伶人表演精细、技艺上乘，虽是赶排的，却不粗糙。正如第五十四回贾母所述：“如今这小戏子又是那有名玩戏家的班子，虽是小孩子们，却比大班还强”，“又不出去做买卖，所以竟不大合时”，“少不得弄个新样儿的。”因为不受商业驱动，贾府这样的童龄家班无须合时随俗，尽可以随主人品味而求新意，艺术水平不可低估。

依附贵族世家生存的家班伶人为了适应主人的艺术水准和随时随地的演出传唤，平时要在教习的带领下保持规范的训练，所谓“台上一分钟，台下十年功”至今也是戏曲表演这个行业中通行的道理。对于娃娃戏班来说，这样的生活显得枯燥、压抑。《利玛窦中国札记》描述：“有时候戏班班主买来小孩子，强迫他们几乎是从幼就参加合唱、跳舞以及参与表演和学戏。”[①]《红楼梦》第十七回至第十八回写新家班刚进府，贾府“将梨香院早已腾挪出来，另行修理了，就令教习在此教演女戏”，赶在元妃省亲前，“贾蔷那边也演出二十出杂戏来”。即使没有传唤，排练也是常态的。《红楼梦》第二十三回林黛玉正欲回房，“刚走到梨香院墙角上，只听墙内笛韵悠扬，歌声婉转”，“便知是那十二个女孩子演习戏文呢”。第三十六回龄官对贾蔷口吐怨言正是伶人们身心疲惫的共同感受：“你们家把好好的人弄了来，关在这牢坑里学这个劳什子还不算，你这会子又弄个雀儿来，也偏生干这个。你分明是弄了他来打趣形容我们，还问我好不好。”龄官吐血、药官病亡，想来跟学戏、演戏的辛苦有关。

① 见利玛窦、金尼阁：《利玛窦中国札记》，中华书局 1983 年版，第 25 页。

第三十回宝玉赶回怡红院，扣门无应，原来“小生宝官、正旦玉官两个女孩子，正在怡红院和袭人玩笑，被大雨阻住。大家把沟堵了，水积在院内，把些绿头鸭，花鸂鶒，彩鸳鸯，捉的捉，赶的赶，缝了翅膀，放在院内顽耍，将院门关了”。对宝官、玉官这两个尚处在天真年龄的优伶来说，如此放松、游戏的时光是不多的。第五十四回庆元宵观戏贾母对等着传唤扮戏的文官等人笑道：“大正月里，你师父也不放你们出来逛逛。”越是节庆时节，家班伶人越是忙碌，排练、演出是她们人生被规定的全部。

因缺少流动性、固定归属于某一贵族世家，家班优伶不仅要勤于训练提升表演技艺，还要秉性机灵、诙谐幽默，体贴主人心思、讨其欢心，从而挣得一个稳定的生活环境。《红楼梦》第三十三回忠顺王府长史官奉王命向贾政索要琪官蒋玉菡，理由是：“王爷亦云：‘若是别的戏子呢，一百个也罢了，只是这琪官随机应答，谨慎老诚，甚合我老人家的心，竟断断少不得此人。’”第五十三回贾府家班唱《西楼·楼会》，饰演文豹的小花脸荳官虽然只有九岁，却头脑活络，临场发挥、插科打诨：“‘你赌气去了，恰好今日正月十五，荣国府中老祖宗家宴，待我骑了这马，赶进去讨些果子吃是要紧的。’说毕，引的贾母等都笑了。薛姨妈等都说：‘好个鬼头孩子，可怜见的。’……贾母笑说：‘难为他说的巧。’便说了一个‘赏’字。早有三个媳妇已经手下预备下小簸箩，听见一个‘赏’字，走上去向桌上的散钱堆内，每人便撮了一簸箩，走出来向戏台说：‘老祖宗、姨太太、亲家太太赏文豹买果子吃的！’说着，向台上便一撒，只听豁啷啷满台的钱响。”荳官伶俐、乖巧、鬼机灵的表现激发了主人的怜惜之心，可见家班艺人很小就懂得生存不仅要技艺出挑，还需要行事机敏。

与跑码头、闯江湖谋生的职业戏班相比，家班并不追逐商业利益，而是依附于世家大族，有稳定的经济支持，伶人们的演出主要是服务于自己的家主，因此生存环境相对干净，有一定尊严。《红楼梦》第六十回写芳官回击赵姨娘骂她低贱如“娼妇粉头”时说：“我便学戏，也没往外头去唱。”家班中技艺出色的伶人更有体面。第十七回至第十八回写元妃省亲观赏家班演出，独爱龄官的表演，大加赏赐且意犹未尽。太监又道：“贵妃有谕，说‘龄官极好，再作两出戏，不拘那两出就是了’。”第二次再点龄官的戏目，尊贵如皇妃竟也是十分客气的，由伶人自选剧目，没有强制。当龄官以“原非本角之戏，执意不作”，拒演《游园》、《惊梦》，“定要作《相约》、《相骂》二出”时①，负责管理家班的“贾蔷扭他不过，只得依他作了”。元妃得知后，“甚喜，命‘不可难为了这女孩子，好生教习’，额外赏了两匹宫缎、两个荷包并金银锞子、食物之类”。《游园》、《惊梦》是《牡丹亭》舞台本常演的折子戏，属于昆剧行当中闺门旦（五旦）的戏，而龄官出身家门是贴旦（六旦），擅长嘻笑怒骂的戏，因此拒演。像元妃这样出身于文化素养良好的“钟鸣鼎食之家、诗礼簪缨之族”并且懂戏的观众对技艺出色的伶人是很礼敬的。第三十六回贾宝玉去梨香院龄官处求唱一套“袅晴丝”遭拒后，“自己便讪讪的红了脸，只得出来了”。第五十八回晴雯埋怨芳官太过张狂：“会两出戏，倒像杀了贼王、擒了反叛来的。”芳官行当是正旦，但也能唱闺门旦，五十四回写贾母听戏专听“口齿发脱”和“一个喉咙”，命芳官清唱《寻梦》，这一折就是闺门旦的独角戏，今天舞台演出也在30分钟之上，非常考验闺门旦功夫的。可见芳官天赋良好、

① 《相约》、《相骂》二折戏源自明代传奇《钗钏记》，署名月榭主人，或曰松江王玉峰作。有关该剧著录见徐扶明：《〈红楼梦〉与戏曲比较研究》第51页；同参王潞伟、张颖：《〈红楼梦〉中演出剧目考证》，载《曹雪芹研究》2014年第3期，第129-130页。该剧讲述书生皇甫吟与富家女史碧桃历经波折、终成眷属的爱情故事。《相约》一折叙丫环芸香奉碧桃小姐之命约皇甫吟于中秋之夜前往史家花园，打算赠其金银钗钏作为纳聘迎娶之资。皇甫吟外出，芸香托皇甫吟之母转达。《相骂》一折今舞台本亦称“讨钗”，韩时忠假冒皇甫吟诈取钗钏，碧桃主仆与皇甫吟均不知情。芸香又到皇甫吟家，谴责他收受财物却不肯迎亲，皇甫吟之母却说儿子并未赴约，二人为此争吵起来。

表演出众，入得了贾母的眼，也深得宝玉喜爱。才华出众也会使伶人们内心分裂，在至尊至卑中徘徊。第五十八回写“文官等一干人或心性高傲，或倚势凌下，或拣衣挑食，或口角锋芒，大概不安分守理者多”，恃才逾分，不能自已，角儿的位置产生高傲心性也是自然的。《红楼梦》第十七回至第十八回己卯本有一段夹批：“按近之俗语云：‘宁养千军，不养一戏。’盖甚言优伶之不可养之意也。”原因是“拿腔作势辖众恃能”，虽抱怨至此，却也承认像龄官、芳官等技艺出众的家班伶人在主人心中“虽欲不怜而实不能不怜，虽欲不爱而实不能不爱”。①

离开了戏台，没有了表演需要，家班伶人还是被贱视的。《红楼梦》第五十八回王夫人在安排家班伶人临时出路时说：“这学戏的倒比不得使唤的，他们也是好人家的儿女，因无能卖了做这事，装丑弄鬼的几年。”贵族世家固然需要家班，但唱戏还是被视作“无能”和“装丑弄鬼”。与贵族身份长成的王夫人相比，赵姨娘看待优伶“不过娼妇粉头之流！我家里下三等奴才也比你高贵些的”（第六十回）。赵姨娘自己就是“下三等奴才”出身，由奴而妾、靠着生儿育女才熬成半个主子，尽管如此，她仍然觉得比芳官这样的伶人“高贵些”。伶人一旦被发现有逾越分际的言行，所面临的侮辱也比一般人更深。第五十八回芳官指责她干娘偏疼亲女儿时，这婆子羞愧生怒：“怪不得人人说戏子没一个好缠的。凭你甚么好人，入了这一行，都弄坏了。”而原本认为戏子也是“好人家的儿女”的王夫人在整饬门户时，首先要清除的就是优伶，原因是：“唱戏的女孩子，自然是狐狸精了！”（第七十七回）

或因时局变幻、或因年长，家班伶人的饭碗并非一端到底，“‘千里搭长棚，

① 见陈庆浩：《新编石头记脂砚斋评语辑校》（增订本），联经出版事业股份有限公司 2016 年版，第 349 页。

没有个不散的筵席'，谁守谁一辈子呢？不过三年五载，各人干各人的去了。"（第二十六回）家班优伶也要面临职业终局，另作打算。因她们原是"好人家的儿女"，贾府家班解散时，依照祖上惯例，"给他们几两银子盘费，各自去罢"。但依自幼卖入戏班学戏、后依附豪门的生存经历使家伶们既无亲可寻，也不愿、不能像职业戏班一样跑江湖、闯码头，新旧两代家班的共同选择都是留下，转换为奴，成了"使唤的"，或者管理未来的伶人。《红楼梦》第五十八回"如今虽有几个老的还在，那是他们各有原故，不肯回去的，所以才留下使唤，大了配了咱们家的小厮们了"。无独有偶，现在"将十二个女孩子叫来面问，倒有一多半不愿意回家的：也有说父母虽有，他只以卖我们为事，这一去还被他卖了，也有说父母已亡，或被叔伯兄弟所卖的，也有说无人可投的，也有说恋恩不舍的。所愿去者止四五人"。家班中有远见、懂世故的伶人会早做转行打算的。第五十八回写红楼十二官中"或有一二个知事的，愁将来无应时之技，亦将本技丢开，便学起针黹纺绩女工诸务"。

红楼世界中的优伶们虽"身为下贱"，却"心比天高"，枯燥的排练生涯不但不能完全泯灭青年优伶活泼的人性，相反情爱戏演多了，情感格外敏锐，甚至会人戏合一。因此龄官会爱上朝夕相处的青年公子贾蔷，在蔷薇花下"画了有几千个'蔷'"（第三十回）。而戏内扮演生旦情事的藕官、药官在戏外有了一段同性恋爱："他竟是疯傻的想头，说他自己是小生，药官是小旦，常做夫妻，虽说是假的，每日那些曲文排场，皆是真正温存体贴之事，故此二人就疯了，虽不做戏，寻常饮食起坐，两个人竟是你恩我爱。"（第五十八回）这段人戏不分的故事在药官死去后继续延续在小旦蕊官身上，"不疯魔，不成活。"

要之，贾府家班是明清两代世家大族蓄养家班的缩影，通过红楼十二官的人生故事可以了解晚明至乾隆中叶家班优伶的生存境遇和精神世界。

第二节　《红楼梦》中观戏的标准

戏曲在贾府这样的贵族世家传播渠道有两种，一是家班排演的“台本”，即观看戏曲演出；二是青年人阅读的“角本”，即戏曲原著文本阅读。从接受来看，《红楼梦》中的戏曲传播在内容上有角本和台本的差异，同一剧目也是如此。

从阅读环境来看，包括《西厢记》、《牡丹亭》在内的许多小说与戏曲文本是禁止公开传播的，原因是内容有伤风化，青年子弟不许涉猎，贵族之家尤其禁止。[①]《红楼梦》第五十四回贾母的一段话代表了世家大族对才子佳人小说的看法：“‘所以我们从不许说这些书，丫头们也不懂这些话。这几年我老了，他们姊妹们住的远，我偶然闷了，说几句听听，他们一来，就忙歇了。’李薛二人都笑说：‘这正是大家的规矩，连我们家也没这些杂话给孩子们听见。’”贾母等人这番评论不仅针对才子佳人小说，也涵盖了《西厢记》张生私会莺莺、《牡丹亭》杜丽娘慕色生情的戏曲故事。[②]家长们一旦知道孩子们背着大人们偷看这类文本，“打得打，骂得骂，烧的烧”（第四十二回）。第二十三回写茗烟亦曾嘱咐贾宝玉不可把《西厢记》和《牡丹亭》这类书拿进园去，“若叫

① 见王利器:《元明清三代禁毁小说戏曲史料（增订本）》，上海古籍出版社1981年版，第43页、第56页。另，明清两代小说中亦有对《西厢记》的批评，如：刊刻于明万历年间的话本小说集《吴生寻芳雅集》言吴廷璋入娇凤闺房，“见几上有《烈女传》一帙。生因指曰：‘此书不若《西厢》可人。’凤曰：‘《西厢》，邪曲耳。’”见（明）赤心子编:《绣谷春容》，江苏古籍出版社1994年版，第11页。又如，（清）李绿园《歧路灯》第十一回写《金瓶梅》、《西厢记》都是“行淫之书，邪荡之语，子弟未有不坏事者”。中州书画出版社1980年版，第122页。

② 《至宝录》内篇上《先贤格言》：“近有一等小年瞎姑及男瞽，弹唱词曲，描写佳人才子，苟合成欢，百般丑态，无不尽其情致，开少年子弟之情窦，动无知妇女之春思，因而做出丑事。凡为家长者，断不可令此等人入门，不独杜男女之邪心，且可省无端之防范，于风俗人心，实有裨益也。”见王利器:《元明清三代禁毁小说戏曲史料（增订本）》，上海古籍出版社1981年版，第177页。

人知道了，我就吃不了兜着走呢。”

《红楼梦》多次写宝、黛二人征引《西厢记》文词以通心声，甚至在公开的诗酒聚会场合也会脱口说出《西厢记》的句子。不过，宝、黛口中的《西厢记》戏文恰恰源于禁书名单中的王实甫《西厢记》。[①]阅读王实甫《西厢记》触犯了当时社会情境下贵族世家的礼教要求与行为规范，青年子弟会因之名声受损。[②]在小说所描述的时代环境中，贵族世家的青年人即使如宝、黛也是不敢冒天下之大不韪挑战礼法的，对声名尊严同样很在意，并读《西厢》在花前也是须防他人知道的。《红楼梦》第二十三回宝玉叮嘱黛玉：“好妹妹，若论你，我是不怕的。你看了，好歹别告诉别人去。”第四十二回黛玉在酒宴场合忘却禁忌，《西厢记》句子脱口而出，事后无人处宝钗批评她：“‘好个千金小姐！好个不出闺门的女孩儿！满嘴里说的是什么？你只实说便罢。’……黛玉一想，方想起来昨儿失于检点，那《牡丹亭》《西厢记》说了两句，不觉红了脸，便上来搂着宝钗，笑道：‘好姐姐，原是我不知道随口说的。你教给我，再不说了。’”尽管爱《西厢记》词藻警人，读之“余香满口”，不由自主地“心内还默默记诵”，但黛玉自认于人前公然说出是“失于检点”的，面对宝钗的批评，她没有辩驳，“垂头吃茶，心下暗伏，只有答应‘是’的一字”。

① 徐扶明认为宝、黛、钗读过的《西厢记》以及薛宝琴、贾探春、邢岫烟、麝月口中的《西厢记》句子都是王实甫《西厢记》，即“北西厢”。见徐扶明：《〈红楼梦〉与戏曲比较研究》第45–46页。另，王潞伟、张颖指出，贾府舞台所演“西厢”与宝黛之间言及“西厢”，从风格、语言、思想等各方面都存在差异，这也可以看出，康乾时期人们对不同的“西厢”所表现出的不同态度。见王潞伟、张颖：《〈红楼梦〉中演出剧目考证》，《曹雪芹研究》2014年第3期，第134–135页。

② （清）王宏撰《山志》卷四《传奇》：“佛家言拔舌地狱，果有之，则王实甫、关汉卿固当不免。”清乾隆四十一年《淄川县志》卷七张嵋《风俗日漓等约》：“万恶淫为首，国法难宥，天理不容，……毋案藏狭邪之书，斯可防门户之辱矣。”以上分见王利器：《元明清三代禁毁小说戏曲史料（增订本）》，上海古籍出版社1981年版，第371页、第115页。

即便在宝黛二人私密情境中，宝玉每每用《西厢记》句子向黛玉表明心迹，也是遭到黛玉嗔怒的，《红楼梦》第二十三回宝玉笑道：“我就是个‘多愁多病身’，你就是那‘倾国倾城貌。’”林黛玉听了，“不觉带腮连耳通红，登时直竖起两道似蹙非蹙的眉，瞪了两只似睁非睁的眼，微腮带怒，薄面含嗔，指宝玉道：‘你这该死的胡说！好好的把这淫词艳曲弄了来，还学了这些混话来欺负我。我告诉舅舅舅母去。’说到‘欺负’两个字上，早又把眼睛圈儿红了，转身就走。”第二十六回林黛玉知道自己一句“每日家情思睡昏昏”的慨叹被宝玉听了去，“自觉忘情，不觉红了脸”。当听到宝玉与紫鹃开玩笑：“好丫头，‘若共你多情小姐同鸳帐，怎舍得叠被铺床？’”林黛玉登时撂下脸来，既而哭道：“如今新兴的，外头听了村话来，也说给我听；看了混帐书，也来拿我取笑儿。我成了爷们解闷的。”这里的“混帐书”、“村话”指的就是王实甫《西厢记》。与宝、黛相同，第四十二回薛宝钗自述幼时背着大人们读过《西厢记》以及第五十一回薛宝琴据《西厢记》新编怀古诗第九首“蒲东寺怀古”[①]都是王实甫的“北西厢”。但这在社会主流认知中是有伤风化的作品，不允许公开传播的。[②]王国维《红楼梦评论》说艺术有“眩惑”的副作用，有“眩惑”感的作品不宜传播：“若美术中而有眩惑之原质乎，则又使吾人自纯粹之知识出而复归于生活之欲。……《西厢记》之《酬柬》，《牡丹亭》之《惊梦》……故眩惑之于美，如甘之于辛，火之于水，不相并立者也。吾人欲以眩惑之快乐

① 第五十一回薛宝琴新编怀古诗第九首“蒲东寺怀古”：“小红骨贱最身轻，私掖偷携强撮成。虽被夫人时吊起，已经勾引彼同行。”

② （清）顾公燮《消夏闲记摘抄》卷下《陈眉公学问人品》记有人游冥府见王实甫、汤显祖因口孽深重被拘系于地狱事，见王利器：《元明清三代禁毁小说戏曲资料（增订本）》，上海古籍出版社1981年版，第374页。

医人世之苦痛，是犹欲航断港而至海，入幽谷而求明，岂徒无益，而又增之。则岂不以其不能使人忘生活之欲及此欲与物之关系，而反鼓舞之也哉！”[①]

不过深闺少女如探春、薛宝琴、邢岫烟口中出现的《西厢记》句子虽是来自王实甫《西厢记》，但输入途径却是民间俗语。王实甫《西厢记》问世后，“人皆争诵”，虽屡遭官方禁止，但《西厢》名句流传民间，成为人尽皆知的俗语。第六十二回探春说：“恭敬不如从命”，源于《西厢记》第二本第二折；第六十三回邢岫烟评论妙玉行事：“这可是俗语说的‘僧不僧，俗不俗，女不女，男不男’，成个什么道理。”其中“僧不僧，俗不俗，女不女，男不男”源于《西厢记》第二本的楔子，[②]已经变成“俗语”，足见流传之广。而《红楼梦》中的贾母、寡居的李纨，乃至品行颇有袭人风范的丫环麝月对《西厢记》的接受则是源于看戏。“台本”《西厢记》有的是据明代李日华改编的《西厢记》（亦称“南西厢”）排演，有的则是源于王实甫“北西厢”的折子戏[③]。前者如第五十四回贾母提到史府戏班上演的《西厢记·听琴》；后者如同回贾母命葵官清唱折子戏《惠明下书》。而第五十八回麝月对芳官戏语“把个莺莺小姐拷打成红娘了”也出自“北西厢”。第五十一回诸钗点评薛宝琴怀古诗第九首

① 《静庵文集·红楼梦评论》，见《王国维遗书》第三册，上海书店1983年版，第421–422页。

② 见王实甫：《西厢记》，王季思校注，上海古籍出版社1978年版，第70页、第57页。

③ 折子戏，亦称为“摘锦”，现存明万历刊本《摘锦奇音》，收录于王秋桂主编：《善本戏曲丛刊》第一辑，台湾学生书局1984年版。郭英德说：“因为旧戏流传久远，观众对旧戏的故事情节早已烂熟于心，观看演出时往往偏重于欣赏片段的唱腔与演员的表演，因而多演一部剧作中精彩的散出。”参见郭英德：《明清传奇史》，第325页。台本折子戏不仅是剧本最精彩的部分，也是社会风化环境所能接受的。比如贾母所提到的《西厢记·听琴》、《西厢记·惠明下书》、《牡丹亭·寻梦》等，而《西楼·楚江晴》之所以成为清唱名段不仅因为清幽典雅，也表达了妓女穆素微守志以待于叔夜的心声，“发乎情止乎礼”。

“蒲东寺怀古”和第十首“梅花观怀古”[①]，宝钗以“我们也不大懂得”提示女孩儿家不宜读这些书，黛玉反驳说“咱们虽不曾看这些外传，不知底里，难道咱们连两本戏也没有见过不成？那三岁孩子也知道，何况咱们？”探春与李纨均赞同：“这话正是了”，“如今这两首虽无考，凡说书唱戏，甚至于求的签上皆有注批，老少男女，俗语口头，人人皆知皆说的。况且又并不是看了‘西厢’‘牡丹’的词曲，怕看了邪书。这竟无妨，只管留着。”

概而言之,《红楼梦》“论戏”展示出传统戏曲的传播有角本与台本两种途径，角本不能尽合世论，台本公演无妨。然不论偷读角本还是观看台本，《西厢记》、《牡丹亭》的词句与情节都是名动天下，流布极广。

第三节　《红楼梦》中戏迷的审美差异

对贾府这样的贵族世家来说，观戏是日常生活、节日庆典、往来交际的内容之一，但观众的欣赏水准是不同的，戏曲艺术所起到的审美影响也有差异。

有一类观众属于外行看热闹，贾珍便是如此。这类观众主要是“看”，而非“听”戏。要场面热闹、先声夺人。《红楼梦》十九回庆元宵贾珍摆酒请族人观戏：“谁想贾珍这边唱的是《丁郎认父》、《黄伯央大摆阴魂阵》，更有《孙行者大闹天宫》、《姜子牙斩将封神》等类的戏文，倏尔神鬼乱出，忽又妖魔毕露，甚至于扬幡过会，号佛行香，锣鼓喊叫之声远闻巷外。满街之人个个都赞：‘好热闹戏，别人家断不能有的。’”然而“宝玉见繁华热闹到如此不堪

① 《梅花观怀古》：“不在梅边在柳边，个中谁拾画婵娟。团圆莫忆春香到，一别西风又一年。”首句出自《牡丹亭·写真》杜丽娘自题画像：“近睹分明似俨然，远观自在若飞仙。他年得傍蟾宫客，不在梅边在柳边。”

的田地，只略坐了一坐，便走开各处闲耍”。贾珍所请的是外来戏班，演出的剧目都是用弋阳腔演唱的。[①]己卯本批曰：“真真热闹。”但紧接一条批语曰：“形容尅剥之至，弋阳腔能事毕矣。阅至此则有如耳内喧哗，目中离乱。”[②]第二十二回为宝钗庆生“就贾母内院中搭了家常小巧戏台，定了一班新出小戏，昆弋两腔皆有”。宝钗和凤姐都知道“贾母年老人，喜热闹戏文”，为讨贾母欢喜，凤姐点了《刘二当衣》，也是用弋阳腔演唱的。上述几出戏内容和演唱风格学界均有翔实、丰富的考证。[③]其共性是场面热闹，节奏较快，伴奏多用锣鼓，台上声腔高亢，台下喝彩叫好，也是喊声一片。这恰好是弋阳腔的演唱风格。据汤显祖《玉茗堂集》卷七：“此道有南北，南则昆山，次为海盐，吴浙之音也。体局静好，以拍为节；自江以西，则为弋阳，以鼓为节，而喧其调谊。”两相对比，昆山腔“流丽悠远”，“体局静好，以拍为节”，风格典雅；弋阳腔“以鼓为节，而喧其调谊”。清人昭梿《啸亭杂录》卷八：“惟弋阳不知始于何时，其铙钹喧阗，唱口嚣杂，实难供雅人之耳目。”[④]叶德均总结弋阳腔演唱风格有二：一是“帮合唱”，二是“锣鼓帮衬”。[⑤]吴新雷亦指出“北方昆弋班受‘高

① 在昆曲正式形成之前，宋元时期有四大声腔，分别是弋阳腔、余姚腔、海盐腔和昆山腔。（明）徐渭《南词叙录》介绍了四大声腔的流行区域：“今唱家称‘弋阳腔’，则出于江西，两京、湖南、闽、广用之；称‘余姚腔’者，出于会稽，常、润、池、太、扬、徐用之；称‘海盐腔’者，嘉、湖、温、台用之。惟‘昆山腔’止行于吴中，流丽悠远，出乎三腔之上，听之最足荡人。”

② 见陈庆浩：《新编石头记脂砚斋评语辑校》（增订本），联经出版事业股份有限公司 2016 年版，第 353 页。

③ 徐扶明在《红楼梦与戏曲比较研究》中对《丁郎认父》、《孙行者大闹天宫》、《姜太公斩将封神》、《黄伯央大摆阴魂阵》、《刘二当衣》的内容和演出做出了考证，上海古籍出版社 1984 年版，参见第 65–68 页；而《黄伯央大摆阴魂阵》亦参吴新雷：《〈黄伯央大摆阴魂阵〉的出处和内容》，《红楼梦学刊》1979 年第 1 辑。

④ 见王利器：《元明清三代禁毁小说戏曲史料》（增订本），上海古籍出版社 1981 年版，第 67 页。

⑤ 叶德均指出：“帮合唱已经很热闹了，再加上锣、鼓，更加强了喧阗、热闹的气氛。……而喧阗、热闹的气氛又正是广大人民所喜悦的。”见叶德均：《戏曲小说丛考》，中华书局 1979 年版，第 30 页。

腔’和‘京高腔’的影响显得风格粗犷豪放”。[①]到了清代乾隆年间，观众欣赏口味发生改变，以弋阳腔梆为代表的“花部”戏曲与素有“雅部”之称的昆腔形成竞争，贾府这样的世家大族也常请弋阳腔戏班进府，换换口味。《红楼梦》第十九回写围观贾珍外请的弋阳腔戏班演出的街人都是市井俚耳，对繁华热闹羡慕不已，纷纷感叹“好热闹戏，别人家断不能有的”。贾珍亦是“浊臭逼人”、“泥做的骨肉”，戏曲素养粗鄙，对戏曲的欣赏和接受停留在看热闹、听高腔的刺激层面[②]，喜好“繁华热闹到如此不堪的田地”。

懂戏的观众是要听“口齿发脱，再听一个喉咙”的。贾母就是懂戏之人，要“听”戏而非“看”戏。就静态的视觉造型来看，传统戏曲之间高下难分，但“听”戏就不同了，雅俗立见。贾母这样有良好戏曲素养的戏迷就是要听唱腔的。《红楼梦》第五十四回庆元宵要演出，文官等人请贾母示下：

贾母笑道：“刚才八出《八义》闹得我头疼，咱们清淡些好。……少不得弄个新样儿的。叫芳官唱一出《寻梦》，只提琴与管箫合，笙笛一概不用。”文官笑道：“这也是的，我们的戏自然不能入姨太太和亲家太太姑娘们的眼，不过听我们一个发脱口齿，再听一个喉咙罢了。”……贾母笑道：“我们这原是随便的顽意儿，又不出去做买卖，所以竟不大合时。”说着又道：“叫葵官唱一出《惠明下书》，也不用抹脸。只用这两出叫他们听个疏异罢了。若省一点力，我可不依。”文官等听了出来，忙去扮演上台，先是《寻梦》，次是《下书》。众人都鸦雀无闻，薛姨妈因笑道：“实在亏他，戏也看过几百班，从没见用箫管的。”贾母道：

① 见吴新雷：《昆曲史考论》，上海古籍出版社 2015 年版，第 15 页。

② （清）杜浚《竹枝辞》之十四：“青红五色旧衣裳，唱价声高老弋阳。客子忍寒无不可，十分难忍这般腔。”郭英德《明清传奇史》引此诗评弋阳腔“严寒好过，弋腔难忍，说得极为尖刻”。见郭英德：《明清传奇史》，江苏古籍出版社 1999 年版，第 508 页。

“也有，只是像方才《西楼·楚江情》一支，多有小生吹箫和的。这大套的实在少，这也在主人讲究不讲究罢了。这算什么出奇？”指湘云道：“我像他这么大的时节，他爷爷有一班小戏，偏有一个弹琴的凑了来，即如《西厢记》的《听琴》，《玉簪记》的《琴挑》，《续琵琶》的《胡笳十八拍》，竟成了真的了，比这个更如何？”众人都道：“这更难得了。”

这段文本蕴含着丰富的戏曲鉴赏信息。首先，就声腔来看，这几折戏都是“昆山腔”的剧目，“南昆”特色浓厚，叶德均总结昆山腔特点有二：一是音乐伴奏用笛、管、笙、琵琶、三弦、提琴、筝、阮合奏，笛子尤为重要。二是演唱方法注重抑扬顿挫，清柔、曲折、婉转。“用喉转音到细若游丝的地步，更是精致、细腻。咬字又分为几个音节。”①这就是好听的“细曲”②，明人顾起元称其“一字之长，延至数息”，甚至“有腔无字”，因此唱得慢③，这就是“细曲”，深得贾府这等贵族世家和艺术修养极高的文人集团青睐。文官深知懂戏的贾母弃热闹而取清淡，不在意“看”，而是要“听”，“竟不大合时”，“不过听我们一个发脱口齿，再听一个喉咙罢了。”“淡极始知花更艳”，贾母首先要求在伴奏上“笙笛一概不用”，“只提琴至管箫合”④。提琴与管箫音色如何呢？

① 见叶德均：《戏曲小说丛考》，中华书局1979年版，第45页。另据张岱《陶庵梦忆》卷四“祁止祥癖”：“止祥精音律，咬钉嚼铁，一字百磨。”上海古籍出版社2001年版，第72页。

② 《红楼梦》第六十三回“寿怡红群芳开夜宴”，芳官应诸钗要求，“只得细细的唱了一支《赏花时》”，此曲源于《邯郸记·扫花》，属于好听的细曲，（清）黄钧宰《金壶七墨》赞其“浏离顿挫，曲尽其妙”。

③ 徐扶明指出贾母听过《玉簪记·琴挑》，其中[朝元歌]一句“长清短清那管人离恨”九字要唱足三十二拍。而一个“恨”字就拖三拍，即“宕三眼”。见徐扶明：《〈红楼梦〉与戏曲比较研究》，上海古籍出版社1984年版，第108页。

④ 这里的提琴非西洋乐器小提琴，而是中国古乐器，明代已经产生。（明）宋直方《锁闻录》载：“其后，有杨六者，创为新乐器，名提琴，仅两弦，取生丝张小弓，贯两弦中，相轧为声，与三弦相高下。提琴既出，而三弦之声益柔曼婉畅，为江南名乐矣。”

清人李渔以为提琴之音乃是美人之音，“春容柔媚，婉转断续，无一不肖。即使清曲不度，止令善歌二人，一吹洞箫，一拽提琴，暗谱悠飏之曲，使隔花间柳者听之，俨然一绝代佳人，不觉动怜香惜玉之思也。”[①]清人姚燮《今乐考证》描述提琴音色：“哀弦促柱，佐以箫管，曼声和歌，缠绵凄楚，如诉如泣，听之使人神情不能自已。”与笛子相比，箫管更空灵、呜咽，更容易让听者进入情境。[②]同样听戏经验丰富的薛姨妈也不得不承认：“戏也看过几百班，从没见用箫管的。”贾母却说还听过更讲究的，竟只用古琴伴奏：“我像他（指湘云）这么大的时节，他爷爷有一班小戏，偏有一个弹琴的凑了来，即如《西厢记》的《听琴》，《玉簪记》的《琴挑》，《续琵琶》的《胡笳十八拍》，竟成了真的了，比这个更如何？”从笙笛到箫管再到古琴，伴奏已经极度精简、清淡了，因为“音乐多了，反失雅致”（第七十六回）。第七十五回“贾珍有了几分酒，益发高兴，便命取了一竿紫竹箫来，命佩凤吹箫，文花唱曲，喉清嗓嫩，真令人魄醉魂飞”。其次，舍弃彩扮而取清唱。贾母命芳官清唱《牡丹亭·寻梦》，这是闺门旦的独角戏，一人一扇演足三十分钟以上。“叫葵官唱一出《惠明下书》，也不用抹脸。”《惠明下书》是昆曲中的“净”行戏，俗称大花面，是“阔口”、“大喉咙”，女伶小娃唱之不易。[③]常人看戏曲之美往往被服饰和扮相吸引转移了注意力，演员的演唱压力略减，这就是彩扮的优势。而贾母要求闺门旦和大花脸弃彩扮而取清唱，“只用这两出叫他们听个疏异罢了。若省一点

① 见李渔：《闲情偶寄》卷三，浙江古籍出版社 1985 年版，第 137 页。

② （宋）苏轼《前赤壁赋》：“客有吹洞箫者，倚歌而和之。其声呜呜然，如怨如慕，如泣如诉，余音袅袅，不绝如缕。舞幽壑之潜蛟，泣孤舟之嫠妇。”（明）张岱《陶庵梦忆》卷五“虎丘中秋夜”：“洞箫一缕，哀涩清绵，与肉相引，尚存三四，迭更为之。”上海古籍出版社 2001 年版，第 85 页。以上皆独以箫管伴奏之效。

③ 徐扶明指出：“正净唱口，讲究高、亮、圆、润。”见《牡丹亭研究资料考释》，上海古籍出版社 2016 年版，第 251 页。

力，我可不依”。对演员的声腔和表演要求极高，非深谙昆曲水磨之美的人不能如此。张岱《陶庵梦忆·虎丘中秋夜》写技艺出众、天赋过人的清唱者“不箫不拍，声出如丝，裂石穿云，串度抑扬，一字一刻”，听者也是“寻入针芥，心血为枯，不敢击节，惟有点头”。这便是贾母的水准。另外，贾母听戏乐对环境也有要求：“借着水音更好听。”在第四十回和第四十一回中，她命家班在藕香榭的水亭子上演奏，“只听得箫管悠扬，笙笛并发。正值风清气爽之时，那乐声穿林度水而来，自然使人神怡心旷。”流水的环境，滤掉喧哗，烘托出音乐本身的音质，还有扩音作用。贾母幼时娘家戏班用来演出的枕霞阁也是水阁。明代戏曲理论家王骥德以为最适合演戏的场所就包括“水亭”、“画舫”[①]。戏剧大师梅兰芳也曾说：“我想到《红楼梦》里家宴时叫十番在藕香榭演奏，说借着水音好听，的确水榭式的戏台，是有它的特点。”

还有一种戏迷在戏曲鉴赏方面不止步于听戏，而是有更深层的生命领悟，有人生境界提升，宝、黛、钗即是如此。但宝钗与宝、黛又有审美接受上的差异。先说宝钗。宝钗曾说：“于小事上用学问一提，那小事越发作高一层了。不拿学问提着，便都流入市俗去了。”（第五十六回）她的戏曲鉴赏与审美接受境界也是如此。第二十二回宝钗点了一出《鲁智深醉闹五台山》[②]，宝玉抱怨“只好点这些戏”。

① 见王骥德《曲律》卷四《论曲亨屯第四十》，转引自《中国古典戏曲论著集成》（四），中国戏曲出版社 1959 年版，第 182 页。另，徐扶明指出：“至于清代富贵之家，对不建在水滨的戏台，往往用数只大瓮装水，埋于戏台之下，也可起着扩音的作用。”见徐扶明：《〈红楼梦〉与戏曲比较研究》，上海古籍出版社 1984 年版，第 110 页。

② 《鲁智深醉闹五台山》这一折戏取材于《水浒传》第四回《鲁智深大闹五台山》，明末清初剧作家邱园据此作传奇《虎囊弹》，演鲁智深、赵员外、金翠莲事。这一折是《虎囊弹·山门》，也被称作“醉打山门”，即今昆曲折子戏《山亭》。

宝钗道："你白听了这几年的戏，那里知道这出戏的好处，排场又好，词藻更妙。"宝玉道："我从来怕这些热闹。"宝钗笑道："要说这一出热闹，你还算不知戏呢。你过来，我告诉你，这一出戏热闹不热闹。是一套北《点绛唇》，铿锵顿挫，韵律不用说是好的了，只那词藻中有一支《寄生草》，填的极妙，你何曾知道。"宝玉见说的这般好，便凑近来央告："好姐姐，念与我听听。"宝钗便念道："漫揾英雄泪，相离处士家。谢慈悲剃度在莲台下。没缘法转眼分离乍。赤条条来去无牵挂。那里讨烟蓑雨笠卷单行？一任俺芒鞋破钵随缘化！"宝玉听了，喜的拍膝画圈，称赏不已，又赞宝钗无书不知。

与贾母相比，薛宝钗的戏曲欣赏素养更具学者气质，对《寄生草》的评点极其深刻。在她看来，这出戏一是场面好看（舞台演出忌冷场面），二是唱腔好听。一套北曲《点绛唇》"铿锵顿挫"，比之南曲绮靡婉转别有一种动人。更难得曲词寓深意，透过热闹的排场看尽冷峻的生命底色。《点绛唇》写出生命的本质是不可预测、突然而至的分离，是"赤条条来去"，是"无牵挂"，足够冷峻。但人之所恋却是"姹紫嫣红"的生活万象，是聚，是"画檐蛛网，尽日惹飞絮"（辛弃疾《摸鱼儿》）的牵挂，场面的热与文意的冷形成对照，引发观众对人生终极意义的思考，其深远意味直追苏轼《定风波》："竹杖芒鞋轻胜马，谁怕？一蓑烟雨任平生。料峭春风吹酒醒，微冷，山头斜照却相迎。回首向来萧瑟处，归去，也无风雨也无晴。"透过热闹看到生命本旨，这正是薛宝钗的学问所在。宝钗不仅戏曲文学素养深厚，而且洞明世事、练达人情，用学问提着，看戏这样的寻常事在境界上更上层楼，竟有周全人事的智慧。热闹的排场、"铿锵顿挫"的声腔足以满足贾母这样的戏迷，而词藻精妙、寓意深刻的曲文又正与宝玉的喜好相和，他果然"喜的拍膝画圈，称赏不已"，"赞宝钗无书不知”。但薛宝钗自己的生命境界却并没有被戏文所触动，她以旁观者的态度尽赏戏文之美，却与己无关。这正是王国维论艺术与人之关系中所谓的“优美”作用：“苟一物焉，与吾人无利害之关系，而吾人之观之也，不观其关系，而但观其物，或吾人之心中无丝毫生活之欲存，而其观物也，不视为与我有关系之物，而但视为外物，则今之所观者，非昔之所观者也。此时吾心宁静之状态，名之曰优美之情，而谓此物曰优美。”①

薛宝钗的戏曲审美体验为何形成旁观态势的“优美之情”？这与她的人生价值观有密切的关系。第四十二回宝钗说：

“你当我是谁，我也是个淘气的。从小七八岁上也够个人缠的。我们家也算是个读书人家，祖父手里也爱藏书。先时人口多，姊妹弟兄都在一处，都怕看正经书。弟兄们也有爱诗的，也有爱词的，诸如这些‘西厢’‘琵琶’以及‘元人百种’，无所不有。他们是偷背着我们看，我们却也偷背着他们看。后来大人知道了，打的打，骂的骂，烧的烧，才丢开了。所以咱们女孩儿家不认得字的倒好。男人们读书不明理，尚且不如不读书的好，何况你我。就连作诗写字等事，这不是你我分内之事，究竟也不是男人分内之事。男人们读书明理，辅国治民，这便好了。只是如今并不听见有这样的人，读了书倒更坏了。这是书误了他，可惜他也把书糟踏了，所以竟不如耕种买卖，倒没有什么大害处。你我只该做些针黹纺织的事才是，偏又认得了字，既认得了字，不过拣那正经的看也罢了，最怕见了些杂书，移了性情，就不可救了。”

薛宝钗也有“钟灵毓秀”的禀赋，“怕看正经书”，“也是个淘气的”，

① 《静庵文集·红楼梦评论》，见《王国维遗书》第三册，上海书店 1983 年版，第 420–421 页。

背着家长偷读诗词曲赋，大人们“打的打，骂的骂，烧的烧”，她就顺应，“丢开”，回到儒家妇女才德观的道路上来，“你我只该做些针黹纺织的事才是”，即使读书识字也该“不过拣那正经的看也罢了”，女性能看的正经书则是《列女传》、《女诫》之类。[①]而诗词曲赋之类或书写生命喜好或言志论事，皆不应为女性所关注，若陷溺其中，“移了性情，就不可救了”。这段有关戏曲阅读的评论展示了薛宝钗人格形成过程中克化自我、积极修为的侧面，这也是“用学问提着”，免得流入市俗。正如她服用冷香丸“原因胎里有一股热毒”，“热毒”亦可理解为与生俱来的热情，从秦可卿“情既相逢必主淫”的判词信息中可以看到小说暗示人生悲剧始于“情”字。薛宝钗对热毒（即热情）的态度是克化，服用冷香丸让身心都处在平衡与平静状态，连“喘嗽”都不要有[②]，以“无情”自珍，不为外界所动，她的戏曲审美体验便是心处宁静而成“优美”。

在戏曲审美接受上，引发内心触动，提繁荣昌盛生命领悟，甚至在人生态度上都有改变的戏迷是宝、黛。“原来戏上也有好文章。可惜世人只知看戏，未必能领略这其中的趣味。”（第二十三回）诸剧中，尤以《西厢记》与《牡丹亭》对二人影响深远。[③]

① （清）胡方《鸿桷堂文钞》附《信天翁家训》：“学识字，看正经书”；（清）石成金《家训钞》：“女子通文识字，而能明大义者，固为贤德，然不可多得；其他便喜看曲本小说，挑动邪心，甚至舞文弄法，做出无丑事，反不如不识字，守拙安分之为愈也。”以上见王利器：《元明清三代禁毁小说戏曲史料（增订本）》，上海古籍出版社 1981 年版，第 175 页。

② 《红楼梦》第七回周瑞家的询问宝钗“这病发了时到底觉怎么着？”宝钗道：“也不觉甚怎么着，只不过喘嗽些，吃一丸下去也就好些了。”另，台湾学者欧丽娟对宝钗服冷香丸平服“喘嗽”的象征意义有细致的论述。见欧丽娟：《红楼梦人物立体论》，里仁书局 2006 年版，第 194–195 页。

③ 关于《西厢记》、《牡丹亭》对宝、黛的影响，相关研究极为丰富。代表性成果可参看徐扶明：《〈红楼梦〉与戏曲比较研究》，上海古籍出版社 1984 年版，第 161–180 页；另参王潞伟、张颖：《〈红楼梦〉中演出剧目考证》，《曹雪芹研究》2014 年第 3 期，第 123–137 页、徐大军：《〈红楼梦〉中〈西厢记〉的文学影响与文化影响》，《红楼梦学刊》2016 年第 5 辑，第 92–107 页。凡此，不具。

第一，他们都深爱剧本优美的文词，第二十三回写宝玉对黛玉描述《西厢记》：“‘真真这是好书！你要看了，连饭也不想吃呢。’一面说，一面递了过去。林黛玉把花具且都放下，接书来瞧，从头看去，越看越爱看，不到一顿饭工夫，将十六出俱已看完，自觉词藻警人，余香满口。虽看完了书，却只管出神，心内还默默记诵。”作为元杂剧最优秀的作品之一，“《西厢记》天下夺魁”非虚语也。金圣叹评点《西厢记》“世间妙文，原是天下万世人人心里公共之宝”。宝、黛原本禀赋诗性，爱《西厢记》“词藻警人，余香满口”，故“连饭也不想吃”。汤显祖《牡丹亭》问世后“家传户诵，几令《西厢》减价”。贾宝玉“想起《牡丹亭》曲来，自己看了两遍，犹不惬怀，因闻得梨香院的十二个女孩子中有小旦龄官最是唱的好”，“又陪笑央他起来唱‘袅晴丝’一套”。“袅晴丝”一套指的是《牡丹亭·游园》中[绕地游]、[步步娇]、[醉扶归]、[皂罗袍]、[好姐姐]、[隔尾]组成的套曲，“袅晴丝”语出[步步娇]首句：“袅晴丝，吹来闲庭院。”这一套曲子文采华茂、词句精美、曲调动听，历来为舞台演出的经典片断。

第二，宝、黛对戏文有深刻的领悟与思考，能透过“戏”的表象看到人生的本质。宝玉“好吃酒看戏”，却不止于表层热闹。比如，宝玉对《寄生草》的审美接受即是如此。贾宝玉对世上之美充满深情，性喜聚而畏散，他所担心者，是“既黛玉终归无可寻觅之时，推之于他人，如宝钗，香菱，袭人等，亦可到无可寻觅之时矣。宝钗等终归无可寻觅之时，则自己又安在哉？且自身尚不知何在何往，则斯处、斯园、斯花、斯柳，又不知当属谁姓矣！”他解忧的方式是“杳无所知，逃大造，出尘网，使可解释这段悲伤”（第二十八回），因此《寄生草》正合他心意，这也预示了宝玉人生的终局。再如林黛玉，虽然“素习不大喜看戏文”，但灵心慧质，“偶然两句吹到耳内”，立刻就能照亮她的内心，让她对世事的感悟变得活跃、敏锐：

“原来姹紫嫣红开遍，似这般都付与断井颓垣。”林黛玉听了，倒也十分感慨缠绵，便止住步侧耳细听，又听唱道是：“良辰美景奈何天，赏心乐事谁家院。”听了这两句，不觉点头自叹，心下自思道：“原来戏上也有好文章。可惜世人只知看戏，未必能领略这其中的趣味。”（第二十三回）

黛玉感叹“原来戏上也有好文章”，已经不局限于“词藻警人，余香满口”这个层面了，而是领会出文字背后深远的意味。这四句曲词是台本《牡丹亭·游园》〔皂罗袍〕曲中最经典的句子，它既写出世界万象的灿烂与美好，又写出美好难留的无奈，所谓“彩云易散琉璃脆”。“姹紫嫣红”与“断井颓垣”形成极具张力的对比，林黛玉透过“花谢花飞飞满天”看到的是“他年葬侬知是谁”，绛珠草原型使她气质当中对“荣枯”格外敏感。吸引她的不只是“水磨腔”，而是戏文中的哲理。“隔墙人唱《牡丹亭》，曲中写出侬心事。”（鹤睫《红楼本事诗》）这恰恰是一般戏迷所忽略的，“可惜世人只知看戏，未必能领略这其中的趣味。”

第三，宝、黛与戏曲的接触能够产生王国维所说的“壮美”之情：“若此物大不利于吾人，而吾人生活之意志为之破裂，因之意志遁去，而知力得为独立之作用，以深观其物，吾人谓此物曰壮美，而谓其感情曰壮美之情。”[①]他二人对戏文的审美接受即如此。听到“则为你如花美眷，似水流年……你在幽闺自怜”，林黛玉“不觉心动神摇”，“亦发如醉如痴，站立不住，便一蹲身坐在一块山子石上，细嚼‘如花美眷，似水流年’八个字的滋味。忽又想起前

① 见《静庵文集·红楼梦评论》，见《王国维遗书》第三册，上海书店 1983 年版，第 420–421 页。

日见古人诗中有‘水流花谢两无情’之句，再又有词中有‘流水落花春去也，天上人间’之句，又兼方才所见《西厢记》中‘花落水流红，闲愁万种’之句，都一时想起来，凑聚在一处。仔细忖度，不觉心痛神痴，眼中落泪。”此时黛玉的感受完全在自我身上，“如花美眷”正是她青春绽放的华年，“你在幽闺自怜”是黛玉孤女的处境，而“似水流年”却是无法抵御、无法控制的时间，时间也正是那不可知的命运之手，时间意识使得《红楼梦》主题具有哲学思考的高度。对于没了父母、寄人篱下的黛玉来说，这无法控制、不可知的命运使她心中忐忑；“花落水流红”；“流水落花春去也”令她心惊、“天上人间”的隔绝令她陡生“闲愁万种”。第三十五回写她回到潇湘馆，“一进院门，只见满地下竹影参差，苔痕浓淡，不觉又想起《西厢记》中所云‘幽僻处可有人行，点苍苔白露泠泠’二句来”，引出她“何命薄胜于双文哉”的感伤，再次由表象的戏文移情到自我处境，人戏合一。宝玉亦是如此，第二十二回写他陷入黛玉和湘云的误会，两头受气，所恋亦所恶，这种处境使《寄生草》曲词在他心中有了更深入的转化，当袭人以亲情劝慰时，他用《寄生草》做了回答：“什么是‘大家彼此’！他们有‘大家彼此’，我是‘赤条条来去无牵挂’。”甚至自己填了一支《寄生草》：“无我原非你，从他不解伊。肆行无碍凭来去。茫茫着甚悲愁喜，纷纷说甚亲疏密。从前碌碌却因何，到如今回头试想真无趣！”因此宝钗说“这个人悟了。都是我的不是，都是我昨儿一支曲子惹出来的”。可见，《寄生草》这支曲子同样让宝玉也产生了“壮美”之情。

戏曲知识在《红楼梦》中占有重要的地位，细读文本可以了解戏曲常识，比如家班特点、台本与剧本的异同，还可以增长戏曲鉴赏知识，提高审美素养。因此，《红楼梦》中的戏曲研究历来为治红学者所重。

【参考文献】

（以作者姓名音序排列）

1. 白先勇：《白先勇细说红楼梦》，广西师范大学出版社 2017 年版。

2. 陈从周：《品园》，江苏凤凰文艺出版社 2016 年版。

3. 陈从周：《说园》，山东画报出版社、同济大学出版社 2002 年版。

4. 陈从周：《未尽园林情》，商务印书馆国际有限公司 2010 年版。

5. 曹立波：《十二钗评传》，清华大学出版社 2007 年版。

6. 陈庆浩：《新编石头记脂砚斋评语辑校》（增订本），联经出版事业股份有限公司 2016 年版。

7. 曹涛：《红楼梦与教育》，中国文联出版社 2002 年版。

8. 蔡义江：《红楼梦诗词曲赋鉴赏》，中华书局 2001 年版。

9.（明）赤心子编：《绣谷春容》，江苏古籍出版社 1994 年版。

10.（清）段玉裁：《说文解字注》，上海古籍出版社 1981 年版。

11. 邓云乡：《红楼风俗名物谭：邓云乡论红楼梦》，文化艺术出版社 2006 年版。

12.（德）恩斯特·卡西尔著、甘阳译：《人论》，上海译文出版社 1985 年版。

13. 冯尔康：《中国古代的宗族与祠堂》，商务印书馆国际有限公司 1996 年版。

14. 冯其庸：《解梦集》，青岛出版社 2014 年版。

15. 冯天瑜等：《中国文化史导论》，上海人民出版社 1990 年版。

16. 黄霖：《金瓶梅资料汇编》，中华书局 1987 年版。

17. 郭若愚：《我读红楼梦》，天津人民出版社 1982 年版。

18. 郭英德：《明清传奇史》，江苏古籍出版社 1999 年版。

19. 郭玉雯：《红楼梦渊源论——从神话到明清思想》，台大出版中心 2006 年版。

20. 顾炎武：《日知录集释》，岳麓书社 1994 年版。

21. 胡文彬：《红楼梦与中国文化论稿》，中国书店 2005 年版。

22. 胡文彬、周雷编：《海外红学论集》，上海古籍出版社 1982 年版。

23.（明）计成著、陈植注释：《园冶注释》，中国建筑工业出版社 1988 年版。

24.（清）孔尚任：《桃花扇》，人民文学出版社 1959 年版。

25. 刘耕路：《红楼梦诗词解析》，吉林文史出版社 1986 年版。

26.（明）兰陵笑笑生著、戴鸿森校点：《金瓶梅词话》，人民文学出版社 1985 年版。

27.（清）李绿园：《歧路灯》，中州书画出版社 1980 年版。

28. 刘梦溪：《〈红楼梦〉与百年中国》，河北教育出版社 1999 年版。

29.（美）勒内韦勒克著、罗钢等译：《批评的诸种概念》，上海人民出版社 2015 年版。

30. 梁启超：《清代学术概论》，上海古籍出版社 1998 年版。

31. 吕启祥、林东海主编：《红楼梦研究稀见资料汇编》，人民文学出版社 2001 年版。

32.（清）陆廷灿：《续茶经》，三秦出版社 2005 年版。

33. 刘晓东：《明代的塾师与基层社会》，商务印书馆 2010 年版。

34.（清）李渔：《闲情偶寄》，浙江古籍出版社 1985 年版。

35. 鲁迅：《中国小说史略》，人民文学出版社 1973 年版。

36. 鲁迅：《鲁迅全集》，人民文学出版社 1973 年版。

37.《茶经》/（唐）陆羽等原典，中国纺织出版社 2006 年版。

38. 利玛窦、金尼阁：《利玛窦中国札记》，中华书局 1983 年版。

39.《中国古典戏曲论著集成》，中国戏曲出版社 1959 年版。

40. 苗怀明：《风起红楼》，中华书局 2006 年版。

41. 梅新林：《红楼梦哲学精神》，学林出版社 1995 年版。

42. 牟宗三：《才性与玄理》，广西师范大学出版社 2006 年版。

43. 牛铭实：《中国历代乡规民约》，中国社会出版社 2014 年版。

44. 欧丽娟：《大观红楼·综论卷》，台大出版中心 2014 年版。

45. 欧丽娟：《大观红楼·母神卷》，台大出版中心 2015 年版。

46. 欧丽娟：《红楼梦人物立体论》，里仁书局 2006 年版。

47. 欧丽娟：《诗论红楼梦》，五南图书出版股份有限公司 2017 年版。

48. 浦安迪编释：《红楼梦批语偏全》，北京大学出版社 2003 年版。

49. 钱锺书：《谈艺录》，中华书局 1984 年版。

50.《振飞曲谱》，上海昆曲团编，上海音乐出版社 2002 年版。

51. 萨孟武：《〈红楼梦〉与中国旧家庭》，岳麓书社 1988 年版。

52.《红楼梦识要：宋淇红学论集》，中国书店 2000 年版。

53. 孙逊、孙菊园编著：《红楼梦鉴赏辞典》，上海辞书出版社 2011 年版。

54. 童寯：《论园》，北京出版集团公司、北京出版社 2016 年版。

55.（明）陶宗仪：《说郛三种》，上海古籍出版社 1988 年版。

56. 温宝麟：《〈红楼梦〉的教育反思与心理阐释》，中国社会科学出版社 2011 年版。

57. 王国维：《王国维遗书》，上海书店 1983 年版。

58. 王昆仑：《红楼梦人物论》，北京出版社 2004 年版。

59. 王蒙：《王蒙活说红楼梦》，作家出版社 2005 年版。

60. 王蒙：《红楼启示录》，生活·读书·新知三联书店 2005 年版。

61.（元）王实甫著、王季思校注：《西厢记》，上海古籍出版社 1978 年版。

62. 王秋桂主编：《善本戏曲丛刊》，台湾学生书局 1984 年版。
63. 吴新雷：《昆曲史考论》，上海古籍出版社 2015 年版。
64. 徐扶明：《〈红楼梦〉与戏曲比较研究》，上海古籍出版社 1984 年版。
65.（梁）萧统编、（唐）李善注：《文选》，上海古籍出版社 1986 年版。
66.（明）谢肇淛：《五杂组》，上海书店出版社 2001 年版。
67. 阎爱民：《中国古代的家教》，商务印书馆 2013 年版。
68. 叶德均：《戏曲小说丛考》，中华书局 1979 年版。
69. 叶国良：《中国传统生命礼俗》，上海书店出版社 2017 年版。
70. 袁珂：《古神话选释》，人民文学出版社 1979 年版。
71. 袁珂：《中国神话史》，上海文艺出版社 1988 年版。
72. 杨惠玲：《戏曲班社研究——明清家班》，厦门大学出版社 2006 年版。
73. 裔锦声著：《红楼梦：爱的寓言》，北京大学出版社 2000 年版。
74. 一粟编：《古典文学研究资料汇编：红楼梦卷》，中华书局 1983 年版。
75. 俞平伯：《红楼梦研究》，复旦大学出版社 2004 年版。
76. 俞晓红：《形象：文化的投影》，中国文联出版社 2001 年版。
77. 于洋：《人性的复归——〈红楼梦〉的教育世界》，华中科技大学出版社 2016 年版。
78. 余英时：《红楼梦的两个世界》，上海社会科学院出版社 2002 年版。
79. 詹丹：《〈红楼梦〉与中国古代小说再阐释》，上海古籍出版社 2014 年版。
80. 张毕来：《贾府书声》，上海文艺出版社 1983 年版。
81.（清）朱彝尊：《食宪鸿秘》，收入《中国烹饪古籍丛刊》，中国商业出版社 1985 年版。
82.（明）张岱：《陶庵梦忆·西湖梦寻》，上海古籍出版社 2001 年版。
83. 张锦池：《红楼十二论》，百花文艺出版社 1982 年版。
84. 张建华：《〈红楼梦〉与庄子》，吉林大学出版社 2011 年版。

85. 郑培凯、朱自振：《中国历代茶书汇编》（校注本），商务印书馆 2016 年版。

86. 郑万钟：《漫说红楼话教育》，四川教育出版社 1994 年版。

87. 周汝昌：《红楼小讲》，北京出版社 2002 年版。

88. 周汝昌：《红楼别样红》，作家出版社 2008 年版。

89.《朱熹集》，四川教育出版社 1996 年版。

注：所引学术论文均来自中国知网，见当页注，此处不备。